———— 阅读之前 没有真相

午 夜 文 库

劳伦斯·布洛克
雅贼系列

劳伦斯·布洛克 Lawrence Block (1938—)

享誉世界的美国侦探小说大师,当代硬汉派侦探小说最杰出的代表。他的小说不仅在美国备受推崇,还跨越大西洋,征服了自诩为侦探小说故乡的欧洲。

侦探小说界最重要的两个奖项,爱伦·坡奖的终身成就奖和钻石匕首奖均肯定了劳伦斯·布洛克的大师地位。此外,他还曾三获爱伦·坡奖,两获马耳他之鹰奖,四获夏姆斯奖(后两个奖项都是重要的硬汉派侦探小说奖项)。

劳伦斯·布洛克的作品,主要包括四个系列:

马修·斯卡德系列:以一名戒酒无执照的私人侦探为主角;

雅贼系列:以一名中年小偷兼二手书店老板伯尼·罗登巴尔为主角;

伊凡·谭纳系列:以一名朝鲜战争期间遭炮击从此睡不着觉的侦探为主角;

奇波·哈里森系列:以一名肥胖、不离开办公室、自我陶醉的私人侦探为主角。

此外,布洛克还著有杀手约翰·保罗·凯勒系列。

劳伦斯·布洛克生于纽约布法罗,现居纽约,已婚,育有二女。

劳伦斯·布洛克作品年表

1966 《睡不着觉的密探》
1976 《父之罪》《在死亡之中》
1977 《谋杀与创造之时》《别无选择的贼》
1978 《衣柜里的贼》
1979 《喜欢引用吉卜林的贼》获尼禄·沃尔夫奖
1980 《研究斯宾诺莎的贼》
1981 《黑暗之刺》
1982 《八百万种死法》
1983 《像蒙德里安一样作画的贼》
　　　《八百万种死法》获夏姆斯奖
1986 《酒店关门之后》
1987 《酒店关门之后》获马耳他之鹰奖
1989 《刀锋之先》
1990 《到坟场的车票》
　　　《刀锋之先》获夏姆斯奖
1991 《屠宰场之舞》
1992 《行过死荫之地》
　　　《到坟场的车票》获马耳他之鹰奖
　　　《屠宰场之舞》获夏姆斯奖、爱伦·坡奖
1993 《恶魔预知死亡》
1994 《一长串的死者》
　　　《交易泰德·威廉姆斯的贼》
1995 《自以为是鲍嘉的贼》
　　　《一长串的死者》获爱伦·坡奖
1997 《向邪恶追索》《图书馆里的贼》
1998 《每个人都死了》《杀手》
1999 《麦田里的贼》《黑名单》
2001 《死亡的渴望》
2003 《小城》
2004 《伺机下手的贼》
2005 《繁花将尽》
2011 《一滴烈酒》
2013 《数汤匙的贼》

雅贼全集精装典藏版 ⑩

伺机下手的贼
The Burglar on the Prowl

（美）劳伦斯·布洛克 著
尤传莉 译

新 星 出 版 社　NEW STAR PRESS

献给玛吉·格里芬，
我的好朋友、好读者，
最棒的参谋和助手

1

"这个人,"我的朋友马丁·吉尔马丁说,"是个绝对的……完全的……彻底而十足的……"他伸出手,摇摇头,然后叹了口气,"我没词儿了。"

"看得出来,"我表示同意,"总之,问题在于名词。形容词你好像很够用了,但名词——"

"帮帮我,伯尼,"他说,"谁最有资格提供恰如其分的词汇呢?毕竟,文字是你的行业。"

"是吗?"

"你卖书,"他说,"而书是什么?纸、油墨、封皮、胶水,这当然没错,但如果书只不过是这些平凡无奇的元素,大家顶多也只会想要一本。不,构成一本书的是文字,六万或八万或十万字构成了一本书。"

"或是二十万字,甚至三十万字。"我最近正在看《新寒士街》，于是想到了乔治·吉辛①书中描绘的情景，那些不太出名的维多利亚作家是如何被他们的出版商逼着写出了一套又一套厚达三册的冗长小说，给一群显然闲得要命的读者看。

"那些字数远远超过我的需要，"马丁说，"伯尼，我只要一个词，用来总结，"他扫视了一圈餐厅，压低声音，"不，用来刺穿科兰多·朗特里·梅普斯，要像用针把昆虫钉住一样。"

"那就说他是一只昆虫。"我建议道。

"太温和了。"

"蠕虫，老鼠。"他一直摇头，于是我转换方向，离开动物界，"无赖怎么样？"

"比较接近了，伯尼。天哪，他是个无赖，但还要糟得多。"

"流氓。"

"接近一点了，不过——"

我皱皱眉，真希望有本同义词词典摊在我面前。无赖、流氓……

"恶棍？"

"哦，更接近了，"他说，"如果想不出更好的，我们就凑合着用这个吧。这个词儿真够古老的，不是吗？而且

---

①乔治·吉辛（George Gissing, 1857—1903），英国小说家，主要创作描写中低阶层的现实主义小说。《新寒士街》为其代表作之一。

比无赖或流氓要好，因为很明显这不是一种暂时的状态。那种烂是永久性的，那个人是烂到骨髓里了。"他抓起玻璃杯，嗅了嗅里面陈年甘邑白兰地的芳香。"用恶棍这个词来表达名叫科兰多·朗特里·梅普斯这个名字带屎到什么地步，的确是很接近。"

我正要开口，他忽然举起一只手阻止我。"伯尼，"他说，双眼惊讶地睁大了，"你听到我刚才说了什么吗？"

"带屎。"

"没错。真是太完美了，总结了这个人的精髓。这个词是哪儿来的？不是从字源，这个词的字源已经够清楚了，问题是我们怎么会谈到这个词的？现在都没人说带屎了。"

"你刚刚才说的。"

"没错，可是我不知道有多久没讲过这个字眼了。"他一脸笑容，"我一定是得到天启了。"他说着，以一口陈年白兰地奖赏自己。我没做什么值得奖赏的事，不过我也从自己的玻璃杯里啜了一口。那酒像液体黄金似的溢满口腔，如蜂蜜般滑入咽喉，振奋精神的同时竟还温暖了体内每一个细胞。

我一会儿并不打算去开车或操作机器，所以管他呢。我又啜了一口。

我们正坐在"冒牌者"的餐厅里，这是格拉梅西公园对面的一家私人俱乐部,这里的每个细节都如我们喝的这瓶甘邑白兰地般古老庄严。会员从演员到作家不一而足,都是些艺术圈里的人,或者至少在此方面有所涉猎。不过有一类会员叫作"剧场赞助人",马丁·吉尔马丁就是以这个身份加入的。

"我们需要会员,"有一次他告诉我,"现在只要你有脉搏和支票簿就能加入,不过你转头看一圈,会怀疑有些会员两者皆无。你想成为会员吗,伯尼?你看过音乐剧《猫》吗?如果你喜欢那出戏,就可以用'剧场赞助人'的身份加入这个俱乐部;如果不喜欢,就可以用评论家的身份。"

我放弃了这个加入俱乐部的机会,估计他们可能不接受有犯罪前科的人。不过我很少拒绝马丁的午餐邀请。这里的食物还过得去,酒是一流的,服务则无懈可击。从巴尼嘉书店到这里的半英里路上,我会经过八家或十家这样的餐厅,但那些餐厅无法提供"冒牌者"那种十九世纪大宅邸的富贵气氛,还有弥漫于整个空间的历史与传统韵味。何况有马丁这个好同伴,去哪里我都乐意同行。

他是位上了点年纪的老绅士,就是那种看《时尚先生》杂志的人希望自己老了以后会变成的样子——身材修长而挺拔,整年都晒成一身健康的古铜色,满头银发。他一向穿戴讲究、梳整妥当,唇上的小胡子整整齐齐,衣着相当优雅而不浮夸。舒舒服服享受退休生活的同时,他也忙着经营他的事业，碰上有吸引力的投机生意找上门来时，他也会做点投资。

当然，他还是个剧场赞助人。因此他去看了不少戏，有百老汇的也有外百老汇的，偶尔碰上喜欢的剧还会投一点钱。更准确地说，他的剧场投资就是和一些年轻的女演员签约，其中有些人也确实有点才华。

这指的是戏剧方面的才华。至于比较私人领域的才华，那就只有马丁可以评论了，但他不会说出来。他是个谨言慎行的人。

我得说，我们的相识非常偶然。马丁收集了一大批棒球卡，而我偷了它们。

只不过，当然，实情要远远复杂得多。我连他有这批收藏都不知道，不过我却知道他和他太太某个晚上要去看戏，所以我计划趁机去拜访他家。但那晚我喝醉了，而马丁（他当时有现金周转问题）报警说他的收藏被偷了，因而获得保险理赔。最后我拿到了那些棒球卡——早跟你说这事儿挺复杂的——而且顺利脱手，买了我书店所在的那幢楼。这已经够棒的了，不过最棒的是马丁和我因此结为好友，偶尔会联合密谋去犯罪。①

实际上，这个午后马丁心里所想的就是犯罪，那个假定的受害者，你也不会意外，就是科兰多·朗特里·梅普

---

① 参见《交易泰德·威廉姆斯的贼》。

斯,就是那个带屎的。

"那个带屎的,"马丁充满感情地说,"很明显,他根本不在乎那个姑娘。他并不想培养她或经营她的事业。他的兴趣只有淫乐。他诱拐她,带她走向堕落,那个无赖、流氓、恶棍,那个……"

"带屎的?"

"一点也没错。天哪,伯尼,他都老得可以当她爸爸了。"

"就你这个年纪吗?"

"哦,我想他比我年轻几岁吧。"

"这个浑蛋。"我说。

"我说过他结婚了吗?"

"下流!"马丁也结婚了,跟太太住在一起。不过看来我不必指出这一点。

说到这里,我已经大概知道是怎么回事了,不过我让马丁照自己的节奏慢慢讲。在他讲的时候,我们的甘邑白兰地消失了,而我们那位侍者——一位上了年纪的圆圆胖胖的老先生,留着一头黑亮的鬓发,突出的腹部把背心撑得鼓鼓的——拿走了我们的玻璃酒杯,重新添满后送了回来。时光悄然流逝,吃午餐的人渐渐散去,而马丁还在继续跟我说玛里索。("好可爱的名字,你不觉得吗,伯尼?当然了,那是西班牙文,源自 mar y sol,意思是海与太阳。她母亲是波多黎各人,父亲来自波罗的海沿岸的一个迷人小国。的确是海与阳光的结合！"）确实才华横溢，而且长得很美，她身上有一种浑然天成的纯真韵味，简直令人心碎。他是在契诃夫剧作《三姐妹》的观摩演出里看到她的，演出本身他不予置评，但她的表演和迷人的舞台风采吸引了他，那种感觉他好多年没有过了。

于是他到了后台，次日带她去吃午餐，讨论她的职业规划，然后带她去看一场他认为她非看不可的戏，至于剩下的，你也可以想象得到。每个月一张小额支票，这在他个人的财务雷达系统中小得几乎看不到，但意味着她可以辞去女招待的工作，有更多时间去参加选角面试和表演课；当然了，这也便于马丁偶尔去拜访她位于地狱厨房的公寓，进行法国人称之为"五点到七点"的傍晚情人幽会，或稍早一些去，那就成了纽约人所说的"午餐约会"。

"她以前住南布鲁克林，"他说，"乘地铁要很久。现在她走路五分钟就有几十家剧院。"而且她的新住处离马丁的公寓只需要坐一小段出租车，从他办公室过去还更近，反正怎么安排都方便。

他迷上她了，她似乎也同样充满热情。在西四十六街那套无电梯公寓中拉下的窗帘后头，他向她展示一些她年轻的情人无法拥有的细致之处，而且乐于向她证明：年轻人的元气和精力比不上经验带来的技巧和复杂。

他为她找的公寓真是个伊甸园，唯一缺少的就是蛇，但这个角色很快就出现了，就是那个带屎的科兰多·梅普斯。细节我就不多说了，马丁可跟我讲了不少，总之就是玛里索哽咽着告诉心碎的马丁·吉尔马丁，她不能再跟他交往下去了，但她会永远感激他的慷慨大方，更不知该如何感谢他的种种恩赐。她的心已经属于那个人，她知道命中注定要与他共度余生，甚至到来世。

而那个人，马丁震惊地得知，就是那个带屎的。"她以为他会为了她离开他老婆，"他说，"其实他每六个月就换个新妞儿，伯尼。偶尔有一个可以撑满一年。她们都以为他会离开他老婆。有一天他确实会离开她，但不是她们想的那样。当心脏病如我所愿地把他永远带离这个世界时，他才会离开老婆，让她成为一名富有的遗孀。"

马丁之所以如此恶毒，部分原因是梅普斯并不只是个不知名的对手。马丁认识这个人，而且远远不只是点头之交。他们常在戏剧演出和针对赞助者的试演会上碰到，马丁和埃德娜还去过梅普斯家，那是位于布朗克斯河谷区的一幢粗石大宅邸。那次去是为了帮助艾弗里特·昆顿滑稽剧团公司，他们失去了长年在谢里丹广场的办公室，需要找新的地点。"你付两百美元吃顿晚饭，看一场不对外开放的表演，"马丁回忆，"然后他们想尽一切办法，说服你再写一张一两千美元的支票。晚餐还可以，葡萄酒只是及格，但昆顿是个天才。我反正会捐钱，而埃德娜也很乐意去看看他们的房子。他们带所有人参观了那幢房子。没去看地下室或阁楼，但拖着我们去看了所有的卧室，主卧室里有一幅画,是海景。"

"我猜不是透纳①的作品。"

他摇摇头。"那幅画只是过得去而已,"他说,"跟葡萄酒一样。画里只是一艘普通的船。唯一不寻常的地方,就是那幅画是歪的。"

"真是带屎!"

他抬了抬眉毛。"我倒没那么在乎这点,"他说,"不过看到一幅画挂歪了,总归有点奇怪。跟周围的井井有条很不协调。不过即便如此,我也不是那种会在别人家里把画给扶正的人。"

"可是这次你去扶了。"

"我是最后一个离开房间的,伯尼,有某种东西让我待在那儿,走到那幅画前。你知道柯勒律治②的那句诗吗?'如画中之船静待,静待在画中之海。'"

我知道那句诗——其实是两句——是出自《古舟子咏》。不同于高中英文课里其他非读不可的不朽作品,这首诗我还真挺喜欢的。"'水,水,四处都是水,'"我也引用这首诗回他,"'所有的甲板都干缩;水,水,四处都是水,却无一滴可饮。'"

---

①透纳(Joseph Mallord William Turner,1775—1851),英国浪漫主义风景画家。他的第一幅油画作品描绘了夜晚的海景,名为"Fishermen at Sea",评论家称这幅画"总结了十八世纪所有艺术家对海的表达。"
②柯勒律治(Samuel Taylor Coleridge,1772—1834),英国诗人和评论家,"湖畔诗人"的代表之一。

他赞同地点点头。"大部分人都以为最后一句是'没有一滴可饮'。"

"大部分人都记错了,"我说,"大部分时候、大部分事情都是如此。那幅画中之船真的静待吗?静待在画中之海?"

"没错,"马丁·吉尔马丁说,"不过精彩的是画的后面。"

2

"嵌入式保险柜,"卡洛琳·凯瑟说,"他把那幅画扶正,感觉到后面有东西,结果是个嵌入式保险柜。"

"没错。"

"马丁的想法,"她说,"他邀你去吃午餐的目的,就是让你可以抽空去河谷区一趟,进入梅普斯的房子,打开那个保险柜。"

"我宁愿相信这不是那顿午餐的重点。毕竟,我们是朋友。你不认为他会很乐于跟我聚一聚吗?"

"那还用说,伯尼。如果我是哪个豪华俱乐部的会员,我天天都会邀你一起吃午餐,但眼下,恐怕最豪华的也不过就是现在这样了。"

我们在卡洛琳的店"贵宾狗工厂"里,我的巴尼嘉书店位于百老汇大道和大学广场之间的东十一街,和她只隔了两个店面。今天是星期三,平常这时候我们应该在巴尼嘉书店吃三明治,前一天才该在她的宠物美容院吃午餐。

但因为星期二我跟马丁碰面,而星期一我跟卡洛琳又在书店吃过午餐,所以今天轮到她当主人,我负责买食物过来。于是,我去"坎大哈二人组"店里买了两张皮塔饼和两份不知道是什么的配菜,那是一家百老汇大道街角上新开的店。他们店里唯一的无酒精饮料是一种看起来很恐怖的蓝绿色液体,里面加了开心果调味,所以我在隔壁买了两罐可乐。

"好吃,"她说,"不过你觉得会有多地道呢?我是说,阿富汗会有皮塔饼吗?"

"有关系吗?我是说,北京有墨西哥卷吗?阿尔巴尼亚的地拉那有意大利比萨饺子吗?"

她明白我的意思。毕竟,我们在纽约,这里有一半的墨西哥卷摊子老板是华人,而大部分的比萨店是阿尔巴尼亚人经营的。"你说得没错。"她说,"我们再说说马丁。这件事对他来说不太寻常,对不对?通常他找上你的事,都是去偷他朋友家,好让他朋友拿保险补偿金。但这个梅普斯听起来不像他的朋友——"

"除非你觉得带屎是个亲昵的称呼。"

"而且我想那人也不知道自己会被偷。那保险柜里有什么?"

"现金。"

"马丁怎么会知道?别告诉我当时保险柜没关。"

"如果没关,"我说,"他自己就能把钱拿走。其实也不会,因为当时他跟梅普斯还没有任何过节。他根本没怎么注意梅普斯,只是总觉得他是个卑鄙小人和骗子,但那是在马丁遇到玛里索之前很久的事情了。"

"她当时说不定还在波多黎各的首府圣胡安念高中呢。"

"其实是在奥克蒙。"

"管他是什么。奥克蒙?奥克蒙在哪儿,伯尼?"

"宾州。就在匹兹堡旁边。"

"费城也就在匹兹堡旁边。"她说,"他怎么知道保险柜里有现金?"

"梅普斯无意间泄露的。我不知道他到底是怎么说的,但总之是暗示他偶尔会收到现金,而且不会存进银行或记在账簿上。"

"我现在都很少收到现金了,"卡洛琳说,"现在大家几乎都用信用卡交易。这样也好,因为信用卡不像支票那样会退票。你常收到现金吗?"

"如果不到十块钱,几乎每个人都会付现金。前几天我卖了一批书,总共四十八块零几毛,那家伙给了我一张五十元钞票。不过这种事很少见。"

"什么很少见?一笔生意四十八美元?还是收到现金?"

"都很少见。如果是特价桌上的书卖了两三块钱,有时候我就把钱收在口袋里。不过大部分时候我都会输入收银机。我的意思是,我不想偷自己生意上的钱。店里的收入我尽量如实记载,也乖乖报税。"

"因为你的另一份工作是免税的。"

"偷窃这一行就是这样,"我说,"不必缴税,而且不必做什么文书工作。"

"那养老金的问题我就不问了,伯尼。总之,梅普斯是做哪一行的呢?"

"他是医生。"

"病人都付他现金吗?"

"不完全是,不过会有很大笔的现金。"

"可是大家都有医疗保险,"她说,"谁会付现金呢?"

"我就没有医疗保险。"

"哦,是啊,我也没有,伯尼。我们是自己开店的,医疗保险的保费会让我们破产。好在我的健康状况不错,很少需要看病,但如果非找医生不可,我就开支票。这样至少可以扣抵税额。"

"是啊。"

"当然啦,说不定梅普斯是那种老派的医生,"她说,"就像我在史蒂文森城看的那个。不需要预约,就像去查巴①一样,直接进去拿个号码牌就行了。基本收费是十五或二十美元。不过那家伙是个圣人,伯尼,而梅普斯听起来不太像是封圣的候选人。"

---

①查巴(Zabar's)创办于二十世纪三十年代,现在已经成了众多纽约居民依赖的食品店。

"的确不像。"

"那他是什么样的医生?"

"做整容手术的。"

"你是开玩笑的吧?他替人家整鼻子,还收现金?"

"据马丁的说法,"我说,"大部分整容手术是选择性医疗项目,保险公司不会报销的。如果你想隆胸、抽脂或整鼻子,就得自掏腰包。"

"或者从自己的支票账户里扣钱,因为如果我花了这么一大笔钱,那至少希望能抵减税额。那些手术费还是可以抵税的吧,即使是选择性的?"

"我想是吧。"

"所以呢?"

"口袋里有那么多现金的人,"我说,"都希望付现金时能避人耳目。比如,只是每年从你生意的年收入里刮走小小的十万美元。"

"这花招在我的店里可行不通。我的意思是,只从收入表面刮走一小层可不够,伯尼。十万美元得挖穿岩床,到地球中央去了。"

"我只是打个比方。"

"绝对不会是狗美容业,我明白了。"

"你有那么多现金,"我说,"会拿来做什么?你可以为老婆买条钻石项链,没问题,但接下来你大概没法为这条项链投保,因为说不定哪天就会有人来问你买项链的钱是哪儿来的。如果你是收藏家，那当然就没问题了。你可以买邮票、钱币和珍本书，长期买下去，全都付现金，而你的嗜好会吸掉你每一分多余的钱。不过你还有另外一个选择——"

"就是用来做整容手术？"

"你必须开一张支票给医院，"我说，"才能用来抵减税额，不过也许医生会让你知道他不介意收现金，甚至如果是现金的话，还可以少收一点。这样双方都占了便宜。"

"很棒。"

"太棒了，"我同意，"而且，我猜梅普斯有一些熟人，要不是我自己也时常游走在那一侧，我会说那些人是站在法律对立面的人。"

"罪犯。"

"总之就是那一类的，没错。根据马丁的说法，如果有个黑道老大需要动非法手术，就会去找梅普斯。"

卡洛琳一脸狐疑。"非法手术？你指的是堕胎吗？上回我听到时，堕胎还是合法的呀。"

"但是如果你有个枪伤要缝合，"我说，"你得找个不会向警方报告的医生。或者如果你拿着一张通缉犯海报走进诊所，要求医生替你整得不像照片里的人，顺便替你去掉某些警方提到的刺青或特殊记号……我想梅普斯这类病人接的不多，但我敢打赌他们付很多钱，而且不会用万事达卡。"

她想了一下，点点头。"总而言之，"她说，"他收了不少现金，而且藏在保险柜里。"

"马丁觉得就是这样。"

"那你觉得是怎样的呢，伯尼？"

"我估计他收了很多现金，"我说，"而且他在那个保险柜里藏了一些东西。如果不是现金，也一定是值得藏的东西。总之，我知道他有个保险柜，而且知道在哪里。我甚至还知道保险柜前挂的是一幅什么画。"

"画中之船航行在画中之海。"

"画得很糟糕的船航行在画得很糟糕的海上。"

"你觉得那个保险柜好开吗？"

"嵌壁式保险柜？我还没碰到过真正难开的。如果他有个特别难开的嵌壁式保险柜之母，好吧，那我就得把它从墙上撬下来，带回家慢慢研究。这就是嵌壁式保险柜的特色：可以拆下来。否则它们当初就没法嵌进墙壁里了。"

"你要去偷吗，伯尼？"

"我告诉马丁我得考虑一下。他很希望我去偷，还要求跟着去，甚至说他愿意放弃他那一份。"

"他要忘记什么？"

"是放弃，不是忘记。照理说他提供信息是可以抽成的，如果他跟着去，还可以再分一份。不过他说他愿意跟着我去，但分文不收。当然他大概知道我不会答应让他一起去，不过这是为了表明他多么希望和我一起去偷。他在乎的不是钱,只是想看到科兰多·梅普斯狠狠损失一把。那个保险柜里的东西,不是现金就是珠宝首饰之类的,所以应该没上保险,一旦被偷可就是那位好医生的直接损失了。"

"你觉得梅普斯真带了那么多屎吗,伯尼?"

"这个嘛,我想他不是什么天生高尚的人,至少是个无赖,说不定还是个流氓。马丁有理由憎恨他,因为他在马丁还没玩腻时,就抢走了他手上的妞儿。就我个人而言,我跟梅普斯医生无冤无仇。他没做过什么对不起我的事,以后也不太可能,因为我没有女朋友可以让他抢。"

"我也没有。"

"不过我偷东西不必非得因为我恨那个人。我从来不为自己的行为辩护,因为我知道那本来就是违法的。"

"你说过那是性格上的弱点。"

"没错,也许我该针对这个弱点做些什么。或许有朝一日我会的。"

"不过不是今天,对不对,伯尼?"

"没错,不是今天,"我说,"不是明天,也不是后天。"

"后天是什么日子?"

"星期五。"

"谢谢你,伯尼。如果没有你这个朋友,我就得去买本日历了。星期五会发生什么?"我没开口,看着她,卡洛琳拍了一下额头,说,"啊,你打算在那天动手,星期五晚上吗?我猜这意味着那天晚上在'饶舌酒鬼'你会点巴黎水。"

我们习惯每天下班后在附近的酒吧碰面喝一杯,庆祝辛劳的一天终于结束,从洗狗和卖书的高压中解放出来。偶尔碰到我稍晚要去工作时,我就只喝巴黎水。平常我的解药是苏格兰威士忌,配什么喝都行,但是可惜呀,配上偷窃就不行了。

"不过没关系,"她说,"因为那天我不会去饶舌酒鬼。"她昂起头,挤挤眼睛,"我有个约会。"

"是跟我认识的人吗?"

"不是。呃,我不该这么早下结论。说不定你认识她,但我不认识。"

"你在网上认识的。"

"没错。"

"哪个网站?'相约女同志'?"

"这个网站最棒了,伯尼。和'女同之友'相比,他们过滤掉了更多十来岁的男生。说起来,未成年小伙子和女同性恋之间到底是怎么回事?他们为什么对我们这么着迷?我可以向你保证,我们对他们没兴趣。"

"你是说,你不会幻想自己是十五岁小男生,或者幻想跟他们鬼混?"

"奇怪的是,"她说,"我从来不会。伯尼,你也曾是个十五岁的小男生。"

"当时还没有电脑约会和网络聊天室。"

"是啊,但已经有女同性恋了。你那时对女同有幻想吗?"

"我当时的确有幻想,"我说,"不过应该和女同无关。在女同被广泛关注之前,我根本不知道她们的存在。我的幻想生活很丰富,不过就我记忆所及,里面没有女同。"

"我只是想到了一个画面:在这种聊天室里热情交谈的两个女同,撤除所有防备,告诉对方自己想做什么、会怎么做,而其实这两个人都是小男孩。这让我想到了一些事。"

"什么事?"

"就是,做这种事情的小鬼。我是说,他们可能很疯狂,不过并不笨,对吧?"

"所以呢?"

"所以难道你不认为,他们知道他们的线上哥们儿跟自己一样不是女同吗?如果他们明知道,却还是玩下去,那目的是什么?"

"开心啊。"我提议道。

"我想是吧。总之,在'相约女同志'上这类恶作剧就少得多。那边不聊天,只能发帖。点了帖子,你就订了一个约会。"

"那这次是什么,你的第四次约会吗?"

"只是第三次,伯尼。一星期前有个约,一切都安排好了,结果她取消了。"

"临时怯场吗?"

她摇摇头。"温暖的回忆召唤了她。她跟前女友决定还是再一起努力试试看,所以就取消了约会,之前她还说她现在自由自在、不受拘束了,前一段感情太恐怖了,她再也不想看到那个贱货了。如果她打算吃回头草,好吧,那我很高兴没和她浪费一个晚上。"

"很有道理。"

"我星期五要约会的那个人,"她说,"是个律师助理,他们的律师事务所在商业不动产交易中代表业主。"

"她可能为了听起来比较刺激讲得稍微夸张了点。"

"所以她的工作就没什么魅力。但日复一日地洗狗也不能让你登上《名利场》杂志封面。总之,她似乎还挺有意思的。当然,没有照片的话,也很难知道对方能不能吸引你。"

"'相约女同志'上没照片?"

"这也是避免小男生来搅和的方式之一。你可能会认为贴照片才比较好,因为他们不能传自己的照片上去,可是他们会从别处下载别的照片来用。"她翻了个白眼,"十来岁的小男生彼此发送裸体女人的照片,假装自己就是那个女人。我们生活在一个什么样的世界?"

"她叫什么名字,你要碰面的那个女人?"

"如果我们合得来,她或许早晚会告诉我。不过目前为止,我们只有彼此的网名。她叫'鬈发小妞'。"

"或许她不会穿一身打猎装出现。"

"我想这个网名其实是有点反讽意味的。她不是那种很有女人味的人,不过也不是开大拖车的那种类型。"

"介于两者之间。"

"没错。"

"我不是那种很女性化的女同,可是我在办公室能装出那个样子。"

"差不多就这个意思,伯尼。我感觉她还挺有趣的。这个晚上就算不浪漫,至少也会很好玩。所以,我还真期待星期五的到来呢。"

"我也是。"我说。

3

  我回到书店开门营业，比起一个在商业不动产交易中代表业主的律师事务所里的律师助理，我的这个下午不会有更多刺激。"鬈发小妞"这一天肯定赚得比我多，而且我敢打赌她有医疗保险。

  我大约六点打烊，把放在外面人行道上的特价书桌搬进来，确认了拉菲兹的食物碟里有猫饼干、水碗里面还有新鲜的水，而且厕所的门半掩着，好让它能使用马桶。我在饶舌酒鬼跟卡洛琳碰面，我们和平时一样点了苏格兰威士忌，她的加冰块，我的加苏打水。玛克辛端来了酒，我们举杯——敬犯罪，大概吧——然后各自喝了。第二轮喝到一半时，卡洛琳问我晚上要不要去她家一起看电视。今天是星期三，她说，晚上会播出《白宫风云》和《法律与秩序》，配上从"湖南盘"叫来的中餐，边吃边看电视，那可是完美极了。

  "不行。"我说。

"你有约会吗?"

"我记忆中上一次约会,"我说,"是一〇六六年。"

"黑斯廷斯之役?"

"如果我参加了,"我说,"那我一定是在战败的哈罗德那一方。我上次约会就是这个下场。"

"你可以试试网络约会,你知道的。"

"是啊。"

"伯尼,就算你不试网络,也总会遇到意中人的。只是时间问题。"

"等我遇到意中人,"我说,"我早就忘了该怎么约会了。不,我今天晚上没约会。我得去工作。"

"今天晚上?我还以为你预定星期五上工。"

"今天晚上也去。"

"可是你喝了酒。"

"反正我又不是一个人喝酒,对不对?"

她皱起眉头。"伯尼,你出去偷东西前向来不沾酒的。这是你坚守的原则,而且好像是唯一的原则。"

"我还从不跟医生玩牌,"我说,"也不在店名叫妈妈的餐馆吃饭。[①]"

"也不在你偷东西之前喝酒。"

"也不在我偷东西之前喝酒。"我赞同道,"我得说,

[①] 出自纳尔逊·艾格林(Nelson Algren)的《漫步荒野》。

这是我的三大铁律。"

她想了想。"你今晚要工作，可是不牵涉闯空门。"

"我不能开门，"我说，"也不能闯进去。"

"你是要去给人估价吗？"

我的二手书生意有时候得在晚上进行，有时是应某个客户的要求去替他们的藏书估价，以便评估保险金额，或是给某个可能的卖家开价。不过今天晚上不是要去估价。

"是跟偷东西有关的事，"我说，"需要脑子相当清醒，但不必滴酒不沾。我要乘地铁去河谷区，看看梅普斯的家。"

"事先勘查。你需要同伴吗？"她皱皱眉，"可是我九点前得赶回来。理由听起来会很愚蠢，但我真的不想错过《白宫风云》。"

"不愚蠢。反正今天晚上会很无聊，我只是要看看那幢房子，在附近转一转。"我端起酒杯，看着杯中怡人的颜色，"星期五我倒是可以带个同伴，不过你已经跟'鬈发小妞'约好了。"

"慢着。我还以为马丁要跟你一起去。"

我摇摇头。"他想去，但我不可能带他一起。你别忘了，他认识梅普斯。如果他在那一带被人看见，如果整个窃案有任何扯上他的地方——"

"你打算找我一起去？那为什么不开口呢？"

"呃，我一发现你有约会……"

"怕我会取消对吧？我现在还是可以取消的，写个电子邮件给'鬈发小姐'说我临时有事就行了。"

"不，不要取消。这是你第三次通过'相约女同志'约会，而人人都知道无三不成礼。何况，对于把你扯进我的犯罪行动中，我一直有点小小的愧疚。"

"只要我们不被抓住，"她说，"你就没什么好愧疚的。"

"主日学校里可不会这么教你。"

"太可惜了。"她皱起眉头，"几点？"

"我真的不希望你取消约会。"

"这点我明白。你打算几点动手？"

"不知道，还没决定。梅普斯夫妇有大都会歌剧院的戏票，八点开演，所以他们最可能在七点左右离开家。"

"你就打算那时候去吗？"

"不，那对我来说有点太早了。我大概会九点左右出发。他们要看的歌剧是《唐·乔瓦尼》，总共要演将近四个小时，等他们回到家——"

"我可以去。"她说。

"可是你和'鬈发小姐'的约会——"

"我不是跟你说过我星期五不来饶舌酒鬼了吗？我跟她约了六点十五分在阿尔贡金饭店的大厅见面。这样约会结束后，我还有大把时间回家换上牛仔裤和球鞋，跟你到约好的地方碰面。"

"要是你们见面很谈得来呢?"

"那我们去河谷区的路上,我的表现或许会比之前来过一场彼此讨厌的约会要更好。所以呢?"

"我指的是真的很谈得来,"我说,"然后决定一起共进晚餐,然后决定去,呃——"

"去做十五岁小鬼在聊天室里梦想的一切。放心吧,伯尼,那种事不会发生的。"

"可是如果你们彼此都很喜欢对方——"

"如果真的如此,"她说,"我也真心这么期望,虽然天知道,概率实在太低了。但如果发生了这种事,我们会喝第二轮酒,然后我们会告诉彼此这次碰面有多愉快,接着我们会握手,或许握到最后还会偷偷捏捏对方的小手。之后我们会在网上相遇,安排下一次的晚餐约会。"

"听起来很复杂。"

"可比跑去'卡比洞'拖着某个醉鬼回家要简单得多。"她承认,"但大部分时候,这种约会很难碰到合得来的人,你只能独自回家;而要是你走运,最后你会跟谁共度此夜?还不就是那种去女同酒吧让人钓的女人。"

"哦。"

"伯尼,我猜我会做的,就是和'鬈发小妞'喝两杯酒,然后回家路上买份烤鸡,回来跟猫一起分享之后就去'卡比洞'混一夜。不过我宁愿跟你去河谷区。你真的需要同伴吗?"

"唔，我想开车去。今天晚上乘地铁没问题，但如果手上拿着不属于你的东西，公共交通工具可不是最安全的方式。"

"你需要我。"她说，"万一你找不到停车的地方呢？"

"我也这么想。"

"我们是商业伙伴，"她说，"我是你的帮手，就跟以前一样。而且当然，我不会透露只言片语，可是这样一来，'鬈发小妞'就会注意到我有种神秘的气质。"她咧嘴笑了，"所以，这能有什么坏处呢？"

4

其实我也不是真有必要先回家一趟，就穿着那天早上的衣服也没问题。乘地铁没有服装规定，河谷区也应该不会有，我只是希望避免引起注意，而我身上穿的卡其裤和马球衫唯一可能会引人注意的地方，就是衣着品位不怎么样。

现在是春天——我可能没提过——如果傍晚气温降几度，我穿短袖衬衫可能会觉得冷。就算不冷，反正我也在饶舌酒鬼喝了两杯苏格兰威士忌，多耗点时间让酒力消退也没坏处。接下来的工作不需要清醒的头脑和迅速的反应。尽管这任务本身完全合法，却是另一个犯罪计划的一环。从饶舌酒鬼到地铁站的路上我吃了片比萨，觉得应该有醒酒效果，但双重保险有什么坏处呢？为什么不回一趟家，甚至在家里弄杯咖啡喝呢？

结果，醒酒效果没那么好，不过这事不可能预先知道。我回公寓拿防风运动夹克，那件夹克是黄褐色的，比我裤子的颜色要暗一些，穿上之后，我就成了个标准的寻常百姓、路人甲，看起来无可挑剔，而且奉公守法。

我的公寓在西端大道和西七十一街交会口的一幢战前建筑里。我的生活大半都在格林尼治村——当然，我的书店就在那里，位于东十一街，从我们的店往南、再往西走不到一英里，就是卡洛琳位于阿伯巷的公寓。她每天步行去店里工作，我常想着如果自己也能走路去工作一定很棒。我猜我其实也可以步行，但这样的话就得花上两个小时，目前看来这似乎不是个好主意。

搬到格林尼治村似乎也不是个好主意，因为根本不可行。我现在的公寓有房租上限管制，所以我的租金只有市场价的三分之一。如果我放弃这里去市中心租一户类似的公寓，得花至少三到四倍的钱。或者，如果我的夜间活动真让我赚了一大笔，我就可以在市中心买一套合作公寓或共管公寓，然后每个月付的管理维修费就约等于我现在的房租。

何况，我已经习惯这个地方了。这里也没什么不好，一套简朴的一室一厅公寓，从窗户望出去可以看到巷子另一头的公寓，我也从没费事去改善公寓里的陈设和装潢。

呃，慢着。刚才说的不太对。我搬进来做的第一件事，就是在壁炉两旁做了一个嵌入式书柜（偶尔有人来访时，她们都会问那个壁炉真能用吗。不，我解释，壁炉退休了）几年后，我做了第二个改动——在卧室的壁橱后面做了个隐藏夹层。我偷来的东西就先放在那里，再设法慢慢处理掉。我紧急救命的钱也放在里头，有五千到一万美元现金，还有两本护照，其中一本是真的，另一本则伪造得相当高明。

此外，当然，我还收藏了一些凿子、探针之类的物品，人们通常称之为盗窃工具。除非你有锁匠执照，否则仅仅持有这些工具，就足以让你去纽约州北部的监狱当州长的客人。偶尔我也会想是不是要弄一份锁匠执照，这样就可以避免因持有盗窃工具而被捕。但受理证照的人如果在申请书上看到我的名字，可能会暗自偷笑，说这根本不可能——至少我是这么认为的。或许发执照的部门不会去比对一份曾被定罪的大师级窃贼的名单，但若果真如此，那这个考核制度就是有瑕疵的，这不是太令人震惊了吗？

我冲了杯咖啡喝，然后走到壁橱去拿防风运动夹克，八点左右我下了楼，走到西七十二街和百老汇大道交会口去搭乘 IRT 西区地铁。我两手插在夹克口袋里，裤兜里则装着我的盗窃工具。

我以性命发誓，我真的不知道为什么要这样。

我猜一定是习惯成自然。我正要去工作，即使我知道工作内容完全只限于事先勘查。但人们去工作时都会随身带着吃饭家伙，而我正是这么做的。

在去地铁站的路上，我才意识到我带着工具。我考虑过回家把那些工具放回原处，又觉得为此专门跑一趟也太蠢了。没人会把手伸进我的口袋，唯一可能这么做的就是我自己。我不会做任何违法的事情，所以警察不会有理由搜我的身。我又没在后裤兜里插一把装满子弹的枪满街乱跑。我身上带着的是盗窃工具，仅此而已。而工具又不可能突然跳出来自首。

河谷区属于布朗克斯，但如果你不知道也不必觉得羞愧，因为他们用尽了一切办法守住这个秘密。在报纸分类广告的售屋信息里，河谷区的待售房屋清单自成一区，就跟在曼哈顿后头。而布朗克斯的信息，则要到很后面才能找到。

地铁驶到了曼哈顿北端，轨道开始升上地面，因此如果你望向窗外，就可以看着列车穿越哈林河，碾过国王桥，进入河谷区。如果你真的望向窗外，绝不会看见一个广告板宣布"河谷区——布朗克斯的一部分，且引以为荣！"这可真是绝妙的广告语，但目前为止，还没有人急着用。

当你在最后一站西二四二街下了车，迂回着往南再往西，沿曼哈顿学院大道——街名的由来是因为这条路就环绕着曼哈顿学院那爬满常春藤的校园——前进，你简直会以为自己身在曼哈顿。"曼哈顿社区学院"位于曼哈顿岛的特里贝卡区，而"玛丽蒙特曼哈顿学院"则在东七十一街，另外你会发现"曼哈顿音乐学校"是在百老汇大道和西一二二街交会口。这些学校的校名中都有"曼哈顿",也的确都位于曼哈顿,但奇怪的是,"曼哈顿学院"位于河谷区,而河谷区明明在布朗克斯。

啊,对了。奥格登·纳什①曾在七八十年前写过:搬去布朗克斯吧?/不,谢了!七八十年前,布朗克斯就没有受到尊重,而且多年来这里的形象并未有所改善。河谷区拥有美好的古老粗石屋及知名的大学预科"河谷区地区日校",可想而知,它自然不愿意与布朗克斯的某些地带相提并论,比如阿帕契堡②。

我一边想着这些,一边寻找梅普斯家的房子,然后暗暗后悔身上没带地图。我家里有一本海格斯托姆地图公司出版的纽约五个行政区地图集,我用它研究过河谷区的地图,规划过路线,不过这会儿手上如果有那张地图的话会更方便。那本地图集号称是"口袋本",但我看除非你是袋鼠,才会有那么大的口袋。我考虑过把那页撕下来,但我实在是个爱书人,不能只凭一时冲动就把一本有用的书分尸。我有一张曼哈顿的折叠地图可以随身带着,但带了又有什么用呢?尽管河谷区的居民可能会希望被划入曼哈顿,但其实河谷区根本不在那张地图上,地图公司可清楚

---

① 奥格登·纳什(Ogden Nash, 1902—1971),美国诗人,以其韵律怪异、结构奇特、含有淡淡讽刺意味的诗歌而成名。
② 阿帕契堡(Fort Apache),是纽约市警局第四十一分局的绰号,该局辖区位于布朗克斯南边地带,一九六〇年至一九七〇年间,这个地区充斥着犯罪、毒品、纵火等治安问题。

得很，河谷区在布朗克斯。

地铁站所在的百老汇大道上有两家便利店，或许其中一家会很乐于卖给我一张布朗克斯的地图，只要我答应不声张自己的购买地点。但我一开始根本没想到要买，等想到时又已经在漫长曲折的曼哈顿学院大道上走得很远了，远得都迷失了方向。如果回头去买张地图从头再来，那就太可悲了，于是我继续走下去，在德拉菲大道右转，然后在二四六街左转，于是来到了亨利·哈得孙街，这里离哈得孙河不远。我继续朝河边走，经过了几条我记得在地图上看到过的街道，不时转错个弯，不过这是熟悉这个区域必需付出的代价，这不就是我此行的主要目的吗？

然后我从名称颇具诱惑力的犁人树丛巷再往北走了一个街区，来到德文郡小巷。河谷区属于丘陵地带，而德文郡小巷就位于上坡处，街道东边有许多独幢房子——梅普斯家就是其中之一，位于坡顶。这些房子都很大，矗立在占地甚广的庭院里，草坪往下斜向人行道。那些草坪看起来很陡，无法用割草机修整，约三分之一的业主解决这个问题的方式是以常春藤或富贵草取代一般的草皮。不过梅普斯家有草皮，而且看起来照料得很好，他家的灌木也修剪得很齐整。说起来，他是个整容医生，对吧？本来就该把事物改造得更具美感，不是吗？他自己可能没有修剪树篱的大剪刀，但他一定会确保它们都被修剪得很好。

从我站的地方看不见哈得孙河，即使沿着车道往坡上走，来到屋子旁，也只能看到一条细细的河流。从房子一楼的窗户可以看到更多，而在二楼或三楼就可以看个清楚了。人类灵魂中有一种莫名的想看到水的渴望，我想这就是为什么那么多人家里有水族箱。不是因为鱼，而是因为水。我知道德文郡小巷这里的住户不必瞪着装满孔雀鱼的鱼缸，因为他们能看见哈得孙河。

我回到房子前方的车道，在那里我只能看到科兰多·朗特里·梅普斯的豪宅，一时之间也足够我看的了。那是一幢大房子，不过整个街区的房子都很大。有几幢是红砖造的，有两幢是都铎式的半木制灰泥建筑，其他都是岩石材质的，让你想到城堡也是用这种材料建的。德文郡小巷的房子不是城堡——我没看到任何护城河或可以拉起的吊桥，连一道升降闸门也没有——但仍感觉得到某种明显的城堡气氛。那些房子让人感觉内容充足，这一点对我而言当然很完美；但它们似乎又是无法攻破的，这对我来说就不是好事了。没有人进得去，那扇庞大橡木门中央的狮头黄铜门环咆哮着。想都不要想，一扇扇巧妙镶着金属带的窗户低吼着，没人能进得去，快回家吧。

那些金属带表明这幢房子装了防盗警报系统，前门的雷布森锁下加装的一个盾形牌子告诉我这个防盗系统是凯尔格保安系统。我对凯尔格很熟悉，还买了一套以提高自己的熟悉度，而这种熟悉并未让我鄙视这套安保系统，只不过不愿尊敬。我无法绕过这个系统，除非带一把电钻，但那会比警报本身引来更多注意。一旦我进到屋里，就可以关掉警报系统，我知道怎么关，但我得进去才行，而凯尔格系统这会儿正得意地坐在那里，告诉我进入诺克斯堡①可能还要容易些。

话说回来，没有什么地方是进不去的。我从没去过诺克斯堡，也想不出有什么理由去（我甚至不确定里面是否真的有黄金，你能确定吗？）不过我确定要进去是有可能的。当然不会容易，不过"容易"和"不可能"之间可是隔着一片汪洋。

梅普斯家不是诺克斯堡。可能有点棘手，但还是能进去。办法总是有的，我就是打算先来看看，找出方法，这样星期五我就知道该怎么动手了。

不过现在我要先走回犁人树丛巷，绕着这个街区走一圈。我已经站在梅普斯家前面好几分钟了，可不希望引起任何注意。如果有人看到我，那我就给他们一个机会看到我离开，而且绕上一圈后，我可以对这一带有个完整的概念。

我花了五到十分钟，回到那幢有修整过的草坪和灌木的庞大岩石住宅时，一切看起来和之前一样，同样的窗子里亮着同样的灯。我无法分辨是否有人在家，因为几乎所有住独幢房子的人离开时都会习惯性地把灯打开，免得一

---

①诺克斯堡（Fort Knox），位于肯塔基州北部的军事用地，为美国联邦政府储存黄金。

片黑暗的屋子会招来小偷。(对小偷来说，完全没开灯的独幢房子就表示屋主在家睡觉，不过不可否认，这招只有在三更半夜的时候才管用。)

住公寓的人出门时则通常会把灯关掉，他们有很合理的推测：如果小偷想进去，是不会在乎屋里是否开着灯的。住公寓难免要承担偶尔被偷的风险，不过高额电费账单可是实实在在的损失，而且每个月都会来一张。

不过，住独幢房子的人觉得自己更容易遭小偷，并认为自己可以做点什么。以前你看到独幢房子灯亮着一整夜，清晨四点都还亮着，就知道屋里肯定没人，但现在家家都有电灯定时器，电灯开开关关，好像真有人在家一样。

这是一场永无止境的游戏的一部分，一个家庭版的军备竞赛。更好的锁和更复杂的警报系统层出不穷，而像我这样的坏蛋就不断设法破解那些锁和警报系统。同样的技术可以用来加固一道门，也可以促使我这种人找出新方法去破解。

梅普斯家里有人吗？无论他们如何聪明地设定家里的电灯，要弄清这一点还是有办法的。我可以打电话过去，看他们会不会接。不过语音信箱和电话答录机会混淆真相，转到答录机也不表示没人在家。下一步就是去按门铃。即使他们不来应门——如果是半夜的话，他们当然不会来开门——屋里有人你也可以察觉到一些迹象。他们会打开一盏灯，四处走动，制造出声音，然后小心又勤奋的小偷就会暗自溜走，改天再来。

最后，还有一招，就是依靠逐渐锻炼出来的直觉，只要站在一扇门前，你就能感觉到门的那头是不是有个活人。这种直觉不是万无一失，而且会受某些力量左右，比如不耐烦或满怀希望的思绪。但那种直觉是存在的，你慢慢地就能学会掌握它。

直觉告诉了我什么呢？

它告诉我，眼前这幢房子是空的。没有任何证据告诉我这个结论，也没有合理的论据指出屋里没人。我只是有这种感觉。

但有没有人又有什么不同呢？我来这里不是要闯空门的。星期五会有大把时间可以利用，届时我不需要直觉告诉我房子是空的，因为歌剧《唐·乔凡尼》可以确保这一点。而且到时我有个助手随行，还有辆车载着我和助手，以及我们稳稳到手的战利品迅速而安全地脱身。现在我唯一要做的，就是琢磨出星期五该怎么进入这个该死的地方。

我首先做的事是检查窗户。我已经看到了一楼（来自英国或欧陆的小偷会称之为"地面楼层"，因为他们的文化是从一道楼梯的顶端开始计算楼层的，而不是从楼梯的底部开始算）窗户上的金属带。不过，有时某些屋主为了节省时间和金钱，会在比较容易进出的窗户上安装防盗系统，而忽略那些他觉得对小偷来说太偏僻的地方。毕竟，他真的会在设定警铃前逐一关上房子里的每一扇窗吗？他可能会希望楼上角落的某扇窗就不关了，以保持通风。高一点的窗子就不装防盗金属带了，这样轻松点，不是吗？而且也同样安全，对吧？

轻松点，或许吧；安全，那可不见得。如果二楼的窗子没有凯尔格保安系统把关，弄一把够长、能让我爬进去的折叠型铝梯来不会太难。而如果这把铝梯能让梅普斯家为我芝麻开门，我今晚就可以潜入车库看看有没有可以借用的梯子。我用完了会放回去，一切保持原状。

我仔细看了一遍，知道自己不必进车库了，因为梯子也帮不了我。二楼的每扇窗户都有金属带。（还有一个可能——虽然这可能性很小——就是那些金属带只是做做样子的，就像打击率零点零一还能拿到三冠王[①]的可能性一样小。当然，这是有可能的，不过你不会拿钱去赌这个。）

那地下室的窗子呢？那些窗子很小，上头的玻璃常常破了之后又没马上换新的，何况地下室又脏又乱令人讨厌，里头有一大堆蜘蛛、蜈蚣和夜间爬行动物，平常除非不得已，你是不会去地下室的，所以谁能想得到地下室的某扇窗子会成为小偷进门的路径呢？就算小偷想

---

①三冠王是指击打王、打点王和全垒打王。

爬进来,他能钻得过那么小的窗子吗?他为什么会想钻进地下室呢?

地下室的窗子边缘也全都装上了同样的金属带。我很失望,但不意外,至少我不必伸长脖子卡在那里,才发现自己钻不过去。

那三楼的窗子呢?从我站的地方看不清楚,不过好像没有什么不同。我没有恐高症,不过也没疯狂到爬那么高去闯空门。就算我能找到梯子上三楼,还能把梯子固定好,以免爬到一半梯子倒了,我也不愿意在梯子上花那么多时间,被任何附近刚好朝这里看的人发现。有很多非法的事情是旁人不经意瞥见时也看不出来的,不过其中可不包括爬上一扇三楼的窗户。

好吧,放弃那些窗户了。也放弃那些门了。剩下还有什么?

这幢房子就像同街区的其他房子,至少是四分之三个世纪前建造的。显然是战前。(Prewar 这个词若是讨论纽约的房地产,向来指的就是第二次世界大战前,不论那次决战后又发生了多少次战争;就像 antebellum 这个词永远是指南北战争之后,antediluvian 的洪水就是《圣经》里的诺亚洪水,除非你刚好住在约翰斯城①。)我猜这幢房子建于二十世纪二十年代。我有办法查清楚,不过反正无所

---

①约翰斯城(Johnstown),位于美国宾州西南方,一八八九年一场大洪水将此城几乎全毁,死亡逾两千人。

谓。那个年代建的房屋几乎都会有煤炉,这说明房子里有专门放煤炭的地窖,所以也得有个滑道,让运煤车能把煤倒进去。

于是,这就表示滑道口会有一扇木头小门,可能在屋子的后墙上,打开的角度在四十五到六十度之间。还记得《玩伴》那首歌吗?哦,当然,这首歌跟杂志插页模特一点关系也没有①。玩伴,出来跟我玩/带着你的三个娃娃来/爬上我的苹果树/对着我的雨水桶喊/滑下我的地窖门/我们一起开心玩/永永远远。

现在都没有这种儿歌了,也没有地窖门可以让你滑下去。不过梅普斯的房子建造时是有的。现在人们都会把那道门长期锁上,通常都是用挂锁,可是一扇装着挂锁的小木门要怎么跟防盗安保系统连线呢?

这可能是个办法,不过当我绕到房子后头想找通往煤窖的入口时,就发现不必妄想了。这房子的确曾经有个地窖入口,非常确定,不过早就被废弃了,地窖口用砖头和水泥填了起来。没错,我还是可以进去,不过得用上凿地电钻,而且这玩意儿很容易惊动邻居。

见鬼。

总会有办法的,我告诉自己。这话当祷告词不错,不过细想一下,我怀疑这话并不是宇宙真理。没准就有一次

---

① 杂志插页(Centerfold)这个词主要指《花花公子》这类杂志中的性感照片,因上文提到玩伴(playmate)一词,所以有此联想。

没办法呢？

可是一定要找出办法。这是一幢很大的老房子，一定充满了不为人知的角落，还有窗台和楼梯下的橱柜，以及从未有人进去过的房间。这样很好，只不过这些都在屋里，屋外什么都没有，只有石头，还有门，以及多得我都懒得数的窗子，而且窗子上都装了安保设备，我没法破窗而入，除非我设法让这一带停电。

我正在思索该怎么制造停电事件——更像是在胡乱猜测而不是寻找可行性措施，然后我睁大了了眼睛，看着一直在我眼前的某样东西。我之前怎么会没看到？当然，答案是我当然看到了，却不知怎的没认出来。我看到了它，知道它是什么，没认出来它所代表的意义。

它表示我曾像侠盗罗宾汉一样成功过，这就是它的意义。

5

　　转身沿车道往下走、离开梅普斯的房子,是我毕生做过最艰难的事情之一。

　　眼前这幢房子是一座难以攻陷的堡垒,我却有个完美的方式可以闯进去。而且我万事俱备,凿子和探针都在身上,双手也可以轻易钻入我塞在口袋里的塑胶手套。谁能说我不能因无意中带着手套和工具出门的先见之明受益呢?或许我潜意识里早就知道会有机会来敲门。现在我就该动手,怎么可以让机会溜走呢?

　　我之前没打过电话确认他们是否在家,不过我觉得屋子里没人。有一篇文章提到过,屋里没人是能听得出来的,有人的房子里会有人类能量无声地穿梭。我没有这种感知能力,但我知道自己有时能感觉到有人在屋里,而这幢房子却没给我这种感觉。而且我从车库得到了确切的证明:窥视一眼,就看得到一辆又大又快乐的雷克萨斯SUV停在一侧,旁边空出的位置停第二辆车绰绰有余。

天哪，真想动手，我咬紧牙关，口水流得跟巴甫洛夫的狗似的。我指尖发抖，热血沸腾，使出了自己都不敢相信的自制力才离开那里。

离开梅普斯的房子并没有关掉塞壬女妖诱人而致命的歌声。心里有个声音在提醒我，其他房子也跟梅普斯家一样，每一幢当然也有恰当的瑕疵，向一名积极进取的小偷敞开。我为什么不趁现在闯入其中一幢呢？时间允许的话，甚至可以连闯两幢。为什么不呢？

因为如果有人家失窃，这一带的每个人都会紧张起来，我告诉自己，于是就会增加星期五晚上的风险。但那个心底的声音却机灵得很，他提出有力的辩驳：在我闯入梅普斯家之前两天、隔着几户之外发生的一宗窃案，会让星期五的偷窃看起来像是连环窃案之一，这样梅普斯就成了一个意外的受害者，而不是被锁定的偷窃对象。这么一来，就没有人会想到谁跟梅普斯有仇从而去找马丁，而是会朝反方向去找线索。

闯进角落的那幢房子吧，那个声音喃喃低语，这样他们就不会仔细去查梅普斯家的窃案了。他们会以为两件窃案相关，然后监视这一带，耐心等待窃贼第三次作案。但不会有第三次了，没人想得出为什么。

你无法跟这种声音争辩，唯一能做的就是继续走，我就是这么做的——低下头，双手插在口袋里，双肩防卫地前倾。那个声音还在唠叨。感谢你的建议，我告诉那个声音,然后一路走到地铁站,爬上月台,乘车回家。

我回家后的第一件事,就是把挡风夹克放回衣柜。然后站在那儿,把我的秘密夹层打开——知道方法的话,其实很容易打开——把我的小偷工具和手套塞回去。我泡了茶,坐在电视机前。《白宫风云》播完了,《法律与秩序》正在播下半集,检察官杰克·麦考伊太急于将嫌疑犯定罪,玩了个肮脏的手段。曾经一度,电视上的警察和检察官都是好人;然后有一阵子,其中一些成了坏人;现在媒体和观众都比较通情达理了,知道一个角色可能好坏兼具。

某件和剧情无关的事情让我一路看了下去,甚至让我没怎么注意剧情发展。饰演十二名陪审员之一的临时演员看起来像我几年前交往过的一个女人。之后我没再见过她,而且完全失去了联络。

我无法确定那究竟是不是她。她参与过一些表演,虽然没有什么成绩。她也写作、唱歌,不过她做得最多的,也是让她能买得起丝袜和眼线笔的,就是端盘子。《法律与秩序》是在纽约拍摄的,而不是在加州,这是这出剧集中的配角和临时演员看起来像实际人物的原因之一,所以一个在纽约发展的歌手或作家或演员或女招待出现在这个剧集的陪审席中,也不是没有可能的。

如果摄像机能在她身上稍稍停留一会儿,我或许可以确定那是不是弗朗辛,可偏偏没有,于是我也无法确定。镜头只是偶尔扫过陪审团,每次都足以让我肯定那个人很像弗朗辛,但又不足以确定到底是不是她。然后,因为想着也许下一回镜头扫到她身上时能让我得到结论,我就一直等着陪审团的镜头,忽略了其他的剧情。

最后陪审团达成决议(他们宣告那个浑蛋无罪,所以麦考伊的道德过失也没有造成什么影响),而我的疑问却没能达成决议。我期待会有人向法官申请,要求陪审团成员分别表明自己的决定,可是没有。反之,镜头切到扮演麦考伊的萨姆·沃特森和演另一位检察官的弗雷德·汤普森在他们的办公室里,沃特森一肚子气,汤普森则很看得开。然后就是以光速播放的片尾演职人员名单,不过没什么用,因为她的名字反正不会被列在上头。一个没有台词的临时演员通常是不会登上演职人员名单的。

于是我无所事事地坐在那儿,想着弗朗辛,其实也没多少可以想的,因为我们只约会了几个星期,最多一个月。如果我没记错,我们终于上床的那一夜成了共度的最后一夜,不是因为床上很糟糕,而是我们真的不是天造地设的一对,能持续交往到最后上床,只是为了确定我们没有搞错任何可能性。一旦对彼此的性好奇熄灭,无论我还是她就真的没有理由再继续交往下去了。

我试图搞清弗朗辛和我交往是几年前的事情,最后断定最少三年前、最多六年前,只能缩小到这个范围了。然后我发现自己在计算那时之后，有多少个女人走进又走出了我的生命。我不记得最终得到的数字是多少，但其实无所谓，因为不管数字是高是低，都只会令人沮丧。我的意思是，就算我在弗朗辛之后有过三十个女朋友，或者只有两个……明白我意思吗？

更令人沮丧的是，最近我似乎连玩这个游戏的劲头都没了。我根本就没站上打击区，更别说创造高的打击率了。自从上一次约会失败之后，我已经很久没试过了，上次是我跟某个傍晚时分偶然逛进我书店的女人搭讪，我提早几分钟关了店门，跟她去喝了杯酒，然后到第三大道的电影院看一票两片的电影，然后送她上出租车，从此没再见过她。我有她的电话号码，当然她也知道怎么联络我，但我们双方都没说"我再打电话给你"，也的确都没有打。她之前没来过我的书店，之后也没再来过。

而上一回我真正和女人上床是……呃，想不起来是什么时候了。我曾经有个认真的女朋友，交往了几个月，然后冬天时走到了苦涩的尽头，不是去年冬天，而是前年。然后接下来那个春天（也就是去年春天，大约一年前了）的某个时间，我开始发作了。

发作。我不知道大家是什么时候开始使用这个说法的，也不知道在这个方便的说法流行之前，我们是怎么形容这种状况的，或许叫"行为失调"吧。不论你如何称呼它，我对心碎的反应就是顽固地照顺序连做三件事。第一件是我每星期大半的时间都多少处于酒醉状态，但给我带来的唯一效果就是昏昏沉沉的宿醉和典型的酒后懊悔。然后我开始用一种颇为急切的态度追女人，还真追到了几个，不过我能追上的，都是任何自重的选手都不会沾的那种。最后，就是去猛偷一阵东西，在此状况下，我大概会连续两星期平均每晚闯一次空门。我制造了个人的犯罪高潮，要承担的风险简直不堪设想，但至少我没有自毁倾向。我并没有下意识地希望被捕，也没有人抓到我，而当我终于恢复清醒再度平静下来时，至少有了一笔可观的金额收在我的备用户头里面。我全身而退，至少比喝酒和追女人的下场好多了。

而那阵子之后……唔，我的性生活就像个坚守誓约的神父一样。我帮卡洛琳写了她在"相约女同志"网站上的征友广告，（"想寻找春天艳遇吗？五英尺二英寸，双眼含情，喜爱纽约，讨厌垒球，规定自己只养两只猫。我认真的关系往往以心碎或性生活死亡收场，所以来场不认真的关系如何？"）却不肯替自己写个同样的广告。我告诉自己，这只是个必经阶段。我显然还没准备好接纳一个女人，等我准备好的时候，会自动改变散发的心灵感应频率，现在清醒地懂得要避开我的那些女人，届时就会突然认为我迷人极了。这只是时间的问题，我告诉自己。时间，就是这样。

所以《法律与秩序》结束后，我看了五分钟本地新闻，然后把电视频道切来切去，这台看三十秒，那台看两分钟，没有被任何频道吸引，或许因为我看得不够久，没给它们机会吸引我。我想过打电话给弗朗辛，（"嗨，我今天晚上在《法律与秩序》上看到你了，我发誓我的视线无法离开陪审席。你真是照亮了整个屏幕！"）也找过她的电话号码，可是我们没约会的这几年我更新过通讯录，没留下她的号码。我伸手拿电话，发现竟想不起她姓什么，于是又把话筒放了回去。然后我又逛了一圈频道，然后关掉电视站起来。

前面所述的一切都是为了解释我接下来的行为，或许可以解释，但无法当作理由。整件事真是难为情，所以我也不说那么多了。我只是平铺直叙地报告。

我来到衣柜前，打开那个小夹层，拿了工具和手套，穿上防风夹克，又改变主意换了件蓝色运动上衣，然后下楼走出这幢建筑。

四处徘徊，伺机而动。

6

四处徘徊。

这个词有种奇妙的特性，不是吗？乍听之下充满威胁和刺激，有种病态的迷人吸引力。曾有人发现诗人拜伦"疯狂、邪恶，伴君如伴虎"——这显然让那个浑蛋变得令人难以抗拒。你都能想象他四处徘徊的模样，不是吗？

一个小偷四处徘徊，说明他想来一次即兴发挥。现在即兴发挥广泛用于艺术领域，特别是爵士乐；一名爵士乐手充分发挥即兴时，他所演奏出的曲调和创造出的词句连他自己都想不到，他会从内心深处发掘出音乐来。当我放唱片，倾听莱尼·特里斯塔诺，或兰迪·威斯顿，或比利·泰勒这些人的钢琴独奏时，我会迷失在他们用音符即兴创作的错综复杂和巧妙细微之中。

音乐家当然可以尽情即兴发挥，而我真正该做的则是待在家里，放几张我的老唱片，欣赏那些乐手们在键盘上徘徊寻觅。因为偷窃中的即兴演出就不同了，它能让你获利最小而风险最大,这生意要怎么做下去呢?

我应该指出,我不建议任何人从事这个行业。首先,这种职业在道德上是应该受到谴责的。虽然我无法放弃当小偷,但这并不表示我不明白这一行卑劣不堪的本质。即使撇开这点不谈,小偷也是一个很糟糕的职业选择。

啊,我就先承认吧,其中有吸引人的地方。你自己就是老板,而且从来不必忍受求职面试的折磨,从来不必说服任何人你有必要的经验应付工作所需,或相反的,说你没有被大材小用。不必有人雇用你,也不会有人炒你鱿鱼。

同时,你也不必像一般商人那样不得不仰赖于你在顾客中所建立的良好商誉。因为顾客只会给你恶评,所以他们最好除了知道你去拜访过他们之外,对你一无所知。你不必去兜揽生意,不需要跟供应商打交道,也不会有贪婪的房东来提高你的店租,因为你根本没有店面。

你的生意在本质上不受国内或国际经济是否景气的影响,还有个既定的机制可以应付通货膨胀——偷来之物的价值会随生活成本的上涨而上涨——而且经济萧条也不会让你失业。(不景气的时候,竞争会稍稍激烈一点,或者一些良善公民会决定下海玩票。但没关系,生意机会还是够大家分的。)

而且,你不需要市政府或州政府核发执照,也没有工会可以参加,没有费用要缴纳,没有表格要填写。但从另一方面看,你没有养老金,而且既然你没缴税,所以也没资格享受社会保险和老人医疗保险制度，以及其他有如镶在黄金岁月戒指座上的钻石般闪亮的福利。你也没有病假，没有带薪假期，没有医疗服务。总而言之，一切都得靠你自己。

当然，工作时间由你自己决定，而且从来不必一星期工作四十小时。即使加上调查和研究，你一个月也不可能工作四十小时。一旦你开始投入工作，时间是最重要的，而且偷窃与其他差事不同，做得久的人可不会得到奖赏。偷窃的原则是尽可能早去早回。

听起来挺好的，不是吗？即使是其中的缺点——没有养老金、没有社会保险、没有保障年薪——也都是自给自足的浪漫独行侠为了坚持在这世间傲然独立所必须付出的代价。你几乎可以听到作为背景音乐的乡村歌曲，梅尔·哈格德催促你别再精疲力竭地在城市讨生活，像个男子汉一样搬到蒙大拿州去。

不过呢，也有不利之处。首先，你不会觉得自己是社会中有用、有生产力的一员，因为你显然不是。即使你可以摆脱那种拿走他人财产的罪恶感，即使你可以用法国无政府主义者蒲鲁东的名言"财产即窃盗"来将自己的行为合理化，也不能让你觉得自己有什么贡献。

一个建筑工人走过摩天大楼时可以告诉自己："嘿，那是我盖的。"一个为医疗过失保险费不断上涨而哀叹的妇产科医生可以想想由他接生到这个世界的孩子，从而感到些许安慰。厨师、妓女、酒保，甚至是毒贩，都可以在一日结束时感到欣喜，因为他们能想着那些人因为光顾自己的生意而变得好过些。

而一个小偷能告诉自己什么？"嘿，看到那幢房子没？我进去偷过东西，洗劫一空，只差墙上的油漆没偷走。像土匪似的抢得一干二净。这只是我偷过的其中一户而已……"

好极了。而这还不是最糟糕的。

因为还有一件事：你可能会被抓住。如果他们逮到你，就会把你关进大牢。

据我所知，一般人可能对监狱有些浪漫的幻想。也许你以为这下终于有机会读普鲁斯特了。也许你看过HBO的电视剧《监狱风云》，忽略了比较不那么讨人喜欢的部分，认定那种戏剧性的生活加上机智的对白非常美好。那么，把那些想法赶出你的脑袋吧。我进过监狱——只有一次，而且时间很短，感谢上帝和小偷的守护神圣狄司马斯——也确实学到了教训。

因为里头真的很恐怖。所有让偷窃变得迷人的自由全都被夺走，而且总有人来命令你。警卫凶巴巴的，狱友也不好惹。我是说，想想他们是干了什么才被关进这里的。总而言之，你在地铁D线上遇到的人都比这里的狱友高贵。

你也不会在这里阅读普鲁斯特，或《战争与和平》，或其他任何你曾发誓只要有空就一定要看的传世名著。你会有大把的时间，可是监狱里头吵得很，任何时候都很吵，一群人大吼大叫、东敲西打，还摔东西。如果《监狱风云》拍出监狱生活的真实面貌，就不会有任何机智的对白了。背景的轰隆嘈杂声会把那些对白全部淹没。

是非对错先摆一边，偷窃行为本身就是没道理的。我知道我该放弃，相信我，我试过。我没法告诉你我有多少次曾发誓要戒掉。有一次我还真设法戒掉了两三年，然后我闯进一户公寓，从此又开戒了。这是一种瘾，一种强迫症，而目前为止，我还没找到针对这种毛病的专业课程。我想我可以发起一个"匿名戒偷者协会"，而且都不必去找愿意出租场地供我们开会的教会。我们只要偷偷闯进随便哪个筒子楼就行。

在戒掉之前，我最多就是记住我在监狱学到的教训。不是狱方希望教我们的不可偷窃，而是另一个比较实用的版本——别被逮到。

要避免被逮到，就要尽量把风险降到最低；而要把风险降到最低，就得每次动手前都先评估，尽可能计划周全，做好准备。比如梅普斯的房子。我事先获得了一些有用的信息——保险柜的位置，可能藏着现金的地方，而且我很开心地得知这些现金没有向政府申报，这意味着失窃后他很可能不会去报案。我已经确定了谁住在那幢房子里——只有梅普斯和他太太,他的孩子都已经长大成人,早就搬出去了。并得知梅普斯夫妇有大都会歌剧院的季票,星期五晚上会去看戏。我还顺便去了一趟林肯中心——离我的公寓步行只要五分钟——确定那出歌剧会让他们坐在位置上,直到接近午夜。

另外,行动前两夜我还去实地勘查了一趟。我评估了门锁和安保系统,探查了防卫设备,而且反复察看,直到找出一个通过这些设施的方法。然后我回家,准备再花两天时间细化整个计划,修正细节。

这并不表示一切都不会出错。有一句格言:凡事都有可能出错。梅普斯夫妇可能突然偏头痛,决定不去听莫扎特了。梅普斯的儿媳妇可能把老公赶出家门——如果他像他老爸一样带屎的话,天知道她还真有充分理由——让小梅普斯突然夹着尾巴收拾包裹回家,准备窝在他以前的房间里等到他老婆回心转意。我可能进门时就会发现他在屋里,而且他大学时代是运动健将,现在还定期到健身房报到,最近还刚学了武术,更能够保卫家园,对抗一个倒霉的小偷。

我可以继续说下去,不过反正你懂我的意思。任何事情都可能出错,但这不意味着你就该盲目向前冲,踢开你碰到的第一扇门。

反观现在的我,四处徘徊,伺机而动。我走在黑暗的街道上,一边口袋里装着手套,另一边装着工具。冒着失去生命和自由的危险,却没有正当的理由。我明白自己在干什么,但我他妈的应该比谁都清楚,这种事往往会有怎样的结果。

眼下,我是在发作。我觉得难受,因为我没有女朋友,过着漫无目的的生活,我想做点什么来改变心情,却没有买醉或追女人的劲头,因为我多少知道这两件事对我不会有任何好处。

我叫了辆出租车,让司机在公园大道和第三十八街路口放我下车。我走在默里山一带的街道上,知道我犯了个大错,知道这不会有好下场,知道我正走向一场大灾难。

但最糟糕的是:我感觉很棒。

7

第一幢让我觉得看起来不错的建筑是三十九街南侧、公园大道靠东的房子。我在街对面研究着,断定住在里头的人衣食无忧。然后我过了街,走近了仔细瞧瞧,看到一块牌子上说这个地方是"威廉姆斯俱乐部"(这是说所有会员都曾就读于威廉姆斯学院,而不是他们的名字都是威廉)。

不觉间,我已开始考虑起来了。从正面看,我很确定那个地方是空的。俱乐部夜里不开放,留一盏灯防止有人侵入也很正常。四楼的所有窗子都像小偷的良心般一片漆黑。我知道有些俱乐部有住宿的房间提供给外地会员或有婚姻问题的本地会员,但这类房间通常都在顶楼,他们不会听到我在楼下移动的声音,就算听到也不会有什么反应。

我也不认为会碰上一套达到艺术境界的安保系统。据我所知,纽约的私人俱乐部从没有人闯入偷窃,所以为什么要动用几千块的会员基金,去预防某些不可能发生的事情呢?门上会有锁,我相信锁很好,但那又怎样?锁越好,里头的制栓转动时所带来的满足感就越强。如果每扇门都为你大开,那乐趣何在?成就感又在哪里呢?

可不光是进去的问题,你还得出来,并且还要带着战利品。我相当确定他们会有很不错的酒窖、温馨的台球室,以及藏酒丰富的吧台。可是我无法想象自己手上拿着两个瓶子醉醺醺地从里面走出来,不论那两瓶葡萄酒有多么了不起。

里面不会有一毛钱现金,私人俱乐部里是不使用现金的,甚至连卡都不需要,任何消费都只要签名,然后每个月开一张支票给他们。墙上会挂着画,肯定裱着精雕细琢、贴了金箔的画框,但那些画可能是某个姓威廉姆斯的学校创办人,还有历届校长、杰出校友、明星运动员的画像。如果你想把那些画换成现金,就得把画从框上割下来,然后把画框拿去卖,因为没有人会付钱买那些画像。

我继续往前走,多少有点不情愿,说实话,我已经想象过自己安静地走过俱乐部一个个黑暗房间所感受到的快乐——脚下是精致的地毯,或许有点旧,厚重窗帘的气味夹杂着昂贵雪茄的芳香。也许吧台后面有个雪茄储藏盒,我可以取一支到阅读室去,外加一杯陈年波尔多或白兰地。我可以坐在松软的单人皮沙发上,脚搁在成套的脚凳上，肩后有一盏灯亮着，我可以沉醉在从俱乐部图书室拿来的某本书上，然后——

回家吧，心里有个声音建议道，但我几乎听不见。

我想找一幢褐石建筑。

我指的是这个词最宽泛的定义。严格来说，纽约的褐石建筑是三至五层楼高的建筑，正面不会有什么意外的惊喜，都是以褐石建成。不过"褐石"这个字眼也可以指代用其他材料建成的类似结构建筑，包括石灰岩，甚至是砖头。

如果褐石建筑可以由外表分为几类，那么内部的类别就更是多得数不清。很多在原来建造的时候是计划给一户人家住的，这种房子的典型特征是客厅占一整层，通常比街道高半层楼，天花板比其上的两层楼（卧室所在）或下头的半地下室的层高都要高。有的则是设计给三户或四户人家住的，每层楼住一户。（每层可住四户人家的那种出租公寓有时也会有褐石的正面，往往容易让人混淆。）

历经多年后，许多原来只住一户人家的褐石建筑都被分割给好几户人家居住，其中一些变成了以房间为单位出租，里面住了两三打房客。这类转变偶尔也在社区"绅士化"的过程中再度转换，又变为三户人家或甚至回到一户人家居住一栋建筑的状态。

默里山这一带从未显著没落，据我所知，此处的褐石建筑每层楼最多只住一户，很多甚至是整幢楼只有一户人家。有些褐石建筑的底层有商户，上面则是公寓。有的则成了私人俱乐部——我已经无意中遇到了其中之一。还有少数整幢楼都是商户，不过大部分仍然是一般民宅，比起公寓大楼更容易下手，因为一般公寓大楼几乎都有门卫或监控摄像头，或两者都有。

虽然同样穿着制服，但纽约的门卫可比不上伦敦塔的守卫那般坚不可摧。若机会合适，我很乐意去糊弄一名管理员。但今天根本算不上合适的机会。我不知道任何房客的名字，也没有将哪户公寓列入特定目标，因此我知道找褐石建筑会方便得多。

于是我四处逛着，考虑着要找哪一幢下手。

我逛了一定有半个小时，可能更接近四十五分钟。对于一个本来该是随机的选择来说，这可真是很长的时间，感觉就像是要从帽子里抽出一张票之前，先仔细摸过每一张。要了解一幢房子，光靠漫步闲逛能获得的信息极其有限，我想到的就是，我可能是想耗掉那股冲动，不断地走，直到偷窃的冲动离我而去，就可以回家睡觉了。

没那么走运。我突然停在一幢褐石建筑前，它的正面确实是褐石所建，位于列克星敦大道和第三大道之间的东三十六街上。地下层是一家旅行社，一楼则是一家专门经营部落艺术的画廊，橱窗还亮着，里面展示的大部分是来自大洋洲的艺术品，还有四五件非洲工艺品。包括一个贝宁的青铜豹，以及一个在我未经训练的双眼看来像是非洲多贡族面具的东西。

这家画廊应该有某种安保设施，但即使门大开着，我也不会去偷。你不可能双手拿满原始部落的手工艺品走在大街上。即使是在纽约，这种行径也会惹人注目。何况，就算你能顺利脱身，这些玩意儿能拿去哪儿变卖呢？

我爬上阶梯，检查三个门铃旁的名牌。（位于地下室的旅行社有自己的出入口，在街面往下半层。）最底下的名牌写着拉迪斯拉斯·沙波画廊，另一个是F.菲尔德茅斯，最顶端的那个只标着克里利。

克里利或菲尔德茅斯，菲尔德茅斯或克里利。我得挑一个，不过暂时还不急。首先我得进入这幢建筑才行。

这幢楼有两扇门，一扇通往前厅，另一扇从前厅通到建筑内部。两扇门都装着锁，不过两个都没有什么难度。我先研究第一个，用食指的指尖敲敲那个圆柱状的锁，如果这样就能让锁弹开，我也不会太惊讶。不过锁没开，于是我拿出那串工具，在开始认真干活儿前，先往后看了一眼。

我看到一辆当地分局的警察巡逻车慢慢驶过，密切观察着周围的动静。

如果他们往我这里看，能看到什么？只不过是个看似无辜的家伙，体面地穿着卡其裤和一件休闲外套，有点困难地要把钥匙插入锁孔,这不过是在街角的酒吧喝了一两轮酒(或三四轮)会有的寻常反应。这个锁太简单了,我用根牙签就能打开,因此毫不费力地解决了。我进了前厅才又往街上看了一眼,那辆警车早已不见踪影。

不过知道警察恪尽职守,还真是让人欣慰。

我花了点时间戴上塑胶手套——这个举动就会引起警察的注意了,哪有人开自己家的门之前还要戴上手套的?然后我打开里面那扇门,不比打开外面那扇更难。我安静地关上门,站在那儿,除了街上透进来的灯光外,四周一片黑暗,我站着倾听整幢建筑里的声音。

要我说,这幢楼安静得像坟墓。

我爬了一层楼,停在菲尔德茅斯(Feldmous)的公寓门口。这个姓氏我没听过,是德文,我懂一点,只知道可以翻译为田鼠(field mouse)。克里利(Creeley)我想是个爱尔兰人的姓氏,或者是有苏格兰血统的爱尔兰人,我不知道这姓氏的意思是什么。creel是渔夫用来装捕到的鱼的编篮,但我实在想不出跟那个姓氏有什么关系。

克里利还是菲尔德茅斯?菲尔德茅斯还是克里利?

一切条件都相同时,最好是挑楼层较低的那户公寓。可以少爬一层楼梯,而且更重要的是,出去时可以少下一层楼。菲尔德茅斯家的门底下没有透出灯光。我贴在门上听了好一会儿,什么声音都没听到,然后我吸了口气,按下门铃。

接下来还是什么都没听到，只有门铃的声音，我耐心等待着，正打算再按一次门铃时，没错，我听到了脚步声，然后是那种绊到东西时会发出的诅咒声，或许是因为在黑暗中摸索前进所致。脚步声停了一下，然后又响起。

楼上住的是男的还是女的？我不知道，于是我把先生或小姐讲得很模糊。"是克里利吗？"我隔着门喊。

那个脚步声又停了，沉默了半晌。然后一个因睡意和恼怒而浊重的男声说："住楼上。"

"哎呀，真是对不起。"出于某种原因，我装出了英国腔。

"操他妈的白痴。"菲尔德茅斯说，听起来有气无力。我走向楼梯，听到他走回去睡觉的脚步声。

上了楼，我面对着克里利家的门，把同样一套过程从头玩一遍。先确定门下或钥匙孔里都没有灯光透出，然后伸出手指按门铃。如果克里利走近的脚步声响起，我完全知道下一步该怎么办。我会说"菲尔德茅斯先生吗？"而且不必故意讲得很模糊，因为我已经确认了菲尔德茅斯是男的。（虽然我知道可能还会有个菲尔德茅斯太太，但反正我没碰到。）

然后克里利先生或女士会告诉我菲尔德茅斯住楼下，接着我会用地道的英国腔道歉告退。然后我会下楼，不是下一层而是下两层，最后我会离开这幢楼。接下来，上帝啊，我要拦住看到的第一辆出租车回家。

可是我没听到任何脚步声。

我又按了次门铃,仍然毫无反应。我把耳朵贴在门上,倾听着那片寂静。

门上有三道锁。我把三个全打开了,或至少我以为打开了,但其实中间那个没上锁,所以我挑动制栓的结果是把锁给锁上了,要开门时才发现。我又挑了一次锁,把我无意中上了锁的制栓给挑回去,这回门开了。

然后我进去了。

8

多美好的感觉!

我不知道该如何形容那种感觉,只能说此时我的种种感官比平常更敏锐,血液在血管中唱着歌,指尖因兴奋而刺痛;但我把这种感受描述得越精确,整件事听起来就显得越病态。我难描述那种让我着迷的快乐,那种结合了幸福、甚至是享受的感觉。就好像我正置身于我应该出现的地方,做着我应该做的事情。

如果你仔细想想,会发现这种感觉实在莫名其妙。我其实置身于我显然不应该出现的地方,法律明文规定我不许进入的地方。而且我正在做我根本不该做的事情。

但我只能告诉你我是什么感觉。

真是美妙极了。

有几分钟,我只是站在那儿,感受自己的反应,享受其中的点点滴滴。公寓里一片漆黑，我的眼睛逐渐适应了那种黑暗。可以看清后，我花了几秒钟把三道锁全都锁上。然后四处查看一圈。

一进门是整户公寓里居中的房间，是厨房兼餐室。左面，对着第三十六街的是个很大的客厅；往里则是一个几乎和客厅一样大的卧室，窗户开向一个天井，对面就是第三十五街上的建筑。这三个房间都可以作为相当不错的工作室，所以以纽约的标准来说，不管克里利是先生还是小姐，这人都有个很大的居住空间。（相对来说，一个住在伊利诺伊州莫林市郊破烂拖车屋里、领社会补助金的母亲，轻易就能拥有这么大面积的居住空间，还外加屋前的草坪和后院。）

卧室的窗子上都装了遮光帘，我拉了下来，把布窗帘也拉上。不知道克里利会不会是晚上工作、白天睡觉，这就可以解释为什么卧室有遮光帘，而且主人现在不在家。这样的话，我就有大把时间完成工作了。

我打开一盏床头灯，四处看了看。那张床——中型尺寸双人床，柚木制成的——铺好了，枕头也拍松过。从这一点就能判断克里利是个女人，或者跟女人同住，因为哪个独居的男人会铺床呢？哦，我想军事训练会让某些男人养成这种习惯，但我直觉上认为克里利是女的，而且只要看一眼桃花心木梳妆台——上面有一堆瓶瓶罐罐的化妆品、香水和诸如此类的东西——就可以确定这一点。克里利是一位女士,而且非常女性化,她的衣橱里有裙子,有上班穿的套装,以及休闲时穿的牛仔裤。

我离开卧室,把门掩着以阻隔大部分光线,但又不会完全挡住。借着泄出来的一丝光,我走过厨房,来到客厅,面对街道的前窗也透进来一些光线。客厅的窗户挂着沉重的天鹅绒落地窗帘,想必从二十世纪五十年代初的朝鲜战争时期就挂在那儿了。我把窗帘拉上,开了一两盏灯,让自己像回到家一样。

有时我觉得最棒的就是这部分,你可以花上几分钟潜入另一个人的生活,这就像你潜入他家一样容易。我在沙发上伸展四肢躺一躺,在与沙发成套的单人扶手沙发上坐一坐,浏览那个小小的书架(大部分是平装本,显示书的主人时尚、世故、却节俭,不是个浮夸的人)。我慢悠悠地踱进厨房,打开冰箱。鸡蛋、培根、几种香肠,还有一些从布里克街的莫里商店买来的奶酪。没有牛奶,不过有半品脱全脂鲜奶油。没有啤酒,没有面包,没有面包圈。我注意到没有碳水化合物,想起了书架上有本已故的阿特金斯博士最后的著作。克里利女士的冰箱表明她正在实行阿特金斯博士所倡导的低碳减肥法。

从她衣橱里那些衣服的尺寸来看,成效还不错。如果她曾是个胖妞,那么一定早就把肥大的衣服捐给救世军了。

我从她书桌上的电费账单上得知,她的名字是芭芭拉,其他账单和收据也肯定了这一点。我没看到支票簿,估计她放在随身的皮包里了。我知道了芭芭拉·克里利独居,而且看得出来她通常独自入睡,但她显然对未来抱着很高的期望。

我怎么知道?因为衣柜告诉我她是一个人住。如果她有男朋友会过来跟她过夜,那么为了方便起见,一定会有几件衣服留在这里,但没有。中型双人床买来时肯定是打算至少偶尔有人同住的,而从床垫一侧浅浅的凹陷,但另一侧却全无长期使用痕迹来看,她都是独自睡的,而且睡在床的右侧。

没错,我查过了。没错,我把床上的床单拉开并且摸了床垫的两侧,以感觉其坚实程度。我可以向你保证,这些行为不是出于淫欲,而是源于一种能引起同样羞愧程度的强烈好奇心。我翻开她的寝具,戴着手套的双手伸进她的床单里。当然事后我把床重新铺好,但这并没有消除精神上的污点,对不对?

几年前卡洛琳有个朋友家里遭了小偷。不管是谁干的,那个小偷都没偷走太多东西——因为办不到,她根本没什么东西好偷——但她告诉我们,她失去的是最基本的东西。"他去过我的住处,"她颤抖着说,"他碰过我的东西。我真想把我的衣服全烧掉,把整个住处罩起来进行烟熏消毒。我想搬走,想搬回内布拉斯加,你知道我有多讨厌内布拉斯加的。天哪,我觉得被侵犯了。"

我完全明白那种感觉。我自己的公寓被人很外行地乱翻过后我也有同样的感受。就是这个词,"乱翻";那些笨蛋把我架子上的书全给翻了下来,在地板上散成一堆。我突然间明白了曾被我拜访过的人会有什么感想。我告诉自己那是两回事,我离开时从不曾留下一团混乱或损坏任何东西,但那又怎样?侵犯还是一样的。

啊,好吧。也许有一天我会改过自新。眼前,我还是可以乐在其中。

我得开始工作了。

有个源自陆军工兵团、后来在T恤和汽车保险杠贴纸上广为流传的标语。字句或有出入,但主旨就是:往往火烧眉毛的时候,人很容易忘记自己原本的目的。

同样,当我因为翻寻某人的家具和日常用品而浸入此人的生活,或至少窥到一部分时,我就很危险地忘了当初来访的目的。我的初衷纯粹而简单,就是贪婪。

小偷就是贪。要承认并不好受,但这个事实无法回避。如果不贪婪,我们就会诚实度日,满足于生活中的一切,但我们并非如此。我们想要更多,而我想要的——也就是让我来到这里的诱因——就是芭芭拉·克里利家里一切值得偷的东西。

她过得挺好的,从她住在这个颇为高端的地段,以及她衣橱和柜子里的衣服就可以看出来，但这并不一定表示她有我想要的东西。也许她会把钱存起来，也可能花在了旅行或奢侈品上头。也许她把所有的钱都存在银行，把所有值钱东西都放进了银行保险箱。

我系统搜查了她的三个房间。到我准备收工的时候，得到了以下收获：一对耳环，看起来是红宝石和钻石，镶在绝对是黄金的座上；一块晚宴表，产自瑞士格劳宾登，表盘和表带是白金做的；一条漂亮的金手链，有八个或十个不同动物形状的吊饰，外加十五个作为吊饰的金币，都不是什么值钱的古钱币，但就像手链本身，值钱的是黄金；另外，在她冰箱的冷冻柜里，除了能让阿特金斯博士地下有知也颇感欣慰的许多牛排、排骨和烤肉外，还有一个棕色的牛皮纸银行信封，里头装着二十、五十和一百美元面额的钞票，共一千两百四十美元。

当然，她的首饰不止这些。有个高中毕业纪念戒指，是黄金和黑玛瑙做的，也值点钱，还有一堆耳环和手链。还有个金链子附了盒式小坠子，里面有男女各一张照片，我想是芭芭拉·克里利的父母。

纯粹从金钱的角度衡量，这些东西都值钱，都该拿，但我已经发现自己倾向于去权衡一件工艺品的金钱价值和它对物主可能有的情感价值。为什么要剥夺这个女人的高中纪念戒指和她的盒式小坠子，只为了这两件东西能为我换来的区区几块钱？这对她的伤害会远远超过对我的帮助，好像不太应该。

这会儿如果我偷的对象不是芭芭拉·克里利，而是——比如说伊丽莎白·泰勒，考虑的物品也不是一个高中纪念戒指而是条钻石项链，我才不管那是不是她此生最爱的前夫理查德·伯顿送她的，是不是每次看到这项链时，紫罗兰色的双眼总会含泪。这种情况下我们不考虑情感价值。不过我在克里利的首饰盒里没看到什么价值连城的珍珠，所以我拿了刚刚提到过的东西，留下其他的。不是我有良心，也不是天性善良，只是比例问题罢了。

我一边搜寻一边整理，等搜过整户公寓，我确定自己把一切都恢复成了原状——当然除了拿走了几件我刚刚提过的物品之外。我临走前又看了一圈，把客厅里的灯一一关掉，拉开天鹅绒窗帘。才刚弄好，就听到楼梯上的脚步声。

见鬼。

我快速穿过整户公寓，关掉厨房灯，把床头灯捻熄。脚步声在二楼停了下来，而有那么一刻，明知不可能我还是期望楼梯上的不是芭芭拉·克里利，而是某个打算半夜拜访J.菲尔德茅斯的人。

没那么幸运。脚步声又重新响起，我听到了人类的讲话声（不然还会是什么生物呢，鹦鹉？），但听不清在讲什么。如果芭芭拉不是带了个伴回家，就是她在自言自语。好吧，那三道锁可以拖延点时间，等她打开锁，我就已经爬下火灾逃生梯了。

我掀开窗帘，又拉起遮光帘，抓住窗户把手。

那该死的玩意儿纹丝不动。

我查看是不是锁住了，结果发现更糟。那个该死的玩意儿被钉死了。显然芭芭拉（或某个前任住户）太担心会有人从逃生梯入侵，便拿了锤子和铁钉保护自己的安全。不影响通风，窗户顶端能开一道缝，但人无法钻出去，如果发生火灾的话，她打算怎么办？

更重要的是，我打算怎么办？

他们现在已经来到三楼了，显然有两个人，因为我可以听到两个人的声音。一个男低音，另一个是女高音或次女高音。可见平常独自睡在床右侧的芭芭拉找到了某个人带回家。于是今晚成了她的幸运之夜，但当然不是我的。

她开那些锁时有些困难，我很庆幸。听起来好像她和她的同伴喝了酒，对于两个决定一起回家的人来说，这不算什么新鲜事儿，而她也因此失去了应有的灵巧。但她迟早会打开锁，到时候我该怎么办？

我已经拉起遮光帘，掀开窗帘，现在怎么办？衣橱吗？我的职业生涯中曾两度躲进衣柜里，两次都没被发现，但不知怎的，我知道事不过三，可不能期望这次还能躲得过。

"天哪，快把该死的钥匙给我。"那个年轻的浪漫骑士说,我知道自己的时间用光了。

我朝地板跪下,钻进床底。

9

我设法不去听。

之前我已经足够热心地四处刺探芭芭拉·克里利的私人生活了，但这个不同。刚才她不在，我所做的也不过就是把她的东西搜一遍，感觉一下物主是什么样的人。然而现在，她跟我同在这户公寓里，外加那个男人。不难猜测他们现在进了门打算做什么，而除非他们热情过头把对方的衣服扯掉、在厨房里就办起事情来，否则他们就会在我的正上方做那件事。

天哪，我刚才已经回到家了，已经把我的小偷工具收好，放在秘密夹层里。我已经在家里安顿下来，本可以安然度过今夜的。为什么就不能乖乖地去睡觉呢？

但我偏不，那样就太轻松了。所以我没舒舒服服躺在自己的床上，而是塞在了芭芭拉·克里利的床底下。这儿空间很挤，等到一对身体交叠在床垫上，还会更挤。

而且只要有人朝床下看，我就完蛋了。塞在床下可没法迅速脱身，只能待在原地，等警察来把我给拖出去。

"真困。"女人说。

"是啊，你今晚会睡个前所未有的好觉。"那个男人说。

"我眼睛都睁不开……"

"如飞丸会有这种效果。"

"我怎么会在这里？"

"你住在这里，昏了头的婊子。天哪，你住得挺不错的，不是吗？你撑着点，先让我把你的衣服脱掉。"

"太困了……"

尽管不情愿，我还是听到了，而且听到一半时恍然大悟。那男人说的一件事——如飞丸会有这种效果——足以提供线索。如飞丸（roofie）是氟硝西泮（Rohypnol）的别名之一，这种现代医药科学的奇迹产物是一种强效镇静剂，即一般人所说的"约会强奸药"。芭芭拉·克里利已经遭了小偷（虽然她还不知道），现在又要遭到强奸了（虽然她也不知道）。

我忽然觉得自己该做些什么，可是能怎么办？如果我试图从床底下钻出来，早在能做些什么之前就会惊动那名男子。刚才我是头先钻进来的，所以要出去会是脚先出现，而等到我的头也移出床下，他就可以等在那儿，用个什么往我头上敲。即使我能在他做出反应之前就钻出去，好吧，接下来呢？我没学过武术，没练过拳击，我上一次打架是十一岁那年。我的对手是凯文·弗格森，他把我打得鼻血直流,大概也是我活该,因为我朝着他学鸟叫"啾,啾,啾"。(他的姓是"鸟之歌"的意思。如果换成菲尔德茅斯,我很可能就会学老鼠喊"吱,吱,吱",然后照样被打得流鼻血。我十一岁的时候可真是讨人嫌。)

重点是我从来不擅长打架,也不是光凭外形就能吓倒对手的大块头。事实上我觉得可能正好相反。我没看到那个用药迷昏芭芭拉的家伙,可是他的脚步声沉重,嗓音低沉响亮,我脑子里浮现的形象是个大个子,花过很多时间在健身房举那些金属器材。当然因为我心地纯洁,所以有可能我的力气会增为原来的十倍,但这对我有什么用处?他的力气很可能是十一倍,即使他的心肠比奶牛的肚子里还黑。

我本能地想发挥骑士精神,实际上却办不到,我只能待在原处,就像画中之船静待在画中之海,让那个恶棍任意对待她。

接下来十或十五分钟的情形我就不说了,多讲也没好处。我没法关掉声音,也没法停止在脑中编织种种配合声音的画面,不过我不打算跟任何人提。芭芭拉·克里利必须忍受这些,但至少她不必知道发生了什么,你们也不需要知道。

我说过她不知道这件事,但这并不表示她从头到尾都没知觉。其中有一刻,她的声音有如铃声般清晰地响起:"你是谁?你在做什么?"

"闭嘴。"他说。

"这是怎么回事?"

"你正在爽,"他说,"不过明天早上你什么都不会记得。你只会想不通为什么下身酸痛,以及床上那块湿漉漉的是怎么回事。"

然后他发出野蛮的笑声,但她什么都没说,我猜她一定又回到了氟硝西泮的昏迷药效之下。根据我对这种药物所听说和阅读过的资料,他说得没错,事后她什么都不会记得。只要把两颗如飞丸磨成粉混进饮料里,就能让喝下去的人不省人事,虽然中间偶尔会有几次看似神志又清醒过来。有时被害人甚至会配合做爱(如果你愿意这么称呼的话),做出寻常的动作,发出寻常的低哼和叹息,但不是有意识的,事后也不会有什么印象。

这就是氟硝西泮,我们这个时代的一种药物。我想不通的是,怎么会有人想用这种药。跟某个连发生了什么事都不知道的人性交,乐趣何在?更别说她根本没法配合你的一举一动。这不是有点像跟一个充气娃娃做爱吗?

而同样的,这种娃娃显然卖了很多,多到可以确保批量生产。似乎有数量颇为庞大的男人不在乎伴侣是否乐在其中,或者甚至是不是有这么个女人。我明白,一个因为吃了如飞丸而完全昏迷的女人可能就像个充气娃娃,但不必为了把她吹涨而喘不过气,也不必担心她在"关键时刻"瘪掉。

我猜芭芭拉·克里利称职地充当了一个有血有肉、不会泄气的娃娃,因为她的伴侣显然非常尽兴。他不断呻吟又低哼,说着"宝贝,宝贝"或诸如此类的话,冲向终点时还发出了很多噪声。然后我上方的床停止吱嘎摇晃,感谢老天终于安静了好一会儿,然后他移动身子,下了床。

"不坏,"他说,"以一个死妞儿来说,你真是块嫩肉。"他发出那种我稍早时候听过的低沉笑声,接着语调故作郑重地说,"怎么样,亲爱的?你觉得棒吗?"然后又开始笑了。

我待在原地。"以一个死妞儿来说。"但她只是吃了药,对吧?只是两颗如飞丸,足够让她昏迷,但还不足以致死。他意思不是真说她死了,对吧?

我趴在下面纳闷着,而他则在公寓里踏着沉重的脚步四处逛,穿衣服时制造出比一般男人更多的噪声。我听到他把抽屉拉出来,倒出里面的东西,很明白他在干什么。但我无能为力。我一直知道那个浑蛋在干什么,但也一直无能为力。

最后他走远了,好一会儿我都没听到他的声音,不知道他是不是离开了。然后他的脚步声重新响起,我还听到了一个嗡嗡的声音。一开始我不明白那是什么,直到他开口才为我解开疑团。

"你叫芭芭拉,"他说,一副刚刚得知的口吻,"嘿,芭比娃娃,我给你剃剃毛如何?让你醒来后惊喜一下。也让你生命中的下一个男人办事更顺利、更甜蜜。"

电动剃毛刀继续发出嗡嗡声。

"唉,算了,麻烦死了。"他说,然后出现了一个声音,不必花太多想象力也知道是电动剃毛刀摔到地板上的声音。"再见了,"他说,"好好睡吧,蠢母牛。"

他出去时摔上门,没停下来把锁给锁上。我听到楼梯上响起他沉重的脚步声,接着是一楼大门重重摔上的声音。接着,等到没再听到其他声音后,我又扭又爬,随遇而安的侠盗英雄从床底下出来了。

他留下了一片可怕的混乱。我猜他刚刚制造的噪声是在寻找可偷的东西时衍生的副产品;他占到了性欲的便宜后,还想再顺带捞到金钱上的便宜。

她的黑色手提皮包被他摔在地板上,里头的东西撒了一地。我捡起一管口红、一把梳子,她的支票簿和一串钥匙,放回手提包里。她那个有烫金的绿色法国制皮夹被扔在角落里;我捡起来,看到她的驾照被半抽出护套,猜想他是因此知道她的名字的。驾照上印着她的名字是芭芭拉·安·克里利,生日显示她今年三十二岁,照片里的她是个深色头发的漂亮女子,露出在车管所拍照时能展露的最美的笑容。

我拿着那个皮夹,走过她被脱下的那堆衣服,来到床边。她四肢展开躺着,头歪向一边,嘴巴张着,这副模样绝对不会让她看起来有多体面,不过毫无疑问是同一个人。要不是我此刻内心充满了对她的同情和歉意,我应该会觉得她很好看。她全身赤裸,我于心不忍,于是冒着吵醒她的危险,用床单盖住她。不过当然没惊醒她。她还活着,呼吸深沉而均匀,几个小时内都不会有醒来的危险。

我检查了她的皮夹,看到他没拿走信用卡,她的金融卡也还在。除非他知道她的个人识别密码,否则无法用金融卡去自动提款机取钱,不过他还是可以不顾一切地把卡带走,所以我很高兴他没拿。在我来看很明显,他是业余的,不是真正的小偷。有些小偷会在偷东西时强暴遇到的女人,不是因为他们喜欢强暴,而是因为刚好碰到对方让他们看上眼了,所以不管不顾。同样,也有些强奸犯占了女人便宜后,又觉得或许还可以顺便捞上几个钱。这个男人属于后一类,因此她的信用卡没被拿走,只不过整个地方被翻得那么乱,这也是强暴的一部分。

而当然,她的皮夹里没有钱了。

我把她的皮包收好,皮夹放进去。我把翻倒的各个抽屉拾起,收拢里头的东西,然后把抽屉归回原位。我放弃没拿的首饰好像被他拿走了一些,不过我很高兴看到他没拿走有她父母照片的那个小盒子吊坠,只是她的高中纪念戒指被拿走了，这个王八蛋。

在浴室里，他往墙上摔了几个瓶子，其中只有一个是玻璃瓶，其他全是塑料瓶，所以只摔碎了一个。我清理了那个破掉的瓶子，把玻璃碎片捡干净，免得她被割伤。我找到他启动后又摔在地板上的雷明顿女式剃毛刀，毫无意外地发现坏掉了。粉红色的塑料外壳裂了，我拧动开关，没有动静。我把它扔进垃圾桶，然后又改变主意，用纸巾包起来，塞进了我的外套口袋。

我尽量把屋里收拾干净，只差没跪下来刷地板了。然后我进卧室看了她最后一眼，我已经不知道有多久没这么接近裸体女人了，但我只感到哀伤。

我走到门前，打开。然后沉重地叹了口气，回到卧室做了最后一件符合骑士精神的事情。没花多少时间，也许五分钟吧，之后我离开芭芭拉·克里利的公寓，把她的锁锁上，然后回家。

10

"如果科兰多·欧克里·梅普斯是带屎——"

"是科兰多·朗特里·梅普斯。"

"无所谓。如果他只因为抢走马丁的女朋友就成了带屎,伯尼,那这个家伙算是什么?"

"一定有个词可以形容,"我说,"可是我想不出来。"

"好,我先抛砖引玉,"卡洛琳说,"我得说他是个人渣。你始终没机会看他一眼吗?"

"他在的时候,我一直都在床底下,唯一看到的就是积得厚厚的灰尘。"

"还好你没打喷嚏。"

"是啊,"我同意,"还好我根本没想到打喷嚏这回事,因为就算不必担心打喷嚏也已经够不舒服了。不过,我确实始终没有看到他。我猜他身高六英尺四英寸,有六块腹肌,而且肩膀很宽,不过这是我想象出来的。我唯一知道的就是,他的声音很低沉。"

"伯尼，我认识一些女人声音也很低沉。光从声音低沉是没法判断太多东西的。"

这是星期四刚过中午，我们在我的书店里吃午饭。卡洛琳跑到很远的"第二大道熟食店"买来三明治，里头夹着全纽约最棒的腌咸牛肉和烟熏牛肉。我问她今天是什么大日子，她回答说不是什么大日子，只不过她昨天梦了一晚上熟食店。

"我昨天晚上没吃晚饭，"她说，"坐在电脑前好几个小时，浏览'相约女同志'上的征友启事，然后想到与其浪费时间吃饭，不如去'卡比洞'吃点零食。所以我上床时，肚子里只装了一点点下酒的坚果，然后我不断地做一个梦，梦中他们一直在替我做三明治，却始终没送到我的桌上来。等到醒来，我就知道我们今天午餐该吃什么了。真好吃，不是吗？"

我们吃着三明治，喝着芹菜汽水，这正是我想吃的，不用做梦也知道。腌咸牛肉是拉菲兹最爱的食物，卡洛琳多买了一些，放进它的猫食碟子里，它立刻狼吞虎咽且对着食物说起话来，它只有面对熟食店的腌咸牛肉时才会举行这个仪式。暹罗猫偶尔会对食物讲话，至少卡洛琳是这么告诉我的，但拉菲兹是一只无尾虎斑猫，据说是马恩岛猫，但又缺乏典型马恩岛猫所特有的身形和兔子般的步伐。它唯一具备的马恩岛猫特征，就是没有尾巴，我一直怀疑它是只失败的马恩岛猫，也可能是我搞错了。它肯定不是暹罗猫,不过碟子里有腌咸牛肉时它听起来就很像暹罗猫,如果你躲在床底下,只能听到它发出的声音,就很可能把它想象成一只暹罗猫。

卡洛琳说:"总之,你说这种男人是怎么回事?我的意思是,他显然憎恨女人,但为什么他希望女人失去知觉呢?"

"不知道。也许有知觉的女伴通常对他评语不佳。"

"至少芭芭拉·克里利没法当面说他是个很差劲的情人,因为她根本不知道发生了什么事。不过呢,正常人总会希望对方有反应。也许他的第一个女友是个英国人。"

"有可能吧。"

她放下三明治。"有一个笑话,伯尼。你知道,就是有个法国人在沙滩上发现了一个女郎,然后开始跟她做爱的老笑话吗?"

"我知道那个笑话。"

"有个人经过时告诉他,说她已经死了,然后法国人吓坏了。'曹透了,'他说,'我还以为她是英国人!'"

"我知道这个笑话。曹透了,嗯?"

"法国人就是会这样说啊,总是挂在嘴边,曹透了[①]。别问我是什么意思。"

"我绝对不会问的。"

[①]卡洛琳指的是法语Sacre bleu,意思是糟透了,发音同英语中的soccer blew。

"伯尼？你走前还把东西整理好，真的挺体贴的。你当时应该很着急离开吧。"

"唉，我很替她难过。我想做点事情。"

"听起来你只差没给她洗窗子了。"

我摇摇头。"我只是替她把一些东西整理了一下而已。我本来打算帮她把衣服收好的，但我怕给放错了地方。何况，我也根本没办法让她不知道她回家后把衣服脱光了，或有过性关系。但我也不想让那些衣服就堆在地板上，所以我就把衣服叠好，放在了椅子上。"

"你还帮她把东西收进皮包里，等等。伯尼，你觉得他会给她留下纪念品吗？"

"纪念品？"

"比如让她意外怀孕或染上性病。"

"哦，"我说，"我想可能不会吧，他戴了安全套。"

"真的？以你的描述，他没有那么体贴人，不是吗？"

"我想他是体贴自己。"我说，"他进行安全的性行为是为了自己的利益，而不是她的。"

"也可能是为了避免留下证据。"

"证据？"

"你知道的，DNA。她可能会去报警，警方会采样，以后如果逮到他，就可以凭DNA确认身份。"

"如果他担心这点，"我说，"那他或许会把安全套带走。"

"他留下了吗?"

"在地板上。"

"真恶心。你做了什么?"

"我把它处理了。"

"怎么处理的?"

"捡起来扔进马桶里冲掉。"

"你碰过了?真是太恶心了。伯尼,你怎么敢碰?"

"我戴着手套。"

"哦,对。"

"我没法把它就这样留在那儿。"

"是啊,那当然。伯尼,你知道吗?有你在那儿,芭芭拉·克里利真幸运。"

"啊,那当然,"我说,"那可是她的超级幸运之夜。"

"我是说真的,伯尼。如果你不在那儿,那个人渣就会把她的手表、吊饰、手链和钻石耳环全拿走了。"

"而不是被我拿走。"

"可是你放回去了,伯尼。"

"唉,我替她觉得难过。一个没良心的王八蛋在她的饮料里下了药,把她带回她家,然后强暴了她。现在我又偷了她的东西,对她造成更大的伤害。"

"不过是你先到的。"

"尽管如此。我原先已经拿了他留下的首饰,可又一想,如果我把比较好的东西放回去,她可能根本就不会注意到自己遭了窃。有几样东西搞丢了，但哪个低能小偷会偷走一枚高中毕业纪念戒指，却留下有一堆小金币吊饰的手链？"

"她会以为一定是自己把那个纪念戒指丢在哪了。"

"如果我有办法查出他是谁，"我说，"我会找一天夜里去拜访他，帮她把戒指拿回来。"

"除非到时候他已经把戒指卖掉了。"

"啊，他不会卖掉的。他根本不知道能卖给谁，而且反正他是想留着当个纪念，好记住她，那个王八蛋。"

"如果你能把戒指偷回来，那就太妙了。可你要怎么把戒指还给她？放进她的信箱吗？"

"或者想办法进她公寓，放回原来的抽屉里。"

"太完美了。她会以为她上次找的时候没看到，以为是藏在哪个人造宝石底下。"卡洛琳皱起眉头，"否则她就该担心自己疯了。但至少她的戒指又找到了。"

"我离开一个地方时，向来会尽量保持原状，"我说，"不过去他家时我或许会破个例。不过也只是说说罢了，因为我根本不知道他是谁或住在哪里。"

"而且你扔掉了唯一能确认他身份的东西。"见我一脸茫然，她又说，"你把它冲进马桶了，记得吗？"

"哦，对。"

"你又不能到处跑来跑去，给每个声音低沉的男人验DNA。伯尼，我知道你不是因为想做善事才闯进她家，但最后你做的是好事,而且她很幸运碰上了你。你不是告诉我,你甚至在她的皮夹里面塞了钱吗?"

"一点点而已。"

"多少?"

"呃,我根本不知道那里头原来有多少钱。我想她身上不会带太多现金,于是就塞了一张一百美元和一张二十美元在她放纸币的那个夹层里。"

"小偷会给你钱呢。这一定是史无前例的,伯尼。"

"你这么认为吗?"

"外加你把原先拿的每件东西都放回去了——手链、耳环和手表。"

"对。"

"还有那个冰箱里装满钱的信封。伯尼?你放回去了,对吧?"

"哦,不,"我说,"我没放回去。"

"哦。"

"我从里面抽出一百二十美元,"我说,"放到她的皮夹里,剩下的我拿走了。"

"哦。"

"骑士精神只能做到这个地步。"

"我想是吧。"

"你很惊讶?"我说。

"是啊,有点。我原本还真有点把你当成一个穿着闪亮盔甲的骑士了。"

"恐怕盔甲有点发暗了。我去那儿是为了偷东西,卡洛琳。我把偷来的东西大半放回去了,但我跑这趟还是想赚点钱。"

"所以你赚了……"

"一千一百二十美元,"我说,"还要扣掉出租车钱。"

"嗯,时薪比你卖书高。"

"那还用说。"

"可是考虑到其中的风险……"

我摇摇头。"我根本不想去那儿的。那样四处徘徊寻找下手机会真是疯了,而我只想把那种感觉驱赶走,至少暂时驱赶走。其实我知道这有多么不理智,又有多危险。"

"可你还是做了。"

"我还是做了。不夸张地说,我就是控制不了我自己,而且我真的没法不拿走那个棕色信封里的钱。我可以告诉自己我是个有教养又高尚的人。我不会失礼去冒犯别人,也绝对不会在女人的饮料里下药,但这还是不能为自己开脱。说到底,我就是一个彻头彻尾的贼。"

书店门上挂着一个铃铛,每逢门开时,就会发出怡人的叮当声。我最后一句话正说到一半,听到铃声响起,我本以为自己可以马上闭嘴,但是我没有。

"这可不是真理吗,"我的访客说,"再真实不过了,罗登巴尔太太的儿子伯纳德再没讲过比这更老实的话了。一个彻头彻尾的贼,的确就是你,没错,而且如果你能活得比玛士撒拉还要老,你也同样只会是个贼。"

我感觉自己即使不能像《圣经》里的玛士撒拉那么高寿,但要超过他年轻的弟弟应该不难。"嗨,雷,"我说,"近来犯罪率怎么样?"

他叹了口气摇摇头,再开口说话时,那股轻快的戏谑劲儿全不见了。"装得好像不知道似的,"他说,"你这回真是两脚都踩进泥坑里了,伯尼。娄子捅大了,我不知道你这次到底该怎么脱身。"

11

"这套西装不错，"我说，"阿玛尼的吗？"

"差不多，"他说着把翻领往后拉，好让我看标签，"卡纳列托。另一个意大利牌子，做西装最专业。"

不管做这套西装的是哪个巧手裁缝，收费都不会是一个警察的收入负担得起的，不过雷·基希曼也从没打算靠市警察局那点薪水过日子。幸好看到他这身西装的人绝不会以为值很多钱，因为穿在他身上看起来一点也不昂贵。正如我之前所说，那是一套很不错的西装，但不管他穿的西装有多好，看起来总像是为另一个人、而且是身材跟他完全不同的人量身定做的。此时他身上穿的这套海军蓝细灰条纹西装，肩膀处太宽，腰部太紧，袖口的污渍也不会让他看起来更好。那污渍看起来像是意大利面酱汁，另一种意大利人擅长制作的玩意儿。

"至于你呢，"他说，"我得说你很适合穿条纹衫。"我穿了件条纹马球衫，服饰邮购商 Land's End 的这款红蓝条纹衫一年前上市，生产过剩；我是上个月从他们清仓拍卖的目录中挑来的。"真可惜，监狱现在都不用条纹衫当制服了，因为你穿上真是好看极了。"

"漫画里面还是穿条纹衫的，"我指出，"漫画家要表现某个人成了囚犯时，总是给他们穿上条纹号服。"

"真的吗？嗯，我想你没法进搞笑漫画，因为你会被套上橘色跳伞装。很高兴你觉得好笑，卡洛琳。也许你愿意跟我解释一下好笑在哪里。"

"我只是试着想象了一下你穿上橘色跳伞装的样子，"卡洛琳告诉他，"我想你看起来会像史奴比里的'南瓜大仙'。"

"你穿了会像个吹涨的海滩球，"雷告诉她，"不过你反正穿不穿都很像。"

"那是我的荣幸，雷。"

"我也很荣幸。"他说，"告诉你一个有用的消息。等我把你的哥们儿带去警察局后，你就可以帮他锁门了。"

"慢着，"我说，"我现在才有点明白过来。雷，你是认真的。"

"跟切片检查结果是阳性一样严肃。你已经逍遥法外太久了，伯尼，不过这次我可不知道你怎么逃得过。"

"嗯，或许你可以帮我。"我说，"首先，你为什么不告诉我，我做了些什么？"

"我有个更好的办法。为什么不由我问问题，让你来告诉我呢?"

"我想我们可以试试看。"

"首先,昨天晚上你在哪儿?"

"在家。在家看《法律与秩序》。"

"我没看,不过我可以告诉你演了些什么。那些警察很漂亮地破了一个案子,却被检察官给搞砸了。这样的剧情才棒。真实社会也是如此。你在家里,嗯?"

"一整夜都在家。"我决定稍作回避,"当然《法律与秩序》十点才播,我到家的时候已经开始了。"

"你十点之前做什么是你的事,伯尼。"

"事实上,"我说,"我十点之后做什么也一样是我的事,不过我刚好在家,而且很早就去睡了。我上床时肯定离午夜十二点还远得很。"

"而且一觉到天亮?"

"除了中间起来上厕所,不过我没法告诉你是几点,因为我没看钟。也许以后这类事情我应该记一下,免得哪个执法人员来问我,但是——"

"问题不在于你什么时候起来上厕所,"他说,"而是在哪里上厕所。"

卡洛琳说:"什么,你尿到马桶外面了,伯尼?太恶心了,不过我知道很多男人都会这样。这是生理缺陷的自然结果,导致你们得站着尿尿。不过我不知道警方还管这种事。"

雷看着我,等着我回答。"我是在厕所尿的。"我告诉他。

"在你公寓的厕所。"

"奇怪得很,"我说,"偏巧我去的就是那个。"

"这么一来,"他说,"那你或许可以告诉我,你去东三十几街到底是干什么?"

我承认,我被这个问题吓了一跳。我本来是这么猜想的——河谷区那一带有人闯空门,而某个证人在警方出示的一大沓嫌疑犯档案照里面挑出了我,说我曾在那一带徘徊。不过我徘徊是在那晚稍早些的时候,而雷却说他只对我在《法律与秩序》之后的行踪有兴趣。

好像没什么可担心的。某个证人认为他可能在河谷区一桩闯空门案件之前数小时看到过我——不过,我什么也没做,不会留下指纹或其他证据,所以我不相信雷凭这些就能把我怎么样。他最多不过是在虚张声势罢了。

结果他提到了东三十几街。

他是从哪儿得来的情报?唯一会报警说克里利家被盗的人,就是芭芭拉·克里利本人,而她根本不会知道自己是一宗盗窃案的被害人。很可能她现在还处于酒精和如飞丸所造成的宿醉头痛中,还没发现她的毕业纪念戒指不见了,更别说她冰箱里的那些现金。等她发现了,只会以为是被她带回家的那个浑小子拿走了。即使报案——我有理由相信她不会想报案——即使她能记起那场邂逅,她向警方描述的也只会是带回家的那个情人。她绝对不会向警方提起我,因为她根本没看过我一眼。

我不知道该说什么,可是却得说些什么。"东三十几街,"我说,"你指的是曼哈顿吧。"

"不,我指的是堪萨斯州的阿里不达镇。"

"东三十几街。你指的是靠东河的基普湾那一带吗?"

"往北再往东一点,"他说,"想想默里山。"

"默里山,"我说,"默里山。我以前有个同学叫莫里·希尔曼,不过——"

"我们知道你当时在那儿,伯尼。"

"我想你有证人吧。"

他摇摇头。"比那更好。我们有影像证据。你听说过监控录像吗?"

我当然听说过,而这正是我远离公寓大楼的原因之一。不过菲尔德茅斯和克里利的那幢建筑里面没有监控摄像头。我查看过,一向都会的,而且早在摄像头录到我之前我就会发现它。

"你在吓唬我,"我说,"可是我不明白为什么,因为我根本不知道你们认为我做了什么。这点我觉得你应该先告诉我,我们才能往下谈。"

"你这么想吗?"

"没错,雷。"

"随你怎么说,伯尼。午夜过后没多久,有两个窝囊废走进了第三大道和第三十七街交叉口的一幢白砖公寓大楼。他们制伏了门卫,用防水胶带把他的脚和脚踝绑起来,又用胶带封住了他的嘴,锁进放包裹的邮件室里。然后他们找到了所有的监控录像机,打开,把所有的录像带都拿出来。"

"听起来似乎很费劲,"我说,"只为了偷几卷录像带。"

"你继续耍聪明说俏皮话吧,看会有什么报应。接下来他们就上楼,到顶楼那户公寓去。"

"好地方。"

"他们硬把门撞开,制伏了那户公寓里面的一男一女,这两个人以莱尔·罗戈文夫妇的名义租下那个地方,可能是真名,也可能是假的。他们就像对待门卫一样,用防水胶带把那对夫妇绑起来,然后去干活儿。罗戈文的公寓里有个保险柜,又大又重,一般人家里根本不会摆那种玩意儿。他们把保险柜打开,拿走里头的东西,跑掉了。"

"你觉得这事跟我有关。"

"我知道是你干的,伯尼。"

"因为你认识我,知道我的做事风格,我长期惯于制伏门卫、用防水胶带把他们绑起来,而且屋主在家时,我会强行闯进公寓里。"

"不,你这辈子从没干过这种事。"

"没错,"我说,"那你为什么要来跟我扯这些,浪费我和你的时间呢?"

"还有我的时间。"卡洛琳说。

"如果你想回你店里去给洛威拿犬洗澡,"雷告诉她,"就请便。伯尼,那不是你的行事风格。另外我也无法想象你伤害门卫或拿枪指着罗戈文夫妇。"

"那你到底为什么——"

"我猜,"他说,"而且基本上很确定,是你打开了那个保险柜。那是个莫斯勒保险柜,只有真正有天分的高手才打得开。如果你小子真有什么该死的天分,那就是开锁。我不知道你会不会唱歌画画,不过你可以毫不费力地打开任何锁。他们要你干的就是这个,而这就是为什么你走遍了那一带,紧张得像只长尾猫在摆满摇椅的房间里绕来绕去。"他瞥了一眼在窗边晒太阳的拉菲兹,说道,"无意冒犯,伯尼,你觉得这会是它尾巴不见的原因吗,从摇椅底下走过时被碾断了?"

"它是马恩岛猫,"我说,"天生就是那个样子的。"

"那我想,你也生来就是这个样子。我的意思是,有开锁的天分,而不是生来没尾巴,虽然认真想想这大概也是事实。"

"雷,"我说,"我是不是漏掉了什么?我是说,除了尾巴之类的。我不明白我怎么会跟这些事情扯上关系。你刚刚告诉我,我是他们找去开那个保险柜的,但为什么是我?"

"他们听说你很在行。"

"不,我想知道你为什么会觉得是我。"

"我告诉过你,伯尼。我们有你的画面。"

"我的画面?哦,我的录像带画面。"

"我刚才就是这么说的。"

"好吧。可是你刚才说他们把录像带拿走了,监控摄像头没派上用场。"

"在那幢楼里面,没错。不过那附近的可就不是了。老天啊,伯尼,你走过第三大道和第三十四街交叉口那家大通银行的一个提款机,又走过无数幢大楼。你一定是在那附近转了一两个小时,等着他们打电话来叫你去那个顶楼开保险柜。伯尼,你该记住的是,这类摄像头到处都是,不光是在大厦的门厅或电梯里。你走在街上,任何一条街,都最好面带笑容,因为你很可能已经上了偷拍秀节目。"

"你说你拿到了这些录像带。可是你知道,监控录像通常很模糊,焦点不准。你怎么知道那是我?"

"要我说出你穿了什么衣服吗?卡其裤和蓝色运动夹克。还有马球衫,但不像你今天穿的有条纹,是单色的马球衫,不过别问我是什么颜色,因为我没法告诉你。"

"你有我的画面,"我说,"但我也不过就是在那儿走来走去,据我所知,这不犯法。那些画面并不能证明我做了什么坏事。"

"的确不能,"他说,"直到你张开嘴,倒出谎话来。"

"啊?"

"我问过你昨天晚上在哪儿,"他说,"你说你在家,看电视,很早就去睡觉,没再爬起来过,除了去尿尿,还说就在你家的厕所里尿。你还记得你说过这些话吧?"

"那又不是发过誓的证词,"我说,"所以不算作伪证。不过你说得没错,我刚刚撒了谎。"

"这我早知道了,接下来讲点新鲜的。"

"我撒谎的原因,"我开始编故事,"是因为在你面前,"我转向卡洛琳,"我不好意思承认我去了哪里。"

"矮冬瓜跟这有什么关系?"

卡洛琳瞪了他一眼。我说:"哦,见鬼。有这么个女人跟我交往过,那是一段很病态、毫无希望的关系,我曾在卡洛琳面前发誓我再也不会跟她见面了。可是我昨天夜里又跑去找她了。"

"我敢说你去了默里山。"

"没错。她就住在那里,可是她不在家,所以我在那附近乱转,找了几家她常去的酒吧和餐馆。"

"结果你找到她了吗?"

"终于找到了,但花了很长时间。"

"伯尼,我真不敢相信,"卡洛琳配合着帮腔,"你明明跟我对天发誓说你已经走出来了,现在竟然回头去找那个神经病婊子。"

"我知道,我知道。我错了。"

"你们两个真是了不起,"雷说,"一个接一个的谎话,演得还真像样。这位恐怖的小姐,她有名字吧?"

"当然有名字。"

"是啊,那好,别告诉我,暂时别讲。我们先来做个小实验。"他掏出笔记本,扯了一页下来,从中间撕开,一半给我,一半给卡洛琳。"既然你们两位都知道这位小姐,"他说,"那何不各自把她的名字写下来?"

我们照办了,然后他把纸条收走。"'芭芭拉,'"他念道,"另一个也是芭芭拉。我不知道你们是怎么串通好的,不过反正无所谓。这个故事从头到尾我根本一个字都不信。"

"很好,"我说,"但这偏偏就是事实,不过你不必相信,把我的录像画面拿给那些人看就行了。"

"哪些人?"

"叫罗金还是什么的那对夫妇。"

"罗戈文。"

"好吧,把我的录像画面放给罗戈文夫妇看,问他们能不能指认我。如果他们没法指认,也许你就可以改去骚扰别人了。"

"做不到,伯尼。"

"为什么?"

"他们脑袋旁边各吃了两颗子弹,再也无法指认任何人了。"

"我的天哪!"

"你不知道,对吧?我猜到了。你的伙伴一定是先让你回家,然后才做掉的他们。"他皱起眉头,"伯尼,你看起来脸色不太对,该不会是要吐了吧?"

我摇摇头。

"我知道这不是你的作风,"他说,"你不会来硬的,也不会犯下三件凶杀案。"

"三件?你刚才不是说罗戈文家只有夫妇两人?"

"是,不过呢,那个门卫被绑得有点太紧了,等到有人发现时他已经窒息而亡了。"

"天哪,太可怕了。"

"真是坏到不能再坏了。伯尼,我真不明白,你怎么会想跟犯下这种案子的人合作呢?"

"我没跟任何人合作。"

"通常你的确不会,"他表示同意,"很聪明,因为伙伴最糟糕的一点就是会出卖你,以保住自己。这正是你眼下该做的,朋友。"

"什么?"

"说出昨天和你共事的那些浑蛋吧,让我们抓住他们,然后你提供证据,作证指认他们,这样你只会获判个轻罪,外加法官的一顿严词告诫。听起来不错,对吧?"

"是不错，不过——"

"事实上，"他靠在柜台上压低声音说，"你不太可能两手空空，什么都没得到。你我过去有过很多合作，这次或许也可以找出个办法。五五分成，你明白我的意思吧？"

没那么难懂。"说到这个，"我说，"他们到底从那个保险柜里拿走了什么？"

"该问的人是我，伯尼。你才是昨夜在场的人。"

"可是我不在。"

"哦，伯尼，"他摇着头说，"你太让我失望了，真的。"

"唔，我不是故意的，雷，可是——"

"走吧。"

"啊？"

"怎么，你想听整篇演讲？'你有权利保持沉默，等等。'我要逐字逐句念给你听吗？"

"不必，这样就很好了。你是认真的吗？要逮捕我？"

"说得太对了，我的确要逮捕。三个人死了，你有重大嫌疑，我不逮捕你逮捕谁呢？现在你有没有什么要告诉我的？"

"我想我最好使用我保持沉默的权利。"我转向卡洛琳。"打电话给沃利·亨普希尔，"我说，"叫他想办法。另外拜托再帮我个忙好吗？把我剩下的三明治包起来，放在拉菲兹碰不到的地方。我不知道沃利要花多少时间才能把我弄出来,不过等到那时我一定会很饿。"

12

第一次遇见沃利·亨普希尔时,我刚刚被逮捕,正十万火急地需要一个律师。我打电话给之前多年担任我律师的克莱因,却得知他在上回替我服务过后的这段期间内死了。不会有人想到自己的律师会死掉,我一时不知该怎么办,但最后我找到了沃利,他那时正在练习,打算参加纽约市马拉松比赛。我得说我很高兴他这样做,因为我想这些训练能让他不发胖,并让他的心血管系统保持最佳状态。对于我这种重罪惯犯来说,得花一些时间才能适应新律师,所以总希望挑一个能长期合作的。

沃利继续为马拉松比赛训练,也去参加了比赛,直到他的一只膝盖受伤。然后他遇到一个好女孩结了婚,有了个孩子。接下来,要么是他发现她没那么好,要么就是她发现他没那么好,或彼此都发现对方没那么好。总之他们离了婚,她带着孩子搬到了亚利桑那州,在那里学做陶艺。"她在拉坯做陶壶,"沃利说,"只要她别用来砸我,我会努力祝福她。"

离婚后他去学了武术，这种课程可以选择自己想学的部分而且不会损伤他的膝盖，技术的提高还让他与某些不那么可敬的当事人交涉时信心大增，但他向我保证，武术带来的主要好处是心灵方面的。"你一定要去试试看，"他告诉我，"会改变你的一生。"

我试过跑步，虽然从没达到过马拉松级别，但我得说，那已经改变了我的一生。跑步让我感觉更好，我也持续跑了几年，然后停下来，却感觉比跑步的时候还要好。我告诉沃利，等我有更多的时间再说吧，他露出了那种心灵高人一等的人类所特有的谅解式微笑。"伯尼，等你准备好了，"他柔和地说，"告诉我就是了。"

他出现在市中心的警察总局广场，雷之前把我带到了这儿来。下午晚些时候，沃利把我弄出来，带我到街角一家位于二楼的茶艺馆，一楼是卖中式漆器家具的。我们坐在一张矮几前，地板上有个凹处放脚，然后一名苗条的小个子女郎过来教我们如何泡茶。我从没学过泡茶，以前都是把茶包扔在杯子里，倒入热水就行了。但这次泡茶的过程很复杂，有一个装满水的茶壶，底下烧着一罐斯特诺牌酒精膏，好让水保持在沸点，还有一组泡茶用的小玩意儿，我们得用那些小小的瓷杯喝茶。

"真是好茶，"沃利说着喝掉了四分之一盎司颜色接近眼泪的液体，"喝光它，伯尼。"

我照办了,并注意到了那股极稀薄的香味。我得说,尝起来真像白开水。

"很神奇,对吧?除了在香港,就数这家茶艺馆最棒了。"

"真的吗?那应该会排长龙才对呀。"

"问题在于,"他说,"没有人懂茶。伯尼,警方什么都没有,这就是为什么他们没太刁难就放了你。我的意思是,他们手上有什么证据?他们可以证明大约那三个人被抢劫谋杀的同时,你就在案发现场附近的几个街区内。好吧,有好几千人也在。他们无法证明你去过那幢大楼,更别说犯罪现场的顶楼公寓了。我不得不怀疑基希曼在想什么,明知道没证据,还硬把你拖到警察局去。除非……"

"除非怎样?"

"除非他们正在搜你的公寓,并且发现了什么。"

"他们正在搜我的公寓?"

"怕是这样,伯尼。他们把你拘留了,然后说服哪个好说话的法官签一张搜查令,这会儿恐怕正在翻箱倒柜呢。你看起来不太开心。要不要告诉我他们可能会发现什么?"

"没有非法的东西。"我说。我公寓的墙上有一张蒙德里安的抽象画,刚好是真迹,不过所有人都以为是仿制品,我已经挂在墙上好多年了[①]。我的盗窃工具都收在

[①] 参见《像蒙德里安一样作画的贼》。

秘密夹层里,里头还有两本护照,如果被发现会给我惹来一些麻烦,不过我想警方不会发现的。以前他们从没搜到过。

"没有昨天晚上偷来的东西?"沃利说。

"沃利,我没去那儿。"

"我只是想确定一下。也没有,唔,任何去其他地方得来的东西吧?"

他还没问我昨天晚上在默里山干什么,但这不表示他猜不到。我告诉他没有,他似乎满意了。

"伯尼,再喝点茶吧?"

"唔,好。"

"一想到我以前喝了多少咖啡,"他说,"就让我紧张得发抖。茶对身体比较好,你知道。"

"想必如此。"

"里头有一些成分,我忘记叫什么了,不过好像每天都有人在茶里头发现对人体有益的新东西。我只是发现喝茶能提振精神。你呢,伯尼?"

"我觉得很提神。"我说。

"我也是。伯尼,你现在在跟谁交往吗?爱情生活方面有什么进展吗?"

我摇摇头。"你呢?"

"零。除了律师业务和在武术道场练习外,我剩下的时间还真不多。不过呢,古老的冲动还是有,你懂我的意思吧?"

"我懂。"

"我真正有兴趣的,"他说,"就是跟给我们服务的那位女服务员发展恋情。你注意到她了吗?"

"我刚才没怎么注意。"

"我觉得她很美。那种神秘的东方气质,而且她穿的那种丝绸长袍真是快让我发疯了。我想那衣服叫作旗袍。"

"没错。"

"我唯一确定的是,我只想钻进她那件旗袍里。我想邀她出去吃晚餐,可是不行。"

"为什么?"

"她完全不会讲英语。我是说,即使我能设法让她听懂我的话,甚至如果她愿意隔着餐桌坐在一个圆眼睛外国佬对面,那顿晚餐会是什么样子?"

"不知道。你筷子用得怎么样?"

"我指的是交谈的部分,伯尼。我们甚至没法闲聊几句。我还在考虑学中文。"

"别闹了。"

"会很有用的。中国的人口一直在增长,其中某些人会需要律师。你不认为如果他们找个懂他们语言的律师,会觉得比较自在吗?"

"如果他们一开始就找个中国人律师,或许会更自在。"

"你说得没错,该死。我想学中文的唯一原因是,这样我就可以跟那个女服务员说话了。老实说,我觉得她喜欢我。"

"哦?"

"每次我来这里,"他说,"她都要把那一套冗长的废话从头讲一次,教我怎么泡茶。我一星期来这里三四次,所以显然已经知道该怎么泡茶了。那为什么她每次都要从头讲一遍?我猜想是她喜欢和我在一起。"

"有可能。"

"不然还会有什么解释?"

"也许她忘记你来过了,因为她觉得所有白人看起来都长得一样。"

"你这么想吗?"

"或者呢,"我说,"可能她觉得你没那么聪明,不会记得上回泡茶时教过你的那些。"

"你可真懂得鼓励人,"他说,"真不明白我为什么要跟你提起这个话题。伯尼,我得问你一个问题。我知道你昨天晚上不在案发现场,你大概是我所能想到最不可能牵涉到这种事情里的人,可是你知道任何与此事有关的消息吗?"

"全是从雷那儿听来的。"

"没人来找过你吗?比如有人找你加入,你说不去,但保证不会说出去?"

"沃利,你为什么会这样想?"

"唔,这么一来,或许就可以解释你在那附近干什么,而且为什么不能告诉基希曼。或许你在那附近逗留,是为了看整件事情是怎么进行的。"

我摇摇头。"完全不是那么回事。我只能告诉你,我在默里山是有理由的,虽然我必须承认那个理由不是非常好,而且我不愿意告诉雷·基希曼,你也不需要知道。"

"明白了。"

"而且我在那附近的理由,无论如何都跟罗戈文家的窃案无关。顺便说一声,我希望大家不要再说那是一桩窃案了,因为根本就不是。那是入侵民宅打劫,而这种事情我是绝对不会参与的。"

"我首先就告诉他们。'如果你稍稍了解这个人,就知道这不是他的作风。'"

"另外,也没有人来找我合作,我被捕时才第一次听说这个案子。而且如果有任何人曾经想过找我加入这个行动,我也会把他们给供出来——"

"我刚才就是这么说的。"

"而且这么一来我就根本不会去默里山,因为我希望他们犯案时,我离得越远越好,最好身边还陪着两个法官和一个红衣主教。"

"好让你有确切的不在场证明。我懂你的意思了,伯尼,不过我这么说吧,你认识很多人,会听说很多事情。"

"沃利,我尽量不跟罪犯来往的。"

"我也是,"他说,"当然,除了现在我对面的这个人。可是做我这一行实在很难避免。你那行也是,所以有可能你哪天会碰到某个人知道一些事情,而如果真听说了什么的话——"

"我会告诉警方,这样对我会有好处。"

"好处可大了。当然我明白,这可能会违反你的荣誉信条,没有人想当告密的耗子。"

我摇摇头。"我才不在乎那些浑蛋呢,"我说,"我很乐于看警方抓到他们,而且不是因为警方因此就不会来烦我。上帝知道,他们杀了三个人。就是这种浑蛋败坏了小偷的名声。"

13

"大概两点,"卡洛琳说,"他们到贵宾狗工厂来。雷和两个穿制服的警员带了一张对巴尼嘉书店的搜查令,要我去帮他们开门。因为雷把你带去警察总局后,我就把你的店锁上了。我说就算他们有搜查你书店的权利,也不意味着我有义务关掉自己的店,去替他们开门。然后雷承认我说得一点儿也没错,不过我如果不去替他们开门,他们就会自己设法硬来,意思就是他们要用一把大铁剪把挂锁和铁窗剪开。我想你大概不希望这样,于是就听他们的话照办了。希望我没做错。"

"完全没错。"

"开了你的店门后,雷告诉我可以回去工作了,我告诉他得等到他们离开、我把店门重新锁上后才行。你知道,我想在场看着他们搜查。我不想让他们翻得乱七八糟,或者吓着拉菲兹。"

"它对搜查的反应怎么样?"

"它好像认为这些人都是顾客。不过它也只是一只猫，没发现这是一群只会动嘴皮子的文盲。总之，他们没太仔细搜查。要彻底搜查一家书店得花好几个小时，他们根本懒得这样做。他们只是翻了你后面的办公室和柜台里面，不过没把书从架子上拿下来。"

"看起来倒还好，"我说，"根本看不出有人来过。"

"你去过了？"

"来这里的路上顺便去了。"我说。我们现在在卡洛琳的公寓，位于阿伯巷，在格林尼治村的一条死胡同里，古怪又迷人，简直没人找得到。卡洛琳刚搬来时，每天都得从某个固定的地方往回走，不然就找不到回家的路。她的公寓也跟所在的这条巷子一样古怪又迷人，厨房里有个浴缸，上面顶着一块三夹板便成了餐桌，我们现在正围坐在桌前，狼吞虎咽地吃着从"无虑咖喱"打包的孟加拉食物。我在那家茶艺馆待得太久，不想再吃中国菜了。

"我猜到你会把店门锁好，"我说，"不过我想确定一下。何况我还有吃剩的三明治。"

"差点儿就没了，伯尼。有个穿制服的小鬼看到了。我告诉他，要是他敢去碰，我就去告他，把那个小浑蛋吓得脸都白了。"

"这招对雷就没用。"

"要是我认为雷会去吃，"她说，"就在里头下毒。他真有胆子，居然敢把你抓走。"

"这件案子太严重了。他为了破案会不惜一切代价。"

"可是他该知道,你不可能跟这案子有关系呀。"

"或许吧,不过这种案子一定要想方设法翻起每一块石头,追查任何可能的线索。"

"如果他完全清白,才有权利翻起第一块石头[①]。"她皱起眉头,"我想我知道自己的意思,但似乎表达得不是很清楚。"

她问起沃利,我把茶艺馆里的对话转述给她听,她说茶叶其实就是那么回事——品质越高,味道就越淡,等你喝到顶级的,根本一点味道都没有。"不像'无虑咖喱',"她说,"你可以切切实实尝到味道。"

"当然,接下来几天我们大概都没法尝出其他东西的味道了。"

"这是值得的,"她说,"相信我。"她用餐巾擦擦前额,满足地叹了口气。"所以你喝完伪装成茶的自来水后,就直接到书店去了吗?"

"我先回家了一趟。"

"看他们把你的公寓搞成什么样了,结果呢?"

"看得出他们去过,"我说,"但我必须承认他们没弄得太乱。也许新来的局长送他们去上过礼仪课。你怎么了?"

[①] 此句典出《圣经·新约》(约翰福音 8:1–59),耶稣说:"没有罪的人才有权向她扔第一块石头。"意思是完全清白的人才有权审判别人。

"我在想象雷上礼仪课的样子。他会坐在前排,等老师走进来自我介绍时,他会放屁。"

"有趣,他一向对你评价很高的。"

"才没有呢。他受不了我,感谢上帝,因为这样我恨他的时候就不必觉得有罪恶感了。我猜他们没发现你藏东西的地方。"

"对,我很确定他们没有发现。"

"所以没有任何问题,对吧?这样你就从罗戈文家的谋杀案解脱了。其实本来就与你无关,现在弄清楚了。"

"如果雷不时跑来找我麻烦,我也不会惊讶,"我说,"不过反正有没有这个案子他都会找我麻烦。尽管如此,我还是希望警方赶紧破案,就算只是为了让那些浑蛋从社会上消失。"

"那个门卫真不幸。"她说。

"罗戈文夫妇呢?"

"嗯,他们也很不幸,当然,但雷不是说他们不一定真的姓罗戈文吗?"

"这并不表示就可以杀他们。"

卡洛琳转转眼珠。"如果他们用的是假名,"她说,"那就有可能是坏人。当然,这样也不意味着他们该杀,但这说明他们可能跟闯到他们家的那些人有恩怨,比如合作贩毒之类的,结果他们背叛同伙,因而遭到杀害。嘿,你平常看报纸的,伯尼,这种事情很常见。"

"倒也是。"

"可是这些根本不关那个门卫的事,"她说,"他只是尽忠职守而已,结果却丢了性命,所以我替他觉得难过。我也替罗戈文夫妇觉得难过,不过没那么强烈。"

"我大致明白你的意思。"

"我替谁难过或者有多么难过都不重要,因为这对他们没有半点用处,不是吗?"

"别问我,"我说,"去问沃利·亨普希尔吧。他正在学武术,特别讲究心灵层面的东西,所以这类问题他应该最拿手。"

我留下来跟卡洛琳看了一会儿电视,然后随手拿本书看了半个小时,她则打开电脑收发电子邮件,看论坛留言板和她订的新闻。然后我猜她是去谷歌搜索了一下,因为她告诉我有个索尔·罗戈文于二十世纪五十年代在几个小联盟棒球队当过投手,还有一个叫西里尔·罗戈文·莱希的女人曾出版过几本小说,之后改用笔名创作起了侦探小说。

我说:"笔名?她的本名就像是个笔名。"

"总之,"她说,"我找不到叫莱尔·罗戈文的,另外我不知道他太太的名字,所以也没法搜索她的资料。想不想听听好消息?"

"当然想。"

她咧嘴笑了。"我跟'鬈发小姐'已经约了明天晚上见面。她说她真的很期待。"

"这还真是个好消息。"

"我也觉得。伯尼,那之后呢?"

"之后?"

"河谷区的事情呀,我们还要去吗?"

我考虑了一会儿,说来奇怪,这事儿我还完全没想过呢。明天就是星期五,卡洛琳晚上先和"鬈发小姐"有约,科兰多·朗特里·梅普斯跟他太太则与莫扎特有约,然后卡洛琳和我稍晚与梅普斯家卧室墙上的保险柜有约。

虽然在我们约好之后我又偷了一户并被逮捕了一次,但木已成舟,覆水难收,你爱怎么描述都可以,反正都过去了。梅普斯夫妇仍然要去听歌剧,我仍然是个小偷,梅普斯则仍然带屎;我也只能假设那些钱仍然放在保险柜里,所以为什么要在最后一刻改掉这个好端端的计划呢?

"当然,"我说,"我们去,为什么不去呢?"

我离开卡洛琳的公寓时应该是十点左右。我去谢里丹广场搭了地铁。这是个只有慢车停靠的站,我也可以在第十四街换乘快车的,不过我觉得坐在慢车上挺好的,于是就没换。我在七十二街下车，走路回家，边走边想着自己是不是该去趟熟食店。我记得好像有东西要买，却想不起是什么。

我在西端大道转弯，到了我住的那幢公寓，发现门卫没有坚守岗位。由于室内禁烟，大楼管理员通常会走到户外抽一根。可我们这幢大楼住了几个反烟分子，他们抱怨过进出大楼时都要忍受香烟的烟雾，于是有几个家伙觉得犯了烟瘾快受不了时，就会溜到街角去抽。我想除非市长宣布纽约市五个行政区全面禁烟，否则这个问题是不可能完全解决的。

然而不仅门卫不在，公寓大门也敞着。如果我不住在这幢大楼，就会兴冲冲地走进去，开始寻找偷窃对象。可是我住在这里，所以我只是走进电梯，上楼回到自己住的公寓。

我掏出钥匙，却不知怎的又先转了转门把，竟然转动了，门开了。笨警察，我心想。那些浑蛋再怎么不顾别人，也该把门锁上，可是他们偏不，连锁个门都嫌麻烦。

然后我推开门，进了公寓。

我刚走了两步就明白过来了。不是警察没锁门。天哪，他们来过后，我已经回来过一趟了，也确定他们离开时锁了门，然后我又出门，先去我的书店，再去卡洛琳家。而我离家前向来习惯把门锁得好好的。即使忘了，门上的弹簧锁也会自动扣上，从外面打不开。

这说明我离开后又有人来过了，而如果我有点脑子，试着转动门把时就该发现这一点了。一旦明白这点（而且光这点就够了），我就会立刻掉头离开这个地方。

可是现在已经太迟了。

14

如果有人早就埋伏着要袭击我,我也没有什么办法,因为我无法让时光倒流,赶紧去补几堂武术课。不过没人躲在门后,也没人从墙后跳出来。不管入室行窃的是谁,都已经离开了,那就好,话说回来,如果他们根本没来过的话,那就更好了。

这些狗娘养的混账东西(不管是一个人还是几个人,不过我倾向于用复数),可不像稍早时来过的警察那样上过礼仪课。他们把我公寓里翻了个底朝天,就好像他们是龙卷风,而我的公寓则是拖车屋的公共停车场一样。他们倒没有恶意破坏,没有砸坏或摔坏任何东西,这也表示这次作案并非出于恶意——不过龙卷风也没有恶意,不是吗?

他们把我的蒙德里安画作从墙上拿下来放在地板上,不过没有破坏,也没有想到要带走。要么就是他们没认出这幅画,要么就是和来这里看过它的每个人一样,认为这只是不值钱的仿作。

我不知道他们来我家想找什么，不过我敢说绝对没有这幅蒙德里安值钱，这幅画在拍卖会上可以卖到几百万美元，但前提是卖家能提供真迹、证明来源清楚。至于在黑市，好吧，谁知道能卖到多少？我从来不想搞清楚，因为同等价格的什么东西能比得上这幅画带给我的愉悦？

而此刻看着这幅画更是让我舒心，因为它比起公寓里的其他地方要讨人喜欢多了。

他们可真是把我的公寓给好好翻了一遍。书都从书架上拿了下来，不过至少还算整齐地堆在地板上。橱柜和书桌的抽屉都被拉出来翻倒了。衣柜里的衣服被推到一侧，而且该死，衣柜后方我定制的那个藏物处，之前连警方都没能找到，却被他们打开且洗劫一空。

而且在劫掠的过程中这个装置也被毁掉了。原来它就像美国手工艺行会卖的那些设计巧妙的木盒子一样，你必须把这块木板往左推，以便把另一块木板往后推，最后把第三块木板往右拨，然后木盒盖子才会跳开。一旦你知道怎么操作，一下就能打开，可是没有人天生就知道，也没那么容易猜，尤其是如果你和我之前所有的访客一样，根本不知道面前有个秘密夹层的话。

但是他们知道自己在寻找什么，也没浪费时间去破解密码。他们用了蛮力，我的秘密隐藏地就此寿终正寝。

他们留下了那两本护照，我猜他们不担心我会逃离这个国家。也留下了我的小偷工具，而从他们暴力破门的行为看来，他们不知道这些工具是做什么用的。他们还留下了塑料外盒破损的电动剃毛刀，是我从芭芭拉·克里利家带回来的。

可是他们拿走了我的钱。昨天晚上，我把工具第二次也是最后一次放回去时，也把那笔从芭芭拉·克里利的冰箱冷冻层里拿来的一千一百二十美元放入了我的应急基金。我还点过那沓纸钞，所以我可以告诉你们那些浑蛋从我这里拿走了多少钱。包括前一天的收获，总计八千三百五十七美元。（没错，这个数字很奇怪，因为我一向确保这笔应急存款中有些零钱。逃命时，你总不希望进了公共电话亭才发现身上只有百元钞票。）

八千美元加上零钱。他们来我家不是为了钱，这点很清楚，但他们发现了这个暗柜，里头有钱，就拿走了。而且要命的是，我还没法责怪他们。

毕竟，我自己也干过同样的事。

我做的第一件事情是抱起一大摞书，一一放回书架。

我承认，这样实在很愚蠢。换作任何人处在我现在的状况，如果要列出一张优先顺序表，大概都会把"将个人藏书归位"这件事列在清单的末尾，大致位于"列出送洗衣物"和"用牙线清理牙齿"这两件事情之间。书在地板上码成堆，我四处走动也不会绊到。某种程度上来说，书放在那里要比归回书架来得安全，不会有掉落下来的危险。

但我是个书商，每个工作日的大半时间都待在一家旧书店里，从一些更想要金钱的人手上买进书，然后再把书卖给那些更想要书本的人。每笔交易大概都是卖出一本或两本或三本，但买进时通常数量庞大；虽然有时会有像毛克利这样的书探带来一两本他偶然发现的好货，但通常我进货的单位都是以购物袋或手推车或卡车计。如果买下了一整套藏书，我就把那些书先堆到店后面的房间，装进纸箱，直到抽出时间来处理。我通常一次处理一箱，拖到前面的书店里，一本本放到适当的书架上。

这工作我有时间就会做——鉴于我是个古书商，日常工作节奏都很缓慢悠闲，所以我通常有大把时间整理书。碰到生意清淡或没什么事可做的时候，我就会拖出那些库存书来，把它们归类上架。

我现在就在做这件事，同时想着接下来该怎么办。

首先要做的是损害控制。除了被侵犯的感觉，我还损失了什么？

嗯，钱。八千多美元，虽然如今钱越来越不值钱，但这还是很可观的数字。（我外祖父格林姆斯当年花了八千美元买下了一幢房子，后来我妈就是在那幢房子里出生的，然而现在曼哈顿有些人——当然，是有钱人——每个月的房租就得花这么多。）损失钱很伤心，但钱就是这么回事：损失了总是很伤心，但绝不会痛苦到难以承受。

因为其他钱可以取代这些钱。芭芭拉·安·克里利的高中纪念戒指是无可取代的，我却可以再赚回八千美元，到那时我现在感受到的痛苦就会消失。所以我看到那笔应急基金就这样飞了固然很恼火，但我知道自己还会再赚回来。

除了金钱之外，我能想到的损失还有时间，让我的公寓恢复到那些小偷来访之前的样子需要时间。我得花上一定的时间，以及一定数额的金钱更换被破坏的锁，再亡羊补牢地加上一个比较坚固的锁，降低类似情况再次发生的可能性。然后再花点钱找个清洁女工，清掉外来者的痕迹。我的邻居赫施太太雇了个女人每星期来替她打扫一次，我以前偶尔也会找她，这次仍然可以。不过这些都得等到我把书归回到书架上的原位，把抽屉一个个放回原来的桌子和橱柜里。所以先办重要的事，可是——

啊，要命。我几乎忘了他们破坏了我的秘密夹层。帮我做这个装置的家伙已经搬到西海岸去了——如果我没记错的话，是去了华盛顿——而且我不知道能找谁来替我重新做一个。如果我能联络到他，可以请他推荐个人，但我不知道他住在哪儿，或者是否还待在那里。而且他的名字过于大众化：大卫·米勒，所以在网络上搜寻他的念头也可以放弃了。网络搜索能把在干草堆里找一根针变得像跳下脚踏车一样简单，根本不算什么。但要找到我想找的那个大卫·米勒则比较像在一堆针里找出特定的某根针。我太清楚了，因此根本不会去试。

好吧，我会找个人来帮我重新做个秘密夹层的。但是不急，因为眼下我也没有东西要藏了。

我拿起另一摞书，开始一一把它们放回书架。心里想着，除了把住的地方收拾干净，对付那些闯进来的人同样重要。因为很显然，他们来是为了找某样东西，而不是那八千美元。八千美元当然值得拿，但不值得非法入室行窃，这些浑蛋不会这样做。

因为他们一定是前一天晚上闯进罗戈文家的那帮人。

我的意思是，否则还会是谁？追求利益的专业小偷绝不会挑我家下手，想偷点东西买海洛因而临时起意的毒虫也不会摇摇晃晃走进一幢有门卫的大楼，而且——

哦，我的天哪。

我冲进走廊，按了电梯，又转身冲回家。我的工具还在那个已毁的小密洞里，没被访客拿走，我抓起那串工具，急匆匆回到电梯前。但在我回去拿工具时，电梯来过又走了。我决定不等电梯，改走楼梯，一路往下冲的同时，内心对可能发现的事情充满了恐惧。

三十四街和公园大道交叉口那幢大楼的门卫窒息而亡。死因被鉴定为意外，用来封住他嘴巴的胶带也封住了他的鼻子，但或许一开始就有人决定多用一段胶带把他的鼻子也封住，免得留下活口日后指认他们。即使那是个意外，谁敢说他们不会再犯同样的错误？

我走向邮件室，试了试门把。门锁住了，我把耳朵贴到门上听，但只听到了自己的心跳声。

我掏出工具，开始干活儿。

15

不管那些人是谁，他们一定是听了华盛顿某个联邦天才官员的建议，为了发生恐怖袭击时可以用防水胶带封窗户，囤积了很多胶带。他们显然是趁日用品连锁店凯马特存货告罄之前跑去买的，所以手上存货太多，而且在捆绑我们这幢大楼的门卫爱德加多时毫不吝啬——很不幸，那些人来访时正好是他值班。

他们把他的手用胶带缠在背后，让他坐在一张直靠背木椅上，把他的脚踝缠在椅子的前腿上。然后用胶带绕着他的腰部，缠紧在椅子的靠背上，最后又撕了一片胶带贴在他嘴上。不过他们没贴住他的鼻子，感谢上帝，所以他还活着。

可是恐怕也只是活着而已。他很勇敢地设法挣脱，在椅子上前后摇晃直到翻倒过去，但这姿势只是让他更加不舒服了。最后他终于设法侧身着地，脚悬在空中，头往下倾斜。这样的姿势会让血液涌向他的头部，不过也不会涌,可以慢慢流,因为爱德加多哪儿都去不了。

以这个姿势,他只能看到一小片地板,所以我打开门的时候,他根本不知道来的人是谁——可能是某个来救他的人,也可能是原来绑他的那伙人回来要灭口。总之有人出现了,所以他拼命制造出声音,发出了一连串极为生动的呜呜鼻音。原先没有任何迹象显示他还活着,听到呜声让我立刻松了口气,我把他翻转过来,好让我们能看到对方,然后开始替他松绑。

我掀起盖住他嘴巴那片胶带的一角,掀到足以撕开来的程度,然后告诉他忍一忍。"会很疼。"我说,准备动手。我猛地把胶带撕下,我发誓这个可怜的小浑蛋眼球都突出来了,不过他半声也没吭。

我不明白他是怎么忍住的。爱德加多又矮又瘦,长着一张孩子气的脸,我想他唇上蓄着小胡子是为了让自己看起来老成些。但那些胡须稀疏而不成形,因此造成了反效果,让他看起来就像是在装大人。而这会儿,那些胡子忽然间看起来更稀疏也更不成形了,因为其中很大一部分随着防水胶带被拔了下来,我真想不通他怎么没痛得喊出来。

他终于可以开口了,马上爆出一长串狂乱且急促无比的话。是西班牙语,所以我一个字也听不懂,但听得出他的真诚。

"放松,"我说,"你没事了。他们不会回来了。你现在没事了,爱德加多。"

"爱德加。"

"我以为你叫爱德加多。"

他摇摇头。"不叫这名字了。现在改成爱德加了,比较美国化。"

"有道理。你坐着别动,我帮你割断这些胶带。"

胶带贴得实在太多了,根本撕不干净,我犹豫着要不要跑到楼上去拿瑞士刀,然后想起我们人在邮件室,书桌上当然会有用来割纸箱的美工刀。我转身看到了刀,如今美工刀能做的事不像几年前那么单纯了,不过要用来割断胶带还绰绰有余,我设法割开胶带而不割伤爱德加多——对不起,应该是爱德加——很快我就把椅子扶正,让他坐在上面。

"现在,"我说,"你牢牢坐着别动,好吗?"

"牢牢坐着?要怎么牢牢坐着?"

"那只是一种说法,"我尝试用西班牙语重复了一遍,"算了。你坐在这里就是了,我去帮你倒杯水。你要喝水吗?"

"好。"

"我马上回来。我去倒杯水,然后打电话给警察,然后——"

"不要!"

"不要?爱德加,你差点死掉,那些把你绑起来的人已经杀了三个人,其中一个跟你一样是门卫。我当然得打电话报警。"

他一脸快哭出来的表情。

"为什么不能报警？"

"移民局。"

"你要我打给移民局吗？"

"哦，天啊，不是！"

"啊，"我说，"你不要我打电话给移民局，也不要我打电话报警，因为你怕警方会通知移民局。"他热切地点着头，显然很高兴这个白痴美国佬终于弄懂了他的意思。"可是你不是非法移民，不是吗？你没绿卡怎么能得到这份工作？"

花了几分钟，他终于设法让我明白了他的意思。结果是，有好几种不同的绿卡。其中一些是由移民局发的，还有一些是私人企业的产品。后者可以摆平雇主，但移民局的人可以辨别出其中的差异，然后一个勤奋且有生产力的纽约人就会被踢走。

我向他解释，警方除了去管移民局的闲事之外，还有更多事情可以做，他们唯一想从他这里知道的，就是把他捆得像个圣诞礼物一样的那些人的信息。但说到一半我就改变主意了，因为这些话连我自己都不信。

就像《窈窕淑女》里的歌唱的，当警察无法靠近他怀疑的嫌疑犯时，就会怀疑靠近他的嫌疑犯。有这种歌词的歌不太可能登上畅销排行榜，但它道出了悲哀的事实。爱德加显然是这个案子的受害者,可是当警方无法查出任何结果时,某些目光锐利的警察就会决定应该对这名门卫进行更加严苛的审视,爱德加的身份随时都可能暴露。

然后,他们会发现他的绿卡边缘有些发灰,进一步加深对他的怀疑,别无选择的警方会通知移民局的人,移民局的官员马上就会逮捕爱德加,把他遣返回尼加拉瓜或哥伦比亚或多米尼加共和国,总之就是他度过昔日美好时光的地方,当时他还叫爱德加多,砍甘蔗的月薪是三美元。

"不要警察,"我赞成,虽然迟了点,"也不要移民局。我们上楼去,让你梳洗一下,喝杯水。或许喝点咖啡。"我用蹩脚的西班牙语说:"一杯咖啡,嗯?"

"一杯咖啡,"他用英语说,然后转为西班牙语,"好,有何不可?"

作案的有两个人,虽然爱德加只看到了其中一个,而且也没看得太清楚。他们的作案方式真是简单。爱德加十点接班,大约二十分钟后,第一个人——比爱德加高且壮,这个描述符合大部分成年男子——朝他走来,说要找我。这人穿着黑色长裤,褐色山羊皮拉链开襟外套,蓝色大都会队棒球帽遮住了前额。外套里面穿了衬衫,但爱德加没仔细看,因此不记得是什么样子。

爱德加按了我公寓的门铃，看没人应门，就告诉那位访客。然后那位访客举起他手上的公文包，告诉爱德加说他想把这个公文包交给罗登巴尔先生，但这东西很重要，他想确保放在安全的地方。你们有放包裹的房间吗？门上有锁的那种？

爱德加说有，并向他保证会把东西放进邮件室。那个人说他希望现在就放进去，只是为了安全考虑，他会报答爱德加的。说到这里，他用大拇指摩擦食指和中指的指尖，这个手势不受国境限制，都表示会用一些钱让对方尝到甜头。

爱德加以为这是赚取小费的特殊方式，反正美国是个特殊的国家，还有好多事情他搞不清。所以他从大厅书桌的抽屉里拿出邮件室的钥匙，带着那个人穿过走廊，经过电梯前方，打开邮件室的门。

门一打开，那名男子就冲上来往他脸上挥了一巴掌，他觉得莫名其妙，后来才明白对方是计划好的，当他明白过来想喊叫时，发现自己的嘴已经被胶带封住了。那名男子把他往前猛推，他跌跌绊绊地进了邮件室，没多久另一个人进来，接下来他就成了我发现时的样子——被绑在椅子上，手被胶带缠在背后。好吧，不完全像我发现他时的样子，因为开始时椅子还保持直立状态，后来他努力想逃，不久后椅子就倒在地上了。

事情就是这样。

一队警察可能会想出更多问题来问他。至少会不断反复问同样的问题。他们是想确定他没有隐瞒任何事，我则乐意假设他没有隐瞒。我同时也乐意给他咖啡，结果他喝完三杯时，我连一杯都还没喝完，然后他向我借用厕所，想想他喝了那么多咖啡，这也很正常。

几分钟后，我听到一声震惊又沮丧的轻呼，过了一会儿，他走出厕所，一脸惊恐。我想着会不会是浴缸里又出现了一只讨厌的水蟑螂。它们是从水管里爬上来的，又大又恶心，可是上帝知道，爱德加是在热带国家长大的，他一定看过更可怕的昆虫才对。

然后他用颤抖的手指碰了碰上唇。

"啊，对了，"我说，"我忘了你还没看到。爱德加，我找不出方法补救。我借你一把刮胡刀吧，你可以把胡子刮干净。"

他困惑地看着我，我比手画脚，假装拿着一把刮胡刀刮掉我根本没有的胡髭。他看起来垂头丧气，喃喃地说了一大串又急又快的西班牙语。我不明白那是什么意思，但如果让我猜，大致上一定是类似这样我看起来就会像个白痴，没有人会把我当回事。

我坚定地摇摇头。"你刮掉胡子看起来更好，"我坚持，"反正随时都可以再留，但现在得先刮掉。"

我给了他一把新的一次性刮胡刀和一罐刮胡膏，然后他关上了厕所门。门再度打开时，他看起来年约十七，比这一切发生之前年轻了六个月。

我说他看起来很好,问他还需不需要什么,比如一颗阿司匹林、一点儿食物,或许冲个澡,可他只想回到楼下继续看门。他已经离开岗位太久了,他说,如果大厦管理员接到投诉就不好了。虽然那个管理员是爱德加姐夫的表妹夫,但如果知道他如此偷懒,也一样会把他开除。

何况,他说,大厅现在没人看着,这样不安全,任何人都有可能走进来。住户们付了很多房租,他们有权利希望他坚守岗位,保护住户的利益。

于是他走了,他谢谢我给他的咖啡,谢谢我没有坚持报警,并且不顾自己刚经历过的一切,急着要回去工作。真不明白移民局为什么想把这样一个人遣返回原来的国家。

16

既然门卫都把胡子刮干净,重返工作岗位了,我觉得自己也该照办,继续打扫公寓。其间我打电话给一个二十四小时服务的锁匠,告诉他我的锁坏了,需要换掉哪些地方,并嘱咐他来时带个雷布森直筒锁和一个狐狸牌警察锁。他花了十五分钟到我这里,然后又花了将近两个小时安装,而他向我收取的费用又加重了我所承受的侮辱和伤害。我写了一张支票给他,上床去睡觉,满心期待能一觉睡到中午,不过到了八点,我的眼睛突然自动睁开了,于是我不抱什么期望地展开了新的一天。

冲过澡、刮过胡子后,我心情好了点,早餐也不赖,打开书店的门时,我觉得自己又比较有人样了。我喂了拉菲兹,帮它冲了马桶——它会用马桶,但连卡洛琳都不知道该如何教会它冲马桶——然后把特价书桌拖到门外,之后坐在柜台后面,等着全世界的人络绎不绝地登门造访。一直没人,于是我四处看看有没有什么事情可做,然后想到后头房间里有几箱书得上架。

我走到一半,又转身回到柜台后面的椅子上。我觉得前一晚弄上架的书已经够多了,于是我拿起一本书,这本书是跟其他一些书一起进货的,但我当初把它挑了出来,打算在让顾客眼前一亮之前自己先看一遍。是惊悚推理小说家约翰·桑德弗的新作,我已经看了五十页,如果没什么人打扰的话,我估计午餐前可以再看五十页。

桑德弗书中的警察都喜欢互开玩笑,其中有一个实在太好笑了,所以电话铃响时我还在笑个不停。我拿起电话说:"巴尼嘉书店。"然后一个我熟悉却想不起是谁的声音跟我道早安,问我会不会刚好有一本约瑟夫·康拉德的《秘密间谍》。

"等一下,"我说,"应该有,不过我得去确认一下。"

我走到小说区,发现有那本书,就在我按字母顺序摆放的地方。我把书拿到柜台,告诉来电者说我的确有一本。

"不是初版,"我说,"不过很干净,精装版。十二美元就可以买回家。"

"你帮我收着,"他说,"我今天找个时间过来拿。"

我可以问他的名字,但那样会显得尴尬,因为他的态度清楚地表示出了他认为我知道他是谁。再说,又有什么区别呢?如果他没出现,过一两天我就把书放回架子上。比起一笔十二美元的买卖,我有更多需要操心的事情。

* * *

"比起一笔十二美元的买卖，"我告诉卡洛琳，"我有太多该操心的事情了。"

"可不是吗！"

"真想知道他们在找什么。他们拿走了我的钱，可是一开始把他们引来的不是钱。你觉得他们是要找什么？"

"我不知道，伯尼。你有什么？"

"八千美元现金，比我平常存放的钱要少。加上我付给锁匠的钱，总共将近九千美元。除此之外，我什么都没有。如果是去过罗戈文家打劫的那一伙窝囊废，我觉得一定是他们，那我就完全不明白了。我跟罗戈文夫妇根本一点关系都没有。我甚至从没听过罗戈文这个名字，直到……"

"直到雷走进来逮捕你。"

我缓缓地点点头。"一定跟这件事有关，"我说，"他们犯了案，然后我因为这个案子被逮捕。警方搞错了，但报纸上的报道没提这部分，所以真正犯案的人也不知道。"

"他们不知道自己犯了这个案？伯尼，你觉得他们有什么毛病？短暂失忆吗？"

"他们知道自己犯了案，"我说，"但他们不知道我什么也没做，我被逮捕是因为我为了另一个完全不相干的目的刚好在那一带晃荡。但他们只知道我被逮捕了，这说明我跟罗戈文一家或许有些关系。"

"比如什么关系？"

"比如我不知怎的抢在他们之前，开过罗戈文家的保险柜；而他们不论在找什么，总之没找到，于是就认为东西被我拿走了。"

"你觉得他们要找什么？"

我摇摇头。"一点头绪都没有。"

此刻是午餐时间，而我上午还真做了点生意。我卖了八本或十本书，其中有一本漂亮的大开本摄影集，记录了全盛时代的布朗克斯，可惜那个时代早就来过又离去了。另外，专门买杂志的米基·托乐里斯空手而来，抱着满满一纸箱过期的《国家地理》和《花花公子》，摇晃着走出去。我不会把杂志摆上书架，这种东西肯定卖不出去，除非你专门经营过期杂志，有很多存货。不过有些杂志我也会收购。具有收藏价值的通俗小说杂志当然包括在内，还有所有的类型文学杂志——侦探、科幻和西部小说，还有《花花公子》（只要插页没被撕掉）和《国家地理》，这两种杂志有不少人收藏，遇到像米基这样的人就可以转卖出去。他给了我现金，其他几个买书的人也是，不过要补满前一晚的损失，还有一段很长的路要走。

我去买了两个人的午餐——汉堡和薯条，我今天没什么创意——然后到贵宾狗工厂去，让卡洛琳跟上事情发展的速度。说是这么说，但其实更像是我在白费力气。

"我觉得，"我说，"他们在找什么可能并不重要。"

"怎么会不重要?"

"嗯,对他们很重要,"我说,"对警方来说可能也很重要,因为警方没办法把案子安在我头上,所以希望能安在别人头上。重要的是这些家伙——顺便说一下,真希望我知道该怎么称呼他们。"

"嫌疑犯。"

"嫌疑犯,"我表示赞成,"重要的是那些嫌疑犯在寻找——见鬼,我也不知道该怎么称呼这个东西。"

"麦高芬①。"

"谢谢你。那些嫌疑犯在寻找麦高芬,既然我的名字被扯进这个事件中,他们便来我家碰碰运气。于是他们来找,但没找到,然后——猜猜怎么着?他们找到了我的藏宝洞,而这是件好事。因为他们马上发现这里是我藏东西的地方,而那个麦高芬——是这么说的吗?"

"这个词就是这么用的,伯尼。"

"他们发现那个麦高芬不在里面,而如果我有的话,一定会藏在这里,所以显然我没有那东西。这表示他们可以放过我了。"

"你觉得他们会吗?"

"我看不出为什么不会。"

---

①麦高芬(McGuffin),是虚构故事中的一个专有词汇,指某个会影响人物和动机的元素,所有人都想要,一般没有详细的描述。麦高芬在电影中的应用十分广泛,特别是悬疑电影。希区柯克在《三十九级台阶》中用到了这个概念,进一步扩大了普及度。

"你不认为应该去报警吗?"

"有什么好处?你想想,我向爱德加保证过不会让移民局的人来找他,而我敢这样保证是因为我只知道其中一个嫌疑犯——该说嫌疑犯是吧?"

"伯尼……"

"其中一个嫌疑犯比爱德加高且壮,这点信息实在没法把目标范围缩小太多。啊,另外他可能喜欢大都会队,或是揍了哪个大都会队的球迷抢了他的帽子。如果我没把这些告诉警方,你觉得我算是隐瞒了有价值的线索吗?"

"我想不算吧。伯尼,你知道吗?幸好他们去的时候你不在家。"

想到罗戈文夫妇,我点点头,打了个冷战。

"如果你在的话——"

"但我不在家。"我说,觉得该换个话题了,"今天晚上不去饶舌酒鬼喝酒了,对吧?因为你得先跟'鬈发小妞'约会,接下来跟我还有个约。"

"你还要去吗?"

"现在更该去了,"我说,"经过了昨天晚上,我有最佳的理由去河谷区跑一趟。我需要钱。"

17

我吃午餐花了不到一个小时,一点之前又回到书店柜台后面准备做生意了。后来回想的时候,我断定那个胖子一定是躲在隔壁或者街对面的哪家门口,等着我休息回来开门,因为我刚把约翰·桑德弗的小说拿起来看,门上的小铃铛就宣告了他的到来。

这不意味着我得放下手上正在看的书。我给了他一个欢迎的微笑,轻轻点了点头,让他自己去浏览书架,几乎每个人进门我都是这个反应,除非上门的人带着书要卖给我,或是来问圣恩堂该往哪个方向走。那个胖子空着手上门,所以即使他有书要让我收购,也没带在身上;而且我不觉得他是想在街角那个新教圣公会的教堂中寻求和平与宁静,所以我合上书,等着看看他想要什么。

我知道喊他胖子在政治上是不正确的,按照通常的政治原则,最不该做的事情就是所谓的"见铲子说铲子",有话直说,毫不掩饰。或许有个比较容易被人接受的委婉说法来称呼胖子，不过我懒得花时间去查，所以我就继续称他为胖子，希望你们不会反对，反正他一定不会反对。

所以他是胖子，毫无疑问。有些人无法接受自己的肥胖，就好像这些多余的体重是趁他们没注意时忽然从身上长出来的一样，于是现在他们不知道该拿这些重量怎么办。而他则不是那样。只要看他一眼，看到那种自信的态度、那种移动的方式，你多少就会明白他一辈子都胖，从一个胖婴儿长成一个胖胖的小男孩，历经尴尬年纪长成一个胖胖的青少年，最后终于成为一个胖胖的成年人。他没有那种好似腹部藏了一个海滩球要走私过海关一般的大肚腩；也没有细瘦的四肢从肥胖的躯干伸展出来、活像一个戳着牙签的马铃薯。不，他全身都胖，而我能感觉到他对此怡然自得。

他穿了一套蓝色西装，如果不是量身定做的，那至少也特地修改过，而且是由一个很有想法的裁缝动手的。这套西装不会让他看起来比较瘦，反正什么衣服都不可能，但很合身，让他看起来清爽又得体。你还想要几码长的西装毛料达到什么效果呢？

他的衬衫是白的，宽领角，领带刚好是今年流行的宽度，上头整齐排列着海军蓝与深红色的条纹。我没法说出他穿什么样的鞋子，因为他走进来时我没注意，等到我仔细打量他的时候，他又站得离柜台太近，看不到脚。不过我打赌他穿的是好鞋子。我还没见过哪个胖子舍不得在鞋子上花大钱，而且他们都很愿意花时间慢慢挑。

"罗登巴尔先生。"他说，不太像是陈述句，但也不太像是问句。我点点头，确认他叫得没错，他给了我一个笑容，露出很多牙齿。那些牙齿很白很整齐，完美得让人不禁怀疑是不是真的。同样的话也可以用来形容他的那个笑容。

"非常荣幸。"他坚定地说，伸出手来，毫不意外，那只手胖乎乎的。我握了他的手。我还没想到有什么方法可以避免握住伸到面前的手，而且每次我还没想清自己到底想不想跟对方握手时，就已经握住对方的手了。不过这一次，我十分乐意跟这名男子握手。他或许是个顾客，而就算不是，他见到我既开心又荣幸，我为什么要让他站在那里白伸着手呢？

我们握手时，拉菲兹趁机从透着阳光的橱窗上跳下来，跑到柜台前，然后开始绕着那个胖子的脚走，一边走一边磨蹭着他的脚踝。我早上开门时，拉菲兹已经跟我进行过一次这个例行活动了，这是它希望我喂它的一种通知方式，好像以为如果不天天提醒的话，我就不会想到似的。可是我今天已经喂过它了，逻辑上它也不可能去期待一个陌生人担任这个荣誉任务，无论此人把自己喂得多么好。

我往下看拉菲兹摩擦他的双脚时，应该是趁机看他鞋子的好时机，但我忙着注意那只猫的异常行为，没留心它正抵着摩擦的东西。总之,我敢说那是一双昂贵的鞋子,而且他鞋柜里一定有一打同样好的鞋。

他松开我的手,往下看着拉菲兹。"一只猫!"他喊道,显然满怀喜悦,"我非常喜欢猫。可是它的尾巴怎么了?"

"它生来就没有尾巴,"我说,纳闷着自己讲的是不是事实,"它是马恩岛猫。"

"啊,当然了。来自马恩岛。"

"唔,并不是它本人——或我该说本猫?——是它的祖先来自马恩岛,但拉菲兹是在纽约出生的。"

"我非常喜欢猫。"他又说了一遍。然后为了证明这一点,他伸手搔了搔拉菲兹的耳后。那只小恶魔从喉咙里发出呼噜噜的声音,胖子又多搔了它几下,拉菲兹又多呼噜了几声,然后跑开,跳上烹饪书区的一个空位,从下往上数第四格。它从那里注视着我们,好像它的祖父或祖母是那种会笑的柴郡猫,我真的觉得它好像在微笑。

"有只猫一定很好,"胖子说,"如果我开了家书店,一定会在里面养只猫。我觉得你养猫是个非常明智的选择。"

"谢谢。"

"现在呢,"他说,"我相信你有一件我要的东西,罗登巴尔先生。"

"是吗?"

"我相信是的。"

他又像之前那样微笑了,那些牙齿或许的确是真的。我很确定他挑牙医就像挑裁缝一样仔细,而且牙科技术在近年大有进步。只要定期去看个一流的牙医,你就可以拥有满口完美的好牙,完美到任何人都会以为是假牙。

可是我能有什么东西给他?

哦。

"《秘密间谍》。"我说,他面露喜色。我朝后伸手,把康拉德的小说从架上拿下来。我正要拿给他,他也正要伸手接,此时我忽然抽了回来。"可是之前打电话来的不是你,对吧?"他犹豫着,然后我回答了自己的问题。"他托你来帮他拿书。"

我再度得到一个微笑,还有点头确认。我把书递给他,他仔细检查,但方式很奇怪;他没有翻阅,甚至没有看看书名或版权页,而是把书拿在手上转来转去,好像想通过手掌吸收此书的精华。我见过某些收藏家碰到初版书或装帧精致的书时会做类似的事,但这本书只是供阅读的寻常版本而已。

但他是替打电话来的那个人取书,可能对书本所知不多,只知道书店很适合养一只猫。或许他以为有人递书给你,你就该这么把书在手上转来转去。

"就是它了,"他满意地说,"你要收多少钱?"

"和我在电话里说的一样。上头标的是十二美元。加了税以后是十三多一点,不过我们可以去掉零头。就十三吧。"

"十三。"他说。蓝色的眼珠透露出一股饶有兴趣的神色。他向左侧身——也就是朝向拉菲兹——然后从胸前口袋里掏出一个暗褐色的钱包,但他的身体挡住了我的视线。他数了十三张纸币,或者说至少听起来如此,他一边语调奇怪地念叨着"十三",一边把钱包放回口袋。然后他转过来,把那沓钞票对折,小心翼翼地握在掌中,掌心向下交给我。

我觉得应该数一下那些钞票,但又告诉自己别犯傻了。他少给的可能性似乎很小,而且如果我收到的是十一或十二,而不是十三美元的话,我真的会在乎吗?我也配合他的小心翼翼,用掌心接过那些钞票,流畅地移转到钱包里。我写了张收据,塞到书中,再把书放进一个大小相仿的棕色纸袋中,递给他。

"非常荣幸。"他说,再度露出那个灿烂的笑容,然后灵活地转身,走向拉菲兹,又搔了搔它的耳后,"真是可爱的小猫咪。"他说,而拉菲兹则全心全意地从喉咙里发出呼噜声。

接着胖子便转身向门口走去。

宣告他离去的铃铛声还在响,我就伸手去掏钱包了。我低头一看,发现他弄错了,因为最上面一张是百元钞票。然后我翻了一下那沓纸币,全部都是一百美元的。

我可能是个贼,但不会在自家书店行窃。我不会抢顾客的钱,也不会让他们抢钱。他刚才不小心付了一千三百美元买了一本十二美元的书,光营业税就比任何人该支付的要多,不论政府是否有财政危机。

我冲出柜台,猛地拉开门,站在人行道上,四处张望寻找他。他已经往大学广场方向走过了两幢建筑,正站在人行道边缘等着过马路。"嘿!"我喊道,他没回应。如果我知道他的名字就能喊了,可是我不知道,所以我喊的是,"嘿!秘密间谍!"然后拔腿沿人行道跑向他。

他随着我的声音转身,但没转身或许更好。这样他可能就会看到那辆车驶来,无论如何对他有点好处。

我不知道那是辆什么车。我应该知道的,因为我就看着车子开过来,我看到车子加速,然后看着它突然随着尖锐的刹车声停下来。然后我看到乘客座的车窗打开,看到一支枪伸出来。

然后我什么都看不到了,因为我的直觉引领我做出了适当的反应,我猛地卧倒在人行道上,旁边有一辆停着的车帮我挡住了那个拿枪的家伙。他的枪并没有指着我,但之后有可能转向。

我后来才知道,那把枪果然转向了。那是一把自动连发手枪,射手胡乱扫射,子弹乱飞。而当然,枪口的正前方,就是那个胖子站的地方。我躲藏的那辆车身上嵌了几颗子弹,还有一颗飞进一家欧洲古董进口商的窗子,留下一个整齐的弹孔,最后子弹留在了一个法国乡村风格的古董书橱里。还有很多子弹飞到别的地方,但更多的还是飞往了原来的目标,这对那个胖子可不会有任何好处。

当时我还不知道这一切,因为我不敢动。我的确转了转头,设法从替我挡子弹的车子下面看到一点点有限的情况,而我看到的是:车门打开,我推测是枪手的那个人,跳下车,跑到胖子躺的地方,伸手拾起一样东西,很可能是一个书本大小的棕色纸袋,接着回车里关上车门。然后那辆车子火速离开,在大学广场右转时都完全没减速,引起很多车辆按喇叭表示抗议。

我不记得自己走到了胖子躺着的地方,但我一定去了,因为恢复神志后我发现自己站在那儿,低头看着他。他中了至少十几枪,血从他身上涌出来。他没有在笑,不过谁能怪他呢?

"伯尼?"是卡洛琳,"我听到枪声就跑出来了,怎么回事?他是谁?这些钱是哪儿来的?"

我低头看到自己手上还抓着那一千三百美元。"这是要找给他的钱,"我说,"不过我想现在不必了。"

18

"好吧,"雷说,"我们再从头叙述一遍。"

我们在书店里,还不到下午三点,但感觉好像是凌晨三点。我前一夜过得很糟糕,几乎没怎么睡;而今天白天很轻松,直到枪击事件发生:之后我就一直待在柜台后面,而雷则站在柜台前。他一直问问题,我已经就我所知回答了大部分。

"所以这个家伙走进来,"这会儿他说,"而你之前从没见过他。"

"从没见过。"

"大块头胖子,全套的西装,打着领带,你之前一次都没见过这个人。"

"我刚才就是这么告诉你的。"

"他从没走进来,替比如说某个在医院的朋友来取书?"

"如果他来过,"我说,"我会记得的。但要记得一件没发生过的事情实在很困难。"

"啊,不知道呢,"他说,"有些人就常干这种事,我们称之为撒谎,伯尼,而这么多年来,我知道你是这方面的大师。"

"这次我没撒谎,"我说,"他进来,跟我的猫玩,然后说我有一件他要的东西。"

"于是你给了他一本书。"

"对。"

"你从没见过他,却刚好知道该拿什么书给他。"

"哦,天哪!同样的事情我到底要跟你重复多少次?"

"说到我明白为止,伯尼。所以再跟我说一次吧。"

"我之前接到了一个电话。"

"是那个胖子打来的。"

"不,不是那个胖子打的。是一个客人,我想是,他问我店里有没有某本书。"

"是这个叫康拉德的家伙写的,他姓什么来着?"

"就姓康拉德,名字是约瑟夫。他是波兰人,在海上度过了很多年,最后靠自学学会了英语,成了一个伟大的小说家。"

"康拉德是个波兰姓?"

"他改过了。"

"不怪他,"他说,"他原来的姓可能有一大堆 Z 和 Y,只有波兰人才会念,不过大概也念得很辛苦。所以你说你有这本书,而且帮这个家伙留着。"

"对。"

"然后当这个家伙走进来,就是那个胖子,你就把书给了他,而不是给打电话来的人。"

"我以为是打电话的那个人托胖子来拿的。"

"你问过他要的是哪本书吗?"

"我说了书名,他乐不可支。我把书递给他,他活像拿到圣杯似的。他问我多少钱,我告诉他,他迫不及待地把钱塞到了我手里。"

"然后他就离开了。"

"他先跟猫道别,"我说,"然后才离开的。"

"然后被打得屁股开花。你为什么跟在他后面追了出去?"

"他忘了拿找零。"

"所以你得还给他?你,伯尼?"

"在这里,"我说,"我诚实可靠。即使在看似今年最漫长一天的今天。"

"那本书多少钱?"

"十三美元。"

"他给了你多少钱?"

"十五。"我说。不管在书店内或书店外,诚实都要有个限度,"他给了我一张五美元和一张十美元的钞票,没等我找钱就走了。"

"所以找零是两美元,对吧?你是想告诉我,你追在他后头跑上街,只为了还他两美元?"

"亚伯拉罕·林肯小时候,"我说,"曾在一家店里当店员。有天他少找了钱给一个顾客——"

"林肯会这样?我一直以为他应该很诚实的。"

"那是个意外,那个人走了之后,林肯才发现自己犯的错。所以那天晚上,他大老远走路到那个人家,只为了找钱给人家,路上很黑,积雪很深。你知道他是为了还多少钱吗?"

"两美元?"

"一美分。"我说。

"一美分?因为那上头铸着他的头像吧?"

我看了他一眼。"一美分,"我说,"但林肯知道留着它是不对的,所以就还了回去。"

雷皱起眉头思索着,或是装出了思考的样子。"你知道,"他说,"我小时候在学校里听过这个故事。伯尼,你觉得这故事是真的吗?"

"我想故事中的精神是真的。"

"什么意思?"

"简单地说就是,"我说,"不,我不认为那个故事是真的。"

"我当时就不相信,"雷说,"到现在还是不相信。我觉得那故事就像乔治·华盛顿砍掉了邻居的樱桃树一样。

故事编得很好,但根本没这回事。回到那本书吧,伯尼。那只是架子上的一本旧书,对吧?"

"对。"

"不稀有也不贵重。"

"的确不值钱。"

"否则你为什么十三美元就卖了呢?而且我记得你说过,你有这本书很久了。"

"好几年了。"

"所以那个胖子要找的其实不是这本书。"

"雷,你脑子真灵。"

"那我就要问问你了,"他说,"你老实回答也不会有罪,你最近有没有做过什么事是我不知道或不需要知道的?可能会让某些人认为你有他们想取回的东西?"

这个问题不必费力想很久。我唯一涉入的两件事,一件就是星期三夜里的冒险,四处徘徊进了芭芭拉·克里利的公寓;另外一件是尚未发生的梅普斯家窃案。这两件事情都不可能引得那个胖子走进我的店。

"没有。"我说。

"那就是罗戈文谋杀案了。"他说,"凶手进入他家,杀了三个人,然后打开保险柜,但一定有什么东西是他们想要却没拿到的。可能是一本书。"

"一个麦高芬。"

"这是什么玩意儿?"

"没什么。"我说,"我想你没说错,他们在找的东西至少外表有点像书。"

"一定是。"

"但不是康拉德的《秘密间谍》,否则未免太巧了。"

"那件东西,"他思索着说,"他们可能也不知道具体是什么,不然你把那本书递给胖子的时候,他会立刻还给你。"

"或者扔到我脸上。"

"或者扔到那只猫身上。不过,你有没有觉得你跟他说这本书只要十三美元的时候,他的反应有点奇怪?"

的确如此,这也解释了为什么他以为我指的是十三张百元大钞。而且对那个麦高芬来说,这还是一个很低的价格,这就解释了他那谜一般的笑容,还有他为什么不想让我看到他带了多少钱来。只有上帝知道我可以把价钱开得多高。

"也许他以为我只是想摆脱那个东西,而要价十三美元是为了保住面子。"

"十三美元可遮不了你的脸,顶多遮住几根胡须罢了。伯尼,这里头一定有两组玩家。枪杀罗戈文夫妇的那组人和另外一组。我猜胖子是另外一组的,杀死罗戈文夫妇的人和开枪打死他的是同一组。"

这组人也踢开了我家的门,我心想,因为他们的作案手法跟罗戈文家的入室行劫案很像,同样用防水胶带捆住了门卫。可是我没跟雷提起我家被偷了,或许是因为我答应过爱德加不会让移民局的人来找他。我可以现在告诉雷,但接下来我就得解释为什么拖到现在才说,还是绝口不提这回事比较简单。

"两帮坏人,"他说,"其中一帮已经杀了四个人。那时罗登巴尔太太的儿子伯尼在哪里呢?他正趴在地上呢。"

"这个嘛,我原本不用趴在地上的。"我说,"我之所以被卷入完全是因为你挑上了我。他们发现我被逮捕了,却不知道这其实是警方的无能造成的失误。"

"别生气嘛,伯尼。"

"他们真以为你们这些家伙脑子很清楚呢。"我说,"你知道我该做什么吗?我该要求警方二十四小时保护我。"

"你想要吗?这是全世界最简单的事儿,伯尼。来我们分局,我把你关进牢里就行了。"

"你太幽默了。"

"说真的,你要我弄个便衣跟着你吗?我得跟局长解释一下,不过可以解决的。"

那就太好了,我心想。我们到河谷区偷梅普斯家时,那个家伙可以跟着来。他可以帮我们望风,以确保车子不会因为停在"禁止停车"的区域而被开罚单。

"谢谢,"我说,"不过我想还是算了吧。"

* * *

雷在店里的这段时间，我其实还做了几笔生意。顾客进进出出的，逛的比买的人多，但偶尔有人拿本书到柜台来，我就打断雷的话，打开收银机结账。时不时会有个人来问外头的枪击事件，我就附和着说真是可怕，然后便不再多言。

雷终于离开了（但没有保证他不会再回来），我才真正闲下来一会儿，回去看约翰·桑德弗的小说。这本书越来越精彩了，虽然故事的主线有点牵强，不如这个系列的其他几本。但和之前一样，这本书的叙事视角也不断转移，从男子气概十足的英雄警探卢卡斯·达文波特，移转到书中的坏人主角身上，这坏蛋是个曾经的素食主义者、最后又对自己的信仰幻灭了的公理会牧师，他在明尼苏达州四处残忍行凶，杀害著名的素食主义者和种植有机食物的农民，先残杀他们，再吃掉他们的肝。非常荒唐，但不知怎的却让你觉得合情合理。而正当我看得入迷时，该死，有个人进了店门，朝我的柜台径直走来。

他是个高个子，留着精心修剪的胡子，瘦得像根通水管的铁条似的，穿了一套褐色斜纹软呢西装三件套。他名叫科尔比·里德尔，是新学院大学的教授。我忘了他是研究什么的，不过我非常确定是个什么"学"。

"哦，"他说，"你今天好吗？"

当然，这个声音就是我上午在电话里听到的，当时我就觉得耳熟,但却想不起是谁。"哦,该死,"我说,"你是来拿书的。"

"伯尼,时间不合适吗?"

"不,完全不是,"我说,"至少不会比其他时间差。科尔比,另一个人把你的书拿走了。"

"哦。"

"真是对不起。"

"我还以为你会帮我把那本书收着。"

"我是收着了。"

"哦。"

"然后有个人进来,我就拿给他了。"

他在努力搞明白我话里的意思,我则打从心底希望他弄明白。"你以为他是我。"最后他说。

"我以为你托他来拿的。他说他知道我有件东西要给他,所以——"

"所以你以为我托了他来拿,就把那本《秘密间谍》交给了他。那他为什么没退还给你?"

"我不知道。"

"因为如果他正好也在找我想要的那本书,未免太巧了。"

"他没在找这本书。我想他根本不知道自己要找的是什么东西。"

"可是你把我的书给了他,他也很满意。"

"显然如此。"

"他付了钱吗?"

"连营业税在内都付了。"

"你们对州长真好。你觉得他会把书拿回来退还吗?"

"恐怕不会。"

"真的吗?等到他明白这不是他要的——"

"他不会明白了。"

"为什么?他脑死亡了吗?"

我想他很快就会在"五点现场"看到相关新闻,或在早报上看到,所以何不现在告诉他?"发生了其他事情,"我说,"他走出书店,手上拿着书,然后一辆车忽然停下来,有个人摇下车窗,开枪把他打死了。"

"天哪!你不是在开玩笑吧?该不会是另一个人付了更多钱把书买走,你为了掩饰真相,就编出这个故事吧?"

"我不会把留给你的书卖给别人的。"我说,"另外,没错,我不是开玩笑的。你可以去看库珀·斯通古董店橱窗上的那个洞。那颗子弹没射中那个家伙,不过大部分子弹可没落空。"

"真令人震惊,"他说,"而且真是戏剧性。我得说,比老康拉德写过的任何故事都要刺激。伯尼,我知道提起这个话题实在要命,不过他们朝他开枪,而他倒在人行道上时——我想他倒下了,对吧?"

"差不多吧。"

"唔,那他手上的书也掉了下去,对下对?我猜你没把书拿回来。"

"是的。"

"不过你想过或许可以去拿?"

"没想过。"

"啊。因为是证据?被警方没收了?"

"被凶手拿走了。"

"凶手?"

"他把书捡起来,然后车开走了。同时还违反了几条交通规则,不过我看他们也不会太在乎。"

"他们杀了那个人,"他思索着说,"然后拿走了我的书。唔,不是我的书。我还没付钱呢,所以书的所有权还没移转。那还是你的书。"

"你说是就是吧,科尔比。"

"好吧,我想想,"他说着转向书架,"这个周末我得找些书来看,不是吗?"

我跟他一起来到小说区。我把店里其他的康拉德作品指给他看,但他不感兴趣。他说,对他而言,《秘密间谍》的诱人之处在于背景在陆地上。康拉德写的海上故事实在不合他的口味。

"这里有格雷厄姆·格林,"我告诉他,"我这里有很多格林的作品,而且有几本是初版的。"

"哦,天哪,"他说,"我不要格雷厄姆·格林。"

"你不喜欢他?"

"格雷厄姆·格林最显著的特点是,"他说,"他笔下的角色从偷情中得到的快乐,比我们其他人拥抱自家老婆时得到的快乐还要少。不,我放弃格雷厄姆·格林。"

他挑了伊夫林·沃的盖伊·克劳奇贝克三部曲中的一本,我忘了是哪一本。他看过这本书,但家里没有,且时间过去够久了,他很乐意再看一遍。想到将要读这本书,他高兴起来,决定好好多读几本沃的作品,因此又挑了三本,然后开了一张支票给我。"可我还是想要《秘密间谍》,"他走到门口时回过头说,"如果正好有人来卖这本书——"

"我会留给你,"我向他保证,"绝对不会让其他人拿走。"

19

我正准备打烊时,此时我最不想见到的人——雷·基希曼出现了。

"好极了,"我说,"我正盼着你来呢。"

"是吗?"

"当然,"我说,"你正好可以帮我把特价桌搬进来。"

"我很乐意,伯尼。"

"很好。你抬那边——"

"只不过我不能搬东西。医生嘱咐的,对我的背不好。"

"如果我们角色对调,"我说,"而我编个这种借口给你,你就会问我那医生叫什么名字。别担心,我不想知道。你就站在那里看我辛苦劳作吧。"

"很好。"他说完,就戳在那里不动。他至少可以帮我扶着门,也的确帮了,并切实地奉行"至少"原则。进到店里头,他庞大的身躯靠着我的柜台,等着我安顿拉菲兹过夜的杂事。

"等你弄完了,"他说,"我们可以到你跟矮冬瓜每天晚上去的那家酒吧。我本来打算直接过去给你们个惊喜的。"

"真希望你这么做了。"

"是吗?为什么?你喜欢意外?"

"我喜欢发生在别人身上的意外,而你就会是那个人,雷,因为我们今天不会出现。"

"你们不喜欢那地方了吗?"

"卡洛琳今天有约会,"我说,"而我不喜欢一个人喝酒。"

"所以你跟我喝嘛,伯尼。锁上店门,咱们走。"

我摇摇头。"今晚不行,雷。"

"今晚不行?今天不是星期五吗?"

"没错,"我说,"感谢上帝今天是星期五,可以喘口气了,但我今天晚上不太想喝酒。"

"那就喝杯咖啡。大学广场上有家新开的店,应该不错。"

"是不错。就是东西有点贵。"

"那有什么问题,"他说,"你买单嘛。"

结果我付钱为两人各点了一杯大杯拿铁。我相信这玩意儿如果用英文名字一定会便宜点[①]。我买了咖啡端到他挑

[①] 拿铁(latte)为意大利语,全称应为 cafe latte,字面意为咖啡牛奶。现一般美式餐厅均以 latte 通称意式咖啡牛奶。

的角落桌子上，告诉他科尔比·里德尔刚刚来过书店，想拿他那本康拉德的小说。

"所以就跟我之前猜测的一样，"我说，"有个顾客跟我预订了这本书，我以为那个胖子是来帮他拿书的，胖子也以为那就是他要找的东西，因为他不知道那东西到底是什么，他只知道在我手上。"

"可是你说你没这东西。"

"如果我有，"我说，"肯定第一个告诉你。不管这玩意儿是什么，有好几个人为它送了命，所以我怎么会想留在手上？我会赶紧交给有关当局。"

"那当然。你的这个顾客，他有名有姓吧？"

"必须有，雷。这年头没个名字就好像没有社会保险号一样，没法生活。"

"伯尼，你要不要告诉我他的名字呢？"

"不行。"

"不行，这是什么意思？"

"我不会告诉你的，"我说，"你不看报纸的吗？丹佛那边发生过一个案子，警方想逼一个书店老板透露他某个顾客买过哪些书。那名顾客是个毒贩，警方想证明他买过一本《如何在自家厨房制造冰毒》。"

"谁会出这种书？"

"书名可能不是这样。重点是，乔伊斯·梅思基斯坚守原则，半个字都不透露。她一定花了很大一笔律师费，可是她赢了。她可以不惜性命捍卫'阅读自由'的原则，我怎么能逊色呢？"

"一派胡言，"雷说，"这个波兰佬康拉德跟在家里制毒有什么关系？你是在放烟幕弹，伯尼，不过没关系。你不想告诉我名字，好啊，那我来告诉你一个名字，怎么样？"

"雷，你把我搞糊涂了。"

"阿诺德·莱尔。"

"阿诺德·莱尔？"

"有印象吗？"我摇摇头，"那雪莉·施尼特克呢？"

"阿诺德·莱尔和雪莉·施尼特克。施尼特克？"

"我觉得我应该没念错。"

我相信他没念错，虽然他每次都把"蒙德里安"读成"莫特里恩"。"阿诺德·莱尔和雪莉·施尼特克。我可以想象这两个名字刻在树干上，用一个心形圈起来，爱之箭贯穿其中。总之，他们是谁？"

"还记得罗戈文的名字吗？"

"给我两秒钟，那名字就在我舌尖上。"

"那你为什么不吐出来呢？"

"莱尔，"我说，"阿诺德和雪莉就是罗戈文夫妇吗？"

"曾经是，"他说，"现在他们都吃了枪子儿翘辫子啦。我们通过指纹比对得知了他们的真名，前科几乎跟你一样多。两个人都是几年前从俄罗斯来的，去了布莱顿海滩。

那一带住了很多辛苦工作、安分守己的俄罗斯人,不过他不是其中之一,她也不是。"

"他来自俄罗斯,却有阿诺德·莱尔这种美国化的名字?"

"不,他来美国后改了名。是通过法律程序改的,这一定是他干过的最后一桩合法的事情。至于施尼特克,据我们能查到的,她确实生下来就叫这个。"

"有些人就是这么幸运。"我说。

"不到一个月前他们租下了那个顶楼公寓。转租的,签了一年的约,现金支付。别问我他们怎么想出罗戈文这个姓的。"

"也许他们是想到了索尔·罗戈文。"

"见鬼,他是谁?"

"五十年前水牛城野牛队的投手。"我说,"或许是想到了西里尔·罗戈文·莱希,是个女作家,我书店里就有她的一本书。"

"好极了,伯尼。我们就以真名称呼他们吧,莱尔和施尼特克。这俩名字对你来说没有任何意义吧?"

"完全没有。"

"那个保险柜一定是他们自己的。其他家具是跟着房子一起出租的,我们联络上房东,她根本不知道有保险柜。我们询问了纽约卖保险柜的几家公司,没有人卖给他们过。"

"真有趣,"我说,虽然并不确定有趣在哪里,"雷,你为什么告诉我这些?"

"我也该问自己这个问题,伯尼。"

"然后呢?"

"首先,"他说,"我很确定你跟这个案子一点关系都没有。"

"我也确定,而且我记得之前早就告诉过你了。"

"是啊,但如果你每次开口我都直接把你的话当真,他们就该把我送进疯人院了。不过这一次看起来你说了实话。我想这对你我都是个机会。"

"机会?"

他郑重地点点头。"这么多年来,"他说,"我们两个人合作得挺好的,伯尼。"

"总的来说,"我说,"我赞成你的说法。"

"有个什么东西很多人都想要。不管那是什么,有人甚至可以为它而杀人。"

"然后你觉得这对你来说,看起来好像是个机会?我只觉得这看来像是离开这个国家的机会。"

"要是我能破这个案子,"他说,"那可是大功一件。现在我们知道罗戈文夫妇是谁了,加上街头的枪击事件,于是案子不归我们管了。现在是重案组接手。但这不表示我不能花点时间在这案子上,如果我能破案,哈,看起来会有很多好处。"

"我相信是。不过跟我有什么关系,雷?"

"不是每个案子都能破的,"他说,"好警察也做不到。"

"很多时候,"我说,"他们做得太多了"

"你当然会这么想,不是吗?问题是,我们查到了莱尔和施尼特克,这可是集团犯罪了。很多时候即使你很清楚是谁干的,也还是结不了案。但不管此案是否结案,其中一定有很肥的报酬,伯尼。"

"只要我们查出他们在找的是什么东西。"

"答对了。"他说。

"你到现在还不知道是什么,对吧?"

"对。你呢?"

"一点头绪都没有。"

"好吧,"他说,"我们其中一个人或许能摸出些什么。你说我们来个互通情报怎么样?你发现了什么,就告诉我。反过来也一样,我会告诉你。"

"如果拿到报酬了呢?"

"五五分成,"他说,"只不过功劳得归我,因为功劳归你也没什么用。除非我们能让市长表扬你一下,给你个本周荣誉市民之类的奖,不过说实话,以你过去的前科和种种记录,希望不大。不过现金我们就对半分了。"

"很好,"我说,"这件事我就遵照你那位裁缝的教诲吧。"

"我的裁缝?你在说什么鬼话?我没有裁缝啊。"

"真的？我还以为你的衣服全是'帐篷师奥玛'做的呢。"

"这是在挖苦我吗？他到底是什么人？"

"算是吧，"我说，"不过不严重。他跟阿诺德和雪莉一样，早翘辫子了。不过他活着的时候，是个波斯诗人，名叫奥玛·海亚姆①，他说过很多有学问的话。其中一句就是'拿走现金，放弃功劳'。"

"现金和功劳，嗯？"他想了想，说"唔，他不是我的裁缝，名和利我都要。"

二十三街和第五大道交会口有家店出售预存话费的手机。我很确定，全纽约到处都有类似的店家，可是通常你只有要买的时候才会注意到这种店的存在，而即使如此，你还是可能看漏。我确定在第十四街看到过一家，离雷把我一个人扔下喝剩下的四美元拿铁的店只有几个街区，不过去我知道的地方比较简单，于是我就去了。

我给了店员一点钱，他给了我一部只能通话一定时长的手机，用完就没用了。我忘了到底是多长时间了，因为我知道自己只会用其中极小一部分。我只有一个电话要打，而且我打算只拨一次或两次，或许最多三次。

---

① 奥玛·海亚姆（Omar Khayyám, 1048—1131），波斯诗人、数学家、天文学家，著有四行诗集《鲁拜集》。海亚姆（Khayyám）的原意为"制作帐篷的师傅"。

我把新手机放在胸口的衣袋里，离开那家店一直走，过了两个街区才明白自己要去哪里。我看看表，时间还很多，这好像是个消磨时间的合理方法。我继续朝那个方向走，双脚好像有自己的意志似的，没多久，我就来到了第三大道和三十四街角落那幢白砖建筑的斜对角。我星期三晚上曾经过了这里，该死，我那天夜里踏遍了整个街区，却没有任何理由去留心这幢建筑。

我仔细打量这幢楼，它看起来就像四十年前在纽约各处冒出来的其他白砖建筑一样。丑陋的平价楼房，造价低廉，天花板在建筑法规允许的范围内尽可能低；至于那些墙，即使你是聋子，也能听到隔壁有人放屁。现在这种房子没人盖了，真是太好了。

我想过要不要过去跟那个正站在人行道抽烟的门卫讲两句话。可是能问他什么？他又能告诉我什么？我很确定，他能说的雷都早已知道了。

倒不是我对雷提出的合作关系有什么期望。不过，有人杀了罗戈文夫妇（我得慢慢习惯把他们想成莱尔和施尼特克）。而同样的一批人——可以称之为"那伙嫌疑犯"——给门卫爱德加留下了严重的心理创伤，劫掠了我的公寓，偷走了我的应急基金，然后在我的一位好顾客身上留下了很多弹孔。（我从没见过那个胖子，不过一个来我店里不到五分钟却花了一千三百美元的人，实在是个好顾客。何况，拉菲兹觉得他是个王子。）

如果我能帮雷抓到那群浑蛋，或者能从他们身上刮到一些钱，或两个目的都达到——唔，那我可乐意得很。

我又多走了几步，心里想着有多少摄像头录下了我的身影。这些侵犯个人隐私的玩意儿让干坏事变得特别困难，所以我想犯罪率下降也不意外。很快，每个罪犯就都得选择明目张胆地犯案，或进入生意世界，在商界犯罪很少会被判刑，也不用担心摄像头。

这种事情最适合找个卖酒的地方好好沉思，于是我不知不觉就来到了这么一个地方。一家高级酒吧，店名叫"帕西法尔"，就在列克星敦大道上，往北几家就是三十七街。现在是过渡时间，周边没那么拼命的上班族正准备回家，而住在这一带的酒鬼们还没出门。因此吧台还有空位，我坐下来点了一瓶巴黎水。酒保是位高个子金发女郎，颧骨又高又尖能坎伤人，端了一瓶圣培露，还在里头挤了一片柠檬，然后收走几块钱，留我一个人在那儿茫然地喝着。

一定就是在这么个地方，我心想，芭芭拉·安·克里利遇上了那个声音低沉的痞子，让她生平第一次领教氟硝西泮，然后干了那件令他骄傲的事，或该说是那件无耻至极的事。不知他会不会再来同样的池塘钓鱼，然后我朝四周看了看，不明白自己在寻找什么。既然我没见过他，除了他的声音对他一无所知，也就不太抱期望认出他来。

但我可以认出芭芭拉·克里利，而且确实认出来了。

她站在吧台前，一只脚踩在横杆上，跟我相隔不到五张凳子的距离。

只不过那不是她，看上一秒钟就能迅速确定这一点。比起我刚闯入过的公寓的那位女主人，这个女人老了点，也胖了点，她的脸轮廓更深，头发更短。我越看就越觉得两个人不像。

我看了看酒吧里其他地方，但也只是形式上扫视了一圈。我知道她不会在这里，确实不在。但我同时完全确定这会是她常来的地方。或许不是在这里遇到的那个给她下药的家伙——我发现自己心里暗地喊他"如飞男"——但我觉得非常有可能。如果我在这边泡得够久，喝够多的意大利气泡矿泉水，肯定可以看到其中一个人出现，说不定两个都会。

我问自己，为什么我希望碰到他们中的一个呢？

但我不需要知道答案，对吧？我有活儿要干，而且差不多是时候了。我喝掉大半杯圣培露，留下一点零钱，然后回家。

20

八点四十五分,我已经坐在了一辆青铜色的福特水星黑貂型轿车的驾驶座上。车就停在阿伯巷,前保险杆离巷子里唯一的消防栓不到八英寸。这个距离比法律允许的要近,但我根本不担心违规的问题,因为车是偷来的。

我总是怀疑阿伯巷里会有多少交通警察和开停车罚单的女警——甚至他们之中有多少人知道阿伯巷在哪里——但如果有警察来,我随时能看到,我这样停车就是为了能看见所有进入这条小巷子的人,不管是开车的还是走路的。引擎上没插着钥匙,因为我根本没有钥匙,不过发动一辆车只需要一两秒钟,只要看到警察,我就会立刻发动车子。

我等了十分钟都没人出现,既没有警察也没有普通人,最后终于有人走进巷子来,我发动黑貂车、按响喇叭,因为来的人是卡洛琳。她四处张望,没看到熟悉的车,于是继续走。我又按喇叭,她转过身来,皱着眉,我摇下车窗喊她名字。

"啊,"她说,"好漂亮的车子,伯尼。你哪儿弄来的?"

"七十四街,借来的。"

"是吗?跟谁借的?"

"问住我了。"

"这是你偷来的。"

"勉强算是偷而已,"我说,"我打算还回去的。"

"挪用公款的人也都是这么说的,伯尼。他们都计划要把钱归还的,但不知怎的就是抽不出时间去还。"

"唔,我可是真心诚意打算要归还这辆车的,"我说,"在这座城市有辆车是一件头痛的事。我该停在哪里?弄个车库要花好大一笔钱,可是如果停在街上——"

"就会被'借用',"她说,"然后送去解体重组。"

"你知道,"我说,"你越来越不像我的帮手了,倒是越来越像雷·基希曼。"

"这可能是你跟我说过的最下流的话,"她说,"但我想你或许是对的。对不起,伯尼,我有点糊涂了,我不确定你还要去。"

"我说过要去的。"

"我知道,可是今天发生了这么多事,我以为你可能会改变主意。那个胖子就在你面前被枪杀了呢。"

"河谷区离我们有好几英里远。"

"我知道,可是——"

"而且我需要那些钱。"

我也需要赢一次来振奋精神，转转运气。自从我躲在床下那次开始，事情就一直在恶化。之后我被警方找麻烦，家里被一群浑蛋给偷了，还在一桩驾车凶杀案中担任配角。现在该轮到我来做点什么了，不能再被动地空等，看接下来会有什么事情发生。也许我不能去轰炸伊拉克，但我可以去偷梅普斯家，还不必先弄清法国总理有什么看法。

"你先在这里等一下，"卡洛琳说，"我马上回来。你可不准自己先走。"

我走西城大道，这辆黑貂行进平稳且很好操控，一路畅通，可以一直开着巡航系统，只是街上依旧很吵。在五十七街交叉口碰到红灯时我瞥了卡洛琳一眼。"我猜她没有放你鸽子。"我说。

"没有啊，伯尼。而我坐直了身子。"

"坐直身子？"

"然后睁大眼睛。我先到的，不过只早了一两分钟。我径直走进阿尔贡金饭店的大厅，就像多萝西·帕克或者罗伯·本奇利。"

"还有亚历山大·伍考特和乔治·S.考夫曼[①]……"

[①]这些人都是"阿尔贡金圆桌"（Algonquin Round Table）成员。第一次世界大战后，纽约十余位精英文人常在阿尔贡金饭店聚会，共进午餐，被称为"阿尔贡金圆桌"。由于席间往往放言畅谈，辩论，尤以机智与幽默感著称，于二十世纪二十年代名盛一时，被认为影响了此后美国的文坛。文中提到的四人是这个团体知名成员，帕克与本奇利为作家，伍考特为评论家，考夫曼为剧作家。

"还有那些人，没错。我在大厅里找了张桌子，一位活像是从伦敦男士俱乐部里走出来的侍者过来问我要喝什么，而我不知道。"

"这倒罕见。"

"哦，大厅旁边有个酒吧，想喝酒可以去那里，但大厅是让人会面喝茶的。现在大部分人说要一起喝杯茶，其实见了面都在喝酒。说喝茶只不过是一种表达方式。但她要是真打算跟我喝茶，结果来了看到我像个酒鬼怎么办？"

"你不是在'相约女同志'网页上说了你爱喝苏格兰威士忌吗？"

"我知道，不过我不知道该不该在第一次约会时喝。你知道有个说法，伯尼。要树立良好的第一印象可没有第二次机会。"

"真有这个说法？"

"我想是的。正当我在那儿权衡利害得失的时候，一个女人进了门，径直朝我走来。她甚至都没花两秒钟扫视一下全场，目光就立刻锁定我，走了过来。"

"结果她只是恰好路过看到你，要来向你推销安利的产品。"

"那是'鬈发小妞'，伯尼。"

"她长得像网络上的昵称吗？"

"她长得很好看。比我高，不过你认识有谁比我矮吗？深色头发，身材优美，皮肤白里透红，大大的灰色眼睛——"

"灰色?"

"她说以前是蓝色的,但现在退色了。你听说过这种事情吗?"

"我只听说过头发会退色。"

"我想眼睛也会退色的,可是又不像头发可以用染发剂解决。她说她一下班就直接过来了,希望我没久等,我说我也才刚到,都还没点东西,然后她说……"

诸如此类。她逐字逐句把她们的对话转述给我听,法庭记录的详尽程度也不过如此。我没认真听,因为关于外貌的形容吸引了我。

头发、身材、肤色、眼珠——没错,符合很多女人,但我一时间有种感觉,觉得冥冥中有个莫大的巧合在看不见的地方盘旋,我耐心等待着契合的时间。

我回过神来,她正在说她们最后终于点了饮料。"她问我想喝什么,我说或许来杯茶吧,然后她说她以为我喜欢苏格兰威士忌,我说我是喜欢,不过有时候喝茶也不错,然后她说她也天天喝茶,不过到了星期五晚上,她觉得只有苏格兰威士忌才最过瘾,我说既然如此,喝一杯也无妨。因为我知道你工作前不喝酒的,伯尼,所以我也不该喝,不过如果我不进那幢房子,那就不一样了。我不会进去的,对吧?"

"对,我打算自己一个人进屋。"

"我也是这么想的,所以我就想,喝一杯应该也没事。"

"所以你喝了一杯。"

"呃,两杯。"

"你刚才不是说——"

"伯尼,谁会只喝一杯呀?那就好像裤子只有一条裤腿或剪刀只有一边似的,这种东西都是成双成对的。没有人只喝一杯酒的。"

"一定有人只喝一杯,"我说,"不然这说法是哪儿来的?'我想我要喝一杯。'一杯。不是两杯,不是六杯,不是十杯。'我想我要喝一杯。'大家经常这么说。"

"好吧,大家也常说'我想我要再喝一杯。'一杯只是测量的起点。总之,我们各自喝了两杯,我还吃了一整盘混合坚果以吸收酒精,我现在没问题。"

"你好像是还好。"

"因为我确实还好,而且开车的又不是我,所以我不必担心酒精测试,何况我又不打算进那幢房子,所以有什么问题?"

"我不认为有问题。我猜你们两个很谈得来。"

"我喜欢她,伯尼。而且我觉得她也喜欢我。"

"你给她留下了一个好印象。"

"这是好事,因为你只有一次机会做尝试。"

"她住哪里?"

"曼哈顿。嘿,我知道你什么意思。我可不希望见了她又为她着迷之后,才发现她在地理上不受欢迎。"

"地理上不受欢迎。这太不幸了,没错。我曾跟一个女孩约会,我们很谈得来,可她就是不肯告诉我她住在哪里。我们总是约在不同的地方碰面,或是去我家。"

"她住布鲁克林吗?"

"在皇后区很远的那边,"我说,"要先乘地铁好几天,然后转公交车,下车还得走十个街区。于是我们就到此为止了。"

"可是如果她乐意每次都到市区来——"

"如果对方住得那么偏远的话,"我说,"最后你们就会被压力所迫不得不住在一起,否则其中一个人就得花半辈子的时间在交通上。我猜这省掉了很多分手的困扰。"

"哦。"

"此外,"我说,"她的声音令人烦躁,我本来以为自己可以习惯的,结果有一天我发现自己并不想习惯。事实上我压根不想听那个声音听太久,久到让自己习惯。"我从口袋里掏出那部手机,拨通了我稍早时设定在里面的号码。"所以就是这样。"我说,此时德文郡小巷那幢房子里的电话铃声响起。响了四声,然后切换到答录机,科兰多·朗特里·梅普斯录下的声音请我留话。我没听完就挂断了电话。

"唔,鬈妞不会住得太偏远。"卡洛琳说。

"鬈妞?"

"鬈发小姐的简称。其实她各方面都很让人欣赏。"

"没有令人烦躁的声音,嗯?"

"声音很好听,有点沙哑。"

"即使住在曼哈顿,也有可能在很偏远的地带。比如说,华盛顿高地。"

"华盛顿高地没那么远。我以前有个女朋友就住在华盛顿高地。"

"我指的就是那个。"

"哦,那是个灾难,不过你不能怪她住的地方。那段关系本身就是个灾难。总之,鬈妞住得近多了,因为她是走路去上班的,只要花十五分钟。"

"她在哪里工作?"

"四十五街和麦迪逊大道交会口。这就是为什么她挑了阿尔贡金饭店。怎么了?"

"我只是有点好奇。如果她住的地方离那里步行只有十五分钟,那她有可能住在东六十几街。"

"应该是吧。"

"也可能是西五十几街。"

"所以呢?"

"或是东三十几街。"

"你到底想说什么,伯尼?"

"我只是想确定。"我说。

"你想确定什么?"

"确定她不是我担心的那个人。"

"啊?"

"因为如果是的话,那就太巧了。"我说,"可是巧合常常有,而我有个感觉,正有个巧合要发生。要是结果她真是我认为的那个人——"

"你认为她是谁?"

"如果你们两个人把名字告诉过对方,"我说,"事情就会简单得多,但看起来——"

"我们说了名字啊。"

"你们说了?"

"当然,伯尼。只有在见面前才保持匿名的。我们一见面就交换名字了。甚至在那个老侍者把酒端来之前就讲了。"

"你说你的名字是什么?"

"我说我是卡洛琳。卡洛琳·凯瑟。我知道这名字不是很有想象力,但我也只能想得出这个名字,而且——"

"那她说什么?"

"她说:'嗨,卡洛琳。'完全相信了我的话,丝毫不怀疑我会对这种事情撒谎,而且——"

"她说她叫什么名字?"

"蕾西·卡威诺基,"她说,"朗朗上口。"

"你确定?"

"你是说是不是朗朗上口?我确定,伯尼,毫无疑问。"

"我的意思是——"

"我知道你的意思。我确定那是她的名字吗？我确定她是这么讲的。我该问她要驾照看吗？你要不要告诉我你担心她是谁？"

"芭芭拉·克里利。"

"芭芭拉·克里利。就是那个被——"

"被抢又被强暴的。没错，你不必告诉我。我知道这很荒谬。"

"如果不荒谬的话，"她说，"还真需要有很多理由呢。纽约市有八百万人口，伯尼，概率有多高？"

"五个行政区有八百万个人，"我说，"要算的话，曼哈顿顶多两百万人吧。"

"两百万分之一？"

"两百万里有一半是男的，"我说，"剩下一百万之中，再去掉小于二十岁和超过五十岁的，再去掉已婚的，再——"

"我知道你的意思，"她说，"不过你还是疯了。"

"你说得没错。"

"总之，算了吧。蕾西不是芭芭拉。"

"我知道。"

"如果她是芭芭拉的话，那就不单是巧合而已，还是个很愚蠢的巧合。"

"我知道。"

"听起来我好像生气了,我生气了吗?我没生气,我只是感到难以置信,仅此而已。"

"你说了算。"

"她的名字是蕾西·卡威诺基,"她说,"她可爱、聪明,还很亲切,而且她是同性恋,伯尼,她自己也明白这点。她不是那种'哦,我一直以为跟女人交往可能会很有趣'的女人,也不是那种'多样化是生活的调味料'的女人。她和我一样,男人对她来说不值一提,而她最不会拿来紧靠着男人的东西之一,就是她美丽的身体。你记得那首歌吗?"

"记得。"

"'如果我说你有美丽的身体,你会紧靠着我吗?'嗯,如果你这么问她,伯尼,她会说不。"

"好极了。"

"但她可能会紧靠着我。等着瞧吧。不过我可以肯定地告诉你,她不是芭芭拉·克里利。她是蕾西·卡威诺基,要是有人约会强暴她,那会是我干的。"

21

我们沿着西城大道一直开,然后上了亨利·哈得孙公园大道,一路往北,过了哈莱姆河,进入布朗克斯区。我从第二三二街的出口下来,转到栅栏大道。河谷区公园那块窄窄的绿化带就在我们左边,而市北铁路的铁轨就介于公园和哈得孙河之间。

我之前已经在地图上研究过路线,不过这里单行道太多,把我搞得迷失了方向,花了点时间才找到德文郡小巷。我边绕着圈子找这条小巷子,边告诉卡洛琳我星期三晚上来执行的那趟任务——侦察地形并查探梅普斯家的防御设施。不能从大门进去,我说,因为我没法从外面破解那套警铃系统,而且所有窗户都和安保系统连线,我原本的王牌是那个通往煤窖的洞,但那里也被砖头和水泥这张更大的王牌给盖住了。

"我放弃,"她说,"你打算怎么进去?"

我说,等到了那儿我会指给她看,很快我们就到了。

我还没转进德文郡小巷,就拿出手机又打了一次那个号码,又是电话答录机。这回我等到留言的信号声响过后说:"梅普斯医生吗?你在家吗?如果在家麻烦接一下电话。我有很重要的事。"

没人接电话,于是我按掉手机。"以防他在过滤电话。"我说。

"很好,"她说,"可是现在你的声音留在他的答录机里了。这样真够聪明吧?"

"如果我离开时那段留言还在,"我说,"那可能就会出问题了。"

"你打算把它删除。如果是数字式录音就没问题,但如果是那种旧式的磁带答录机,就根本消不掉。我们一般说的消掉,只是让新的留言盖掉旧的。如果他们家用的是磁带的那种呢?"

"我就把那卷磁带偷走。"我说。

我驶入德文郡小巷,马上看到了梅普斯家。虽然我不敢发誓,不过看起来亮着和两天前同样的灯。房子前面有一个停车位,对街还有另一个,但我按照自己原来的决定,转入梅普斯家的车道。我一路开到后头,把车停在车库前面,没关引擎。

卡洛琳在说话,不过我没理会,下了车。车库门关着,我试图往上拉,可是门纹丝不动。车库侧边有个小门。星期三夜里没锁上,现在也一样,不过开这类锁反正花不了我多少时间。既然没锁,那我就半点时间也不必花。我进去先找到电灯开关,然后找到车库门的按钮,打开。门一往上升起,我就关掉灯,回到车上,把车开进车库,直到与一辆雷克萨斯SUV并排(我的车在它身边显得很卑微),然后关掉引擎。

我准备下车。而卡洛琳没动。她说:"伯尼,你真的确定要这样吗?我们在野兽的肚子里呢。"

"这里不算肚子。我要去的那幢房子才是肚子。"

"那这里是什么?口腔,我们像块烟草一样卡在这里,只能指望被嚼碎或被吐出来。我们把车子停在你打算进去行窃的房子的车库里。要是有人来怎么办?"

"不会有人来的。"

"要是有人经过,看到有辆车停在这里,知道这不是他们家的车怎么办?"

"车库门关上后,就不会有人看到了。"

"你打算关上车库门?要是有什么万一,我们就被困在这里了。"

"不,"我说,"我们不会被困在这里,只有车会被困在这里。"

"可是我会待在车里,你是这么吩咐我的。"

"你不必待在车里。你可以站在车库旁边望风,留意四周动静。你唯一要注意的,就是看有没有人开车上了车道。"

"然后我该怎么办?发动引擎让一氧化碳解决我所有的问题?"

"然后你就按喇叭,"我说,"按三声,又长又响。"

"这是信号?"

"这是信号。你发出警告后就赶紧跑。"

"怎么跑?"

"穿过后院。那里有一道五英尺高、顶端有倒钩铁丝的围墙。你可以翻过去,对吧?"

"或许吧,如果有个愤怒的屋主在后头追的话。翻过去之后呢?我直接跑掉就行了吗?"

"做小偷这行呢,"我说,"最重要的是要会灵活应变。你一直跑到下一条街的人行道,然后就可以走了。"

"走到哪里?这一带的路我根本不认识。"

"那就自己摸索到百老汇大道,然后去搭地铁。不过,不会有人在后面追你的,这一切都只是理论上的推测而已,因为不必等到他们回家,我们早就离开了。"

"你说了算,伯尼。我真希望能像你这么确定。现在你要怎么进去?差不多也该告诉我了吧。"

"我会指给你看。"我说。卡洛琳下了车,我带她走出车库,按下按钮降下车库门,同时往外走。我们沿车道往下,走到接近屋子的一半时,我停下来,指着。

"那里!"我说。

"哪里?那是个边门,伯尼,你刚刚才说过门上也连接了警报系统。"

"我说的是门的右边。"

"门的右边？门的右边根本什么都没有。"

"就紧靠着门的右边，"我说，"水平看过去。你看到了什么？"

"我要知道才怪呢。一个白色的长方形木头。如果它再靠近地上些，我会说那是个让宠物进出的门，不过能跳到那个高度的只有袋鼠，可是那个门对袋鼠来说又太小了。见鬼，那到底是什么？"

"牛奶滑道。"我说。

"牛奶滑道？我还是不知道是什么。"

"是一种送货口，"我说，"长度就跟墙壁的厚度一样，两端各有一道门。送牛奶的人打开外头那道门，把牛奶放进去，然后屋主打开里头那道门，把牛奶拿出来。"

"现在还有人送牛奶吗？"

"据我所知没有了，"我说，"不过这些房子盖的时候是有的，牛奶滑道是当时的标准设施。那些增建了铝墙板的房子应该把牛奶滑道盖起来了。不过河谷区这一带不会有太多的铝墙板，那不适合石头搭建的房屋。即使你重新翻修房子，封起通往煤窖的滑道洞口，却不会没事去封牛奶滑道。留着不会有什么影响，那块空间还能拿来做什么？而且封上一定会把房屋内部的墙面搞得一团糟。你小时候家里有没有牛奶滑道？"

"在东方公园大道的二十楼的公寓上?除非牛奶商变成苍蝇人。"

"唔,我小时候住独幢的房子,"我说,"我们家就有个牛奶滑道。有天我放学回家,妈妈不在,大门锁住了。于是我就从牛奶滑道钻了进去。"

"伯尼,你当时几岁?"

"不知道,十一?还是十二?"

"你当时个子比较小。"

"所以呢?"

"你现在长大了,可是牛奶滑道没长大。你自己看看,那个洞你不可能钻过去的。"

"当然钻得过去,"我说,"我十二岁以后又长大了一些,不过我最后一次钻牛奶滑道可不是十二岁。我十七岁时又用这个办法进过屋,那时我已经发育完成了。而且即使在我十二岁的时候,大家也不相信我可以钻过去,因为滑道看起来好像太小了,但其实可以。"

"牛奶滑道的另一头是什么?"

"晚一点才能告诉你。不过通常会是一个壁橱。"

"假如橱子锁住了呢?"我看了她一眼,"对不起,伯尼,我忘了我是在跟谁说话。如果锁住了,你会打开。那假如,呃,假如你终究还是没法钻过去呢?"

"那我就出来,"我说,"再想别的办法,如果没有办法可想,那我们就回家,今天晚上就到此为止了。"

* * *

只要你的头能钻过一个洞，身体的其余部分就可以跟进。

这是基本的指导原则，不过显然不是放之四海皆准。如果你体重四百磅，你的头可以钻过一个洞，可是屁股会卡住。（我想到那个为了一本《秘密间谍》而大方地多付了那么多书款的胖子。骆驼要穿过针眼，我心想，都比他钻过牛奶滑道要容易。）

不过呢，这是个挺好的一般通则，每天都有新的例子可以证明这个通则适用。拉菲兹似乎天生就知道：要是它的胡须可以顺利通过一个洞，它的整个身体就都能钻过去；而如果胡须过不去，它就会后退，想另外一个办法，或决定反正它其实不那么想过去。

梅普斯家的牛奶滑道够大，足以容纳我的头，就算我有大胡子也绰绰有余。我戴上手套，开始认真干活儿。

那个牛奶滑道外头的小门上有一个搭扣。那不是锁，只是避免门被风吹开的小装置而已。不过那个搭扣不想被掀开，因此那扇小门也不想被打开。时光和油漆让门和搭扣都卡住了，不过只要稍微施加些压力（再加上一把刀子的刀刃），就会让它们改变态度。

滑道内侧那扇门上也有一个小搭扣，不过是在另外一面，设计要让取牛奶的人开的。我的工具就在手边，一片四英寸长、薄而有弹性的钢条就可以拨开那个搭扣，仿佛就是为此而设计的。内侧的门打开了，但我把门推开才几英寸就感受到前方有阻力。那是一种松软有弹性的阻力；我可以用力把门推得更开，但一放手，门就会弹回来。

我打开小手电筒，立刻看到了问题出在哪里。果然不出所料，牛奶滑道开向一个壁橱，而阻力的来源是一件大衣。

我伸出一只手探过去，把大衣拨开，让门可以完全打开。然后我把工具和手电筒塞回口袋里，手上仍戴着手套，把头探出洞口，整个身子也尽可能奋力跟进。我的肩膀挤过去了，接着尽量让自己变窄、尽量像条鳗鱼，急急向小偷的守护神圣狄司马斯念了段祷告词后，使出浑身解数，不断又扭又爬。

我必须说，所有的记忆全都回来了。不仅是年少时那第一次神奇时刻，被锁在门外的我发现了一个进屋方式，因而激动不已。第一次不涉及违法，也毫无危险之处，我被锁在外面纯粹是个意外，而且我有一切权利和理由进入屋里，但那种激动从一开始就存在了，之后这种激动则为我开启了新世界的大门。

我立刻就开始玩锁，自学如何开锁，寄信到在《科技生活》杂志上登广告的函授学校报名锁匠训练课程，把我妈妈的大门钥匙按在肥皂上，锉磨出一把符合那个印模的复制钥匙。

如果我在那个命中注定的下午没被锁在门外，是否就能逃过犯罪的一生？不知为何我很怀疑。据我所知，没有罪犯会偷自家果树上的桃子。我母亲的格林姆斯家族和父亲的罗登巴尔家族都以世代清白而自豪，安分守己，奉公守法，老实工作赚取应得的老实钱。而相反地，我，却是个天生的贼，是那种应受谴责的角色，是一般人说的"宁可偷一块钱也不肯老实赚五块钱"的人。（其实这不完全是事实，我绝对没有那么坏，不过我肯定是宁可偷五块钱，而不愿老实赚一块钱。）而且对于进入那种专门设计出来把我挡在外头的地方，我确实天赋异禀。我研究锁，练习打开它们，但这些课程对我来说很简单。那——我真不好意思承认——是一种天赋。

我很少回想起那些早年时光，但要说起来，我也很少爬牛奶滑道。所以我让这一切在心中迅速掠过，这颗心最好还是专注于尽快通过牛奶滑道这个任务上。因为呢，应该很容易想象，一个人在既非屋内也非屋外的过渡地带，是最脆弱的。如果正当我的头在衣柜里而我的脚悬在车道上时刚好被人撞见，我就很难解释我在做什么，也没办法逃跑，再去偷别家了。

但我也不能迅速爬过去，因为我现在卡在一个点上，半进半出，达到了一种令人讨厌的平衡状态，一种让人不喜欢的停滞状态。挣扎和扭动都没有用，也没办法抓住什么东西把自己给拉出去，因为呢，该死，我把双臂置于身侧好让肩膀能通过，现在我的双臂被牛奶滑道两侧牢牢卡住了。

我告诉自己,只要用正确的方式扭动就行了。如果以一种符合人体工程学的方式扭动,就可以制造出一点点冲力,然后不一会儿,我就可以……

要命。

没有用。

上帝啊,事情就要这样收场吗?头在里身子在外地卡在别人的房子中间,无法向内也无法向外移动,无计可施,一直等到梅普斯和他太太回到家报警?如果这是我第一次耍这种特技,在我还没入行前发生这种事,我的整个小偷生涯可能还没开始就结束了。可如果当时没发生,为什么现在要发生?

我原可能继续想得更远,甚至可能享受其中的讽刺,但正当此时,一双手抓住了我的脚踝。

22

我没听到车子的声音，也没听到脚步声。我的头在衣柜里，这不是比喻而是事实，而且头的四周是几件大衣和其他外套，所以可能因此听不到声音。况且这段期间我也没有留神听。我忙着扭动挣扎，还有回忆昔日的牛奶滑道，因此没空竖起耳朵。卡洛琳按了喇叭吗？我告诉她要按三声，又长又响。但如果她按了，我听得到吗？车子在封闭的车库里，而我则在衣柜里。也许她按了喇叭，但我没注意到。

我脚踝上的那两只手抓得很紧。我的心直往下沉，思绪停滞，唯一的期望是卡洛琳能及时脱身，这样她就会想到替我打电话给沃利·亨普希尔。

过了好几个小时，也可能只是几秒钟而已。一个声音说："是我，伯尼。"

她就只说了这些。有太多的事情可以说，而我非听不可，但她没说其他的，这也正是为什么卡洛琳和我会成为毕生至交的另一个原因。她没再多说一个字，只是抓紧我的脚踝，轻轻往前推，缺的正是这个。我脸朝下，跌进了黑暗的衣柜，心里高兴得要命。

　　四十分钟后，我打开了侧门的锁，也就是牛奶滑道旁的那扇门，离开这幢房子。我在前门旁的入口大厅找到了警报系统的控制盘——通常都是安在这个地方的，好让屋主进门时可以输入密码。我研究过凯尔格系统，知道它划分为几个区域；你可以设定让系统忽略掉某些区域，这样你就可以打开一扇二楼的窗子通风而不必事先解除一堆警铃和汽笛。我查清了侧门所属的区域，设定为忽略，然后从侧门离开。

　　梅普斯太太跟大部分主妇一样，把多余的杂货袋收在厨房的餐具柜里。我顺手拿了四个，因为我要拿的东西很重，得套两个袋子才行。我把两组购物袋套好，装满了我在主卧室保险柜里发现的东西，外加一样我实在没法不拿的东西，然后把这些提出屋子，走过车道来到车库。卡洛琳吐出了一口气，我在屋里的大半时间，她这口气肯定都是憋着的。

　　"我正开始担心呢，"她说，"你进去快一个小时了。"
　　"是四十分钟。"我说。
　　"那就是将近一个小时了。来，我帮你开门。要不要我按车库门的钮?"

"等我把这些搬上车再说。"后备箱的盖子上有个按钮,在你没有钥匙的时候尤其方便。我按了按钮,把袋子放进去,然后坐上了驾驶座。卡洛琳按了车库门的钮,门打开时,她已经回到我旁边的乘客座上了。我发动车子,一路倒车开出车库,然后下车进去最后一次按下那个钮,把车库门关上。我还戴着手套,而且用戴着手套的双手擦拭了她可能碰过的各个表面。

她注意到我的举动,然后告诉我说她很确定自己没有碰过任何东西。"这只是以防万一。"我说,然后回到侧门,用我的工具把锁锁上。稍早我钻过牛奶滑道之后,卡洛琳已经关上了外侧的小门,我又把门打开,把上面的指纹擦拭干净,然后关上,照原样将搭扣扣紧。我之前已经扣上了内侧的小门。

我又上车,一路倒车下了车道。德文郡小巷人车稀少,这既是好处也是坏处——很少有过路人会注意到我们,但只要有任何人注意,我们就分外惹眼。不过很快我们就开上了另一条街——应该是犁人树丛巷——而且没多久就来到了百老汇大道,往南朝曼哈顿驶去。

我们可以照来时的原路——亨利·哈得孙公园大道、西城大道——开回家,但不知怎的我觉得应该继续走百老汇大道,以稳定的速度行驶,遇到红灯就停,绿灯亮了再继续我们的旅程。百老汇大道是一条德高望重的老字号道路，从曼哈顿底部一路延伸到纽约州首府阿尔巴尼。我看过一篇文章，是有个步行走过这条长街道的家伙写的，他不是从阿尔巴尼，而是从威彻斯特郡的郡界开始走的。文章里谈到他沿途所见，还有这条路的历史，你应该可以通过这篇文章了解这条道路的种种信息。或许开车的时候还能途经不少他写过的地点，但我没太留心。

"伯尼？"

"嗯？"

"出了什么差错吗？"

"没有啊，怎么了？"

"你一直都不说话。"

"哦，"我说，"你说得没错，我好像是没说话。"

"所以我以为或许出了什么差错。"

"没有，"我说，"一切都很好。"

"哦。"

"有很多钱，"我说，"他一定经常收到现金付款，而现金的麻烦就在于你必须洗钱，否则就得申报，然后要缴税，这样还有什么意义？但在你还没找出洗钱的方式之前——而洗钱费用和税款也差不多了——你总归得把钱堆在某个地方。"

"他就是这么做的吗？"

"他把钱堆在了保险柜里，但叫这个名字是不对的，因为它根本不保险。我本来想着可能得把保险柜整个拆下来带回家慢慢研究,那也没问题,不过我把那幅海景画从墙上拿下来看到保险柜之后,就发现它跟那个牛奶滑道一样容易打开。"

"而且你还不必爬过去。"

"除了现金之外,"我说,"保险柜里还放了一些人们通常都会放在那里的东西。股票、房契、几张保险单、重要文件,还有一些他老婆的珠宝。她的梳妆台上有个小红木盒子,里头放满了珠宝,不过有几件比较好的都摆在保险柜里。"

"我敢打赌那些东西现在都不在里头了。"

"你输了。我没拿那些文件,也没动那些珠宝。"

"这不像你啊,伯尼。"

"考虑到所有的状况,"我说,"我宁可警方永远不知道我们刚刚的行动。倒不是怕他们可能会查出是谁干的,更别说能拿出证据,而是如果警方根本不知道有这回事,就不会去调查。如果我拿了珠宝,梅普斯就有理由报案。珠宝可能有投保,一定要报案才能得到赔偿。但如果我只拿现金——既然他从没申报过——那把警方扯进来对他有什么好处?这些损失的钱没有投保,他不可能期望得到任何补偿,反倒是国税局的人会冒出来查他的现金是从哪儿来的。"

"所以你认为他会忍痛挤出微笑?"

"他可能会生气或者哀叫,"我说,"不过也只能私下发泄。以前他或许觉得那些现金来得容易，现在他可以告诉自己它们去得也同样容易。"

"好极了。"她说。

"没错。"

"真的太棒了。那个带屎的吃了个大闷亏，还一点办法都没有。总共有多少钱，你有概念吗？"

我摇摇头。一堆钞票混在一起，我告诉她，从一百美元的到一美元的都有，有些用橡皮筋捆成一沓，有些塞在信封里，有些则是散放着。我想应该超过了十万，但不到一百万，不过也只是猜测。

"给了马丁提供情报的佣金之后，你还能赚好大一笔。"

"别忘了你那份。"我说。

"不必太多，我只是陪你去罢了。"

"不，"我说，"你救了我一命。如果不是你，我现在还不进不出地卡在那个柜子里呢。"

"我以前有个女朋友也这样过，伯尼。那可不好玩。好吧，我帮上忙了，可是我没冒任何风险啊。"

"如果你被抓住了，会怎么告诉警方？说你只是来陪我的？"

"不会，可是——"

"马丁拿全数的百分之十五。扣掉他的一成五之后，你拿三分之一。"

她沉默地计算着。"我没有纸和笔,"她说,"所以可能算错了,不过照我算的,我会拿到将近三万美元。"

"有可能会更多。"

"天哪!你知道我要洗多少只狗,才能赚到那么多钱吗?"

"很多只吧。"

"没错。伯尼,我该拿这么多钱怎么办?"

"随便你,那是你的钱。"

"我是说,你知道的,我是不是得把这些钱洗干净?"

我摇摇头。"没那么多。我知道,这是一笔财富,但你又不会拿去买股票。你只是希望能过得好一点,不必担心是不是能买得起一件蓝色外套,或一张抢手的百老汇歌舞剧《金牌制作人》的戏票。所以你就把钱放在银行保险箱里,需要的时候去拿。相信我,如果你像我一样,那么钱不知不觉很快就花掉了。"

"我觉得很安慰。"

我们继续沿着百老汇大道开到我家附近,转上哥伦布大道,经过了林肯中心。广场上挤满了从里面出来的人群,一时间我还以为《唐·乔凡尼》演完了,事实上还早着呢。今天晚上费舍音乐厅也有一场音乐会,一定是刚散场,如果我偷的是出租车而非这辆黑貂,现在就有生意上门了。我穿过了那些招出租车的人潮,朝格林尼治村驶去。

"伯尼?如果我最少可以分三万美元,你就可以拿超过六万美元。对吧?"

"是。我觉得二比一很公平,但如果你觉得——"

"不不不,"她说,"你已经给我太多了。我不是这个意思。我是说,如果你能分到这么多钱,还不必操心如何销赃,不必担心警察——"

"所以呢?"

"所以你为什么不开心呢?"

"我很开心呀。"

"是吗?看起来你不怎么开心,而且好像……"

"怎么?"

"好像有心事。"

"有心事,"我说,"唔,或许是吧。"

"你要谈一谈吗?"

"会有机会的,"我说,"不过现在还有别的事要办。首先我要把你和这些钱送到你家。我最近访客太多,不想把这些现金堆在我公寓里,至少得等访客少一些,而且把新的壁柜做好,能藏这些东西才行。我会把这些东西都放在你家,接着把车子开回去归还,然后打几个电话。之后我会再回到阿伯巷。希望到时候有煮好的咖啡,或许还有熟食店买来的食物,我会坐下来跷起脚喝咖啡。到时我们就可以来谈谈我的心事是什么。"

23

我回到阿伯巷卡洛琳家,看到浴缸上盖着的那块三夹板上摆着丰盛的食物。有"湖南盘"的橙汁牛肉,有从一家小叙利亚店里买来的南瓜碎羊肉炸面饼,还有韩国熟食店买来的什锦冷盘。"我忽然想到我们两个人都还没吃晚饭,"卡洛琳说,"我饿得想去啃木头了,你可能也差不多,但我不知道你想吃什么,所以我就走到哈得孙街,看到什么买什么。"

我们装满一盘盘食物,一一吃光,而她的两只猫阿齐和尤比则可怜兮兮地凝视着我们,活像"国际领养儿童计划"广告里的小孩。这招没效,阿齐是缅甸猫,尤比则是俄罗斯短毛蓝猫,两只看起来自从小时候第一次和毛线球打仗胜利后,就不曾误过任何一餐。

不过我们误了一餐,又好像要补回来似的猛吃了一顿。吃饱之后还有剩的——卡洛琳就像其他饿着肚子去采购的人一样,买了一吨食物——部分剩菜收进冰箱,还有一些给猫吃。

"看看这两个影帝，"她说，"现在食物放到它们碗里了，它们倒是慢悠悠地晃过去，好像一点也不在乎。'哎呀，这是什么呀？食物，不是吗？唉，我还不怎么饿呢，不过我就勉强吃一点吧，免得伤她的心。'"

"我刚才就是这样，"我说，"我是勉强吃的。接下来我要勉强自己喝杯咖啡。"

"我煮了一壶，因为你让我煮的。不过咖啡不是会让你睡不着觉吗？"

"但愿如此。"我说。

"因为你还有很多事情要办，不能睡觉吗？"

"还有很多很多事情。我想你还没腾出时间数那些钱，对吧？"

"数？那些钱我连看都不想看。两个袋子还在衣柜里，就在原来你放的地方，我出去买东西之前又拿了把椅子挡在柜门前。但反正也没什么用。"

"这样不太容易被偷走。有些犯了毒瘾的家伙会踹开门跑进来，随便抓个手提录音机上街去换个十块钱，结果呢，看看他们发现了什么？"

"我当时就是这么想的。"

"嗯，那把椅子就可以阻挡他们，"我说，"你能想到，真聪明。"

* * *

我把袋子从衣柜里取出来，数钱时喝了两杯浓浓的咖啡。毒品贩子不会费事去数钱，他们知道多少张钞票的重量是一磅，会直接把钱堆在秤上看重量。这招可用于面额相同的钞票——对那些毒枭来说，就是一百美元——但梅普斯的这些钱从一美元到一百美元，各式各样都有，而且我们手边唯一的秤是浴室里称体重的那种，何况我和卡洛琳都不知道多少张钞票的重量是一磅。所以我们把钞票按照面额分类，然后清点。花了很长的时间，但数钱这件事还是很愉快的——只要数过的钱可以自己留着。

我们各自拿了一沓数，数完在一张纸上写下总额，再拿下一沓。全部数完之后，我把那张纸上的数字加起来，在最下方写下总数。我拿给卡洛琳看，她的眼睛瞪大了。

"二十三万七千元整？"她说。

"尾数被我四舍五入了。"

"将近二十五万了。"

"很接近。"

"我的天哪，真是一笔财富呢。"

"折算成其他东西，大概就是一幢好建筑里面，一户大型公寓的价钱。"

"这是一种折算方式，"她表示同意，"但既然我不打算买房子，还是用另一种我更喜欢的折算方式吧。这些钱够让我付一千个月这里的房租了。这样是几年？"

"八十多年。当然就算有房租管制,这么多年也还是会涨一点价钱。算下来应该是够付六十五年。"

"太久了,伯尼。六十五年后,我说不定就想搬去格林尼治老人院了。只希望他们让我带着猫。不过,这些钱也不是全归我。你能不能帮我算算,我能分到多少钱?"

当然可以,我拿起笔,在纸上先扣掉马丁那份,再把剩下的除以三。然后告诉她,她的那份是六万七千一百五十元。

"我发财了,伯尼。"

"嗯,你是比几小时之前富有了。"

"我比过去半辈子都要富有。伯尼,我很怕家里放着这些钱。"

"放在这里应该很安全。你家门上装的是好锁。虽然是一楼,但你的窗子上都有铁栅栏,最重要的是,没有人有理由想到你有任何值得偷的东西。"

"多谢。"

"你懂我的意思。这里有很多钱,但只有你我知道,我也不打算告诉其他人。"

"我也是,而且放在我家比放在你家安全。不过伯尼,要放在衣柜里吗?那里不是小偷第一个会去找的地方吗?"

她说得没错。我问她要不要洗澡。"不是很想,"她说,"还是说我该洗了?"她举起一只手臂闻了闻身上。"没什么臭味呀,"她说,"我想睡觉之前再洗澡。怎么了?"

"你现在洗吧。"

"啊?哦,我懂了。"

"我会转过去,"我说,"然后埋头看书。真希望手上有我正在看的那本书。约翰·桑德弗的新作。"

"这本书我买了,伯尼。一星期前看完了,正想问你要不要借。"

"早知道的话,我会跟你借的。店里刚进了一本,我前几天才开始看。就是讲有个人专杀素食人士的那本。"

"就是那本。有回我自己也很想杀一个吃素的人。我请了这位年轻甜心小姐来吃晚饭,花大把银子在欧特马内科肉店买了块上好的威灵顿牛排回来,一端上桌,那位小姐就告诉我说她不吃红肉。'那你带回家,'我真想告诉她,'摆在厨房料理台上,别放冰箱,一星期后它就不会是红色的了。会变成很漂亮的绿色,你就可以假装那是蔬菜。'你找到那本书了没?我想应该是放在书架的最上层。"

"找到了。"

"我很喜欢那本书。我觉得最棒的一场戏就是他杀那个减肥医生,叫病人只吃豆芽和芹菜的那个。"

我说我还没看到那里,她说那她就不再多讲了,免得破坏我的兴致。我很快就读得入迷,一直看到她告诉我可以转过身子了,因为她已经洗完澡,穿好了衣服。

"我用毛巾把浴缸擦干了,"她说,"那本书怎么样?好看吧?"

"对,写得很棒。"

"我想这可能是他最好的作品。连书名我都很喜欢。《猎杀莴苣》。浴缸准备好了,伯尼。"

我把那两袋钱放进浴缸里,再把三夹板盖上,然后又拿开三夹板。"可惜你的猫会用马桶。"我沉思着说。

"是吗?我一直觉得幸好它们会用马桶呢。哦!如果我们用猫砂把钱盖起来,看到的人就会以为那只是个大号猫砂盆。"

"我就是这么想的。"

"他们也会觉得我的猫比主人爱干净,因为这样一来,我该怎么洗澡?可是我才不管小偷怎么想。当然,你除外。"她朝我挤了挤眼睛,"杂货店还没打烊。你觉得买一袋够吗?还是应该买两袋?"

两袋猫砂圆满完成任务。任何人只要掀开浴缸的盖子——为什么有人要干这个事儿我就不知道了——都会忙不迭地再拉回去。我们可以鼓励那两只猫使用猫砂,好让我们的道具更逼真,但卡洛琳觉得这么一来就超过她的忍耐限度了。她花了很久才教会两只猫使用马桶,如果要它们改在浴缸方便,她就得先毒死它们,换上两只新的小猫。

"我想这样就可以了,"她说,"啊,我忘了问。他的答录机,你在上面留过言。你拿到录音带了吗?"

"那是数字式的,所以我只要删除留言就行了,手机我也处理掉了。现在这个时代,警方要找出谁打的电话实在是太容易了。就算没有来电号码,或只是显示为'来电者不详',警方也还是可以从电话里找出通讯记录,知道是谁打的电话、什么时候打的。"

"我知道,《法律与秩序》里经常演。"

"可是有了预付电话,"我说,"他们就只能查到这部电话是从哪里卖出的,但查不出是谁买的。所以我把电话扔掉,一切就结束了。"

"你就把电话当成垃圾扔掉?"

"我可以这么做,不过又好像太浪费了。毕竟还有预购的那些通话时数。我来这里的路上把手机留在地铁里了,捡到的人可以免费打电话给他在多米尼加的妈妈。"

"你考虑得真周到,伯尼。"

"我差点周到得把那辆水星黑貂车的油箱给加满了,"我说,"不过没有。我在离当初借用时那个停车位几步以外找到了一个车位,也把我拔出来的启动器给插回去了。车主不会发现有什么异常的。"

"只不过他会觉得当初明明不是停在那个位置。然后他会以为自己是提前得了老年痴呆症。伯尼,发生了什么事?"

"嗯?"

"之前你有心事,"她说,"现在没有了。发生了什么事?"

"我现在还记挂着,"我说,"只不过暂时放在架子上了。"

"真的?"

"千真万确。"我说,然后走到衣柜边。之前我在梅普斯家除了拿钱,还另外拿了一样东西,塞在其中一个袋子里一起带走,然后把钱放在衣柜里时,又将那件东西从袋子里拿了出来。我把它放在一个比较高的置物架上,免得小偷或卡洛琳发现,现在我把它拿了下来,递给卡洛琳。

"是一本书,"她宣布,"精装本,没有书衣。"她斜着眼看看书脊。"《秘密间谍》,约瑟夫·康拉德著。你卖给那个胖子的书不就是这本吗?"

"卖了一千三百美元。"

"结果你在梅普斯家的藏书里发现了另一本?真方便,伯尼。现在你可以让那个顾客满意了。你再说一次他叫什么来着?"

"科尔比·里德尔。"

"对,我怎么会忘了呢?这名字应该很好记。唔,你之前说过,你有种感觉,有个巧合正等着现身,我想这件事应该算吧,对不对?或者他的藏书实在太多,这本书一定会包括在内?"

"他的藏书很少。"

"是吗?那就真是太巧了。"

"比你想的还要巧。"

"伯尼,不会吧。"

"你看看书后的环衬页。上面写着标价十二美元,你或许认得那些数字是我写的。而且这本书没放在书橱里,就放在楼下,在他书房的书桌上。"

"是同一本书。"

"没错。"

"不只是书名一样而已,而是同一本。"

"没错。"

"伯尼,这不单是巧合。而是……这本书怎么会跑到那里去?"

"我不知道,"我说,"但你之前想知道我为什么有心事。这就是原因。"

24

"那个胖子拿走了这本书。"

"对。"

"不过他并没拥有太久。枪杀他的人拿了书,开车走了。"

"对。"

"那个胖子以为这本书是另外一个东西,杀死他并把书抢走的那个人也是。"

"对。"

"然后这本书出现在梅普斯的书房。车里的人是梅普斯吗?梅普斯杀了他吗?"

"他是个带屎的,"我说,"但马丁从没说他是刺客。那个人是个整容医生,他用的是手术刀,而不是AK-47。"

"那个胖子就是被这种枪射杀的吗?"

"是某种自动武器。只要按下扳机,子弹就会连续冒出来。我对枪唯一的了解,就是最好离远一点。"

"我也是。要么就是梅普斯在车上,要么就是车上的人是替梅普斯去取书的。"

"挺合逻辑的。"

"可是那本书跟罗戈文夫妇有关,只不过那不是他们真正的姓。我忘了他们姓什么。"

"莱尔和施尼特克。"

"他们跟梅普斯有什么关系?"

"不知道。"

"反正,我是什么也不知道。车上那些人是谁?我的意思是,他们会是杀了罗戈文夫妇的那帮人吗?哦,应该是莱尔和施尼特克。是他们杀了莱尔和施尼特克吗?"

"我就是这么想的,不过现在还不确定。我的公寓被彻底翻过,是被那帮杀了莱尔和……唉,算了,我决定就称他们为莱尔夫妇算了。我不知道他们是夫妇还是同居还是只是好朋友,不过我实在觉得施尼特克读起来很麻烦。"

"舌头会打结,对不对?"

"是啊,没错。总之,做这两件事的是同一伙人,因为他们对付门卫的手法都一样。"

"同一种模式。他们就是我们之前称之为'那伙嫌疑犯'的人。"

"没错,那伙嫌疑犯。我不知道谁是谁,卡洛琳。这一切对我来说都太深奥了。我只知道那本书放在梅普斯的书房里，而它不该在那儿的。"

"然后你把书拿走了。"

"我知道，别问我为什么。这可能不是明智之举。我闯进了他的房子，把他的保险柜偷个精光，手法利落，不留痕迹，然后我拿了那本书，结果就把嫌疑犯的名单从所有小偷缩小到了一个对康拉德的某本著作有特殊兴趣的小偷。我简直就像拿蚀刻工具在保险柜上签了名。"

"伯尼，他刚刚损失了二十五万美元。"

"不到。"

"很接近了。他刚损失了一户公寓的钱——"

"唔，还是很不错的公寓，位于高端地段。"

"——而你认为他会注意到那本书不见了，或者即使注意到了，他会在意那个不值钱的鸟玩意儿吗？何况，那本书并不是真正的'麦高芬'，而是假的，抢到的人一发现那不是他们要的东西，就根本不会在乎了。"

"你说的都没错。"

"伯尼——"

我站了起来，举起双手掌心向外阻止她继续发问。"这对我来说太深奥了，"我说，"每件事都是。"

"伯尼，你要去哪儿？"

"酒吧。"

"你想喝醉吗？伯尼，你可以待在这儿。我家里就有很多酒。"

"那就不像是喝酒了。"

"啊?"她摇摇手赶走思绪,好像是在对付一只讨厌的苍蝇,"你才刚喝了很多咖啡,现在又要跑出去喝酒?你会醉倒,躺在那里因为咖啡的效力而发抖。我看你还是不要去了吧,伯尼。"

"我不是要出去喝醉,"我告诉她,"我只是打算去喝酒。我是要去默里山的一家酒吧。我想看看这几天究竟有多少巧合发生。"

我搭了辆出租车到帕西法尔。要从西村到那里,搭出租车是唯一合理的方式,尤其是在这个时间,而且只要想到卡洛琳浴缸里的那些钱,我就觉得自己花得起。

时间很晚了,但稍早时我在那儿一个劲儿地喝圣培露时,就觉得这家酒吧是那种会开到很晚,直到法律规定的最晚营业时间为止的。纽约的法律规定可以营业到每天凌晨四点,除了星期六必须提早一小时,三点就得打烊。(纽约饮酒法令的特色,就是肯定违反你的直觉。)

帕西法尔的人比稍早时少一点,不过这些人的声音可不小,好像吸收酒精后能提高他们的个人分贝量。整体来说,他们加起来的声量低于一般汽车的引擎运转声,不过却比劳斯莱斯优雅的低鸣要大声得多。我还可以听到自己思考的声音,不过我为什么会想听到,那就是另外一个问题了。

还是那个金发女郎酒保当班，我不知道她怎么会记得我，可是她问我要不要圣培露，证明她的确记得。我摇摇头，说我要喝苏格兰威士忌。

"这样好，"她说，"想喝什么牌子？我们的店内酒是提切斯。"

"你们该不会有格兰·德拉姆纳德罗希吧？"

她皱起鼻子，说她没听过这个酒厂，我也不怎么意外。我只见过一次这种酒，在麻州伯克郡一个古怪的旅舍里，回家时往行李箱里塞了三瓶[1]。我尽可能慢慢喝，不过现在都喝光了，我很怀疑是否能再喝到那么好滋味的酒。

光是这个想法就让我没法喝提切斯，所以我要求喝纯麦威士忌，他们酒吧里有不少种。我点了拉弗格，或许只是因为我很得意自己能念对这个酒厂的发音，然后要了双份。这种威士忌的味道很独特，你一定尝得出来。我几年前喝过，不过和德拉姆纳德罗希一样，都早已在记忆中消逝，所以我啜了一口，再一次领略那种味道。这种酒就是该慢慢品。每次像麻雀似的啜一小口，然后不断告诉自己你喜欢这个味道，等到喝完一杯，你就会发现自己真的喜欢了。

我喝下第一口，心想，是了，这是拉弗格，没错。我

---

[1] 见《图书馆里的贼》。

已经忘了它的滋味了,不过就是这个,我走到哪里都认得出来。稍后我又啜了第二口,足以判断自己对这个味道有什么感觉。我认定我不喜欢这个味道。大约到了第五口,到了一种熟悉的程度。我适应了,而我是否真正喜欢它也没什么关系了。它就好比是个表哥。上帝知道,那个人是你表哥!你说你不喜欢他是什么意思?你喜不喜欢他,他都是你表哥!

我正准备啜第六口拉弗格表哥时,一个女人走到吧台前,与我隔着两张凳子坐下。此时快凌晨两点了,但她看起来好像是刚从办公室过来的一样。她穿了一套炭灰色的法兰绒裤装,深色头发在头顶盘成一个髻,你们已经知道她是谁了,但我却过了好一会儿才明白,因为上次我看到她时——也是我唯一见她的一次——她的头发是放下来的,没穿衣服,张着嘴。

那个高个子金发酒保认识她,也知道她喝什么。"嗨,"她说,"G 和 T 吗?"

"多放些 G,"那个褐发女郎说,"加一点点 T 就行。"

"没问题。你今天来得有点晚,对吧?"

我用眼角偷偷瞄着,所以没有真的看到那个褐发女郎翻白眼,但我觉得她确实这么做了。"我根本没想到会来,"她说,"还在想你们能不能打包。"

"我想纽约州酒类管理局不会批准的。"

"那现在是不是该有个测试性案例了?"此时她的金汤

利①已经调好了,放在她面前的吧台上,她拿起酒吞了一大口,比我啜五小口的量还要多。"啊——!"她说,一副真心喜欢的口吻,"我需要这个。西格丽德,在你决定展开酒保这份事业之前——"

"先慢着,当酒保不是一份事业,我也没有决心投入。"

"没有吗?"

"当然没有。没有人会下这样的决定,就算有也不是在纽约。你一方面决定投身艺术领域,一方面又端盘子维持收支平衡,然后你慢慢明白当酒保赚的钱比较多,还不必工作得那么辛苦,而且你把一整盘意大利面掉在一桌坐满了来自新泽西州山脊道的人面前也不会被骂——"

"你碰到过这种事吗?"

"没有,不过有可能。所以你去美国酒保学校上课,这没什么难度,毕业后找了份工作,调马提尼和螺丝起子,那反正也不是脑部外科手术,直到老板把手伸到你的裙子里,你就辞职了——"

"你碰到过这种事吗?"

"没有,不过有可能。于是你找到另一份工作,终于有一个地方合理地对待你,然后有一天你发现你好几个月都没有参加角色或模特儿甄选了,一时之间你因此产生了

---

①原文为 gin and tonic,缩写为 G&T。

罪恶感，不久后变成因为自己没有罪恶感而觉得不安，最后就是这样了，你此生已经注定，你就要一辈子调咸狗或者哈维撞墙这些鸡尾酒，永无尽头地调下去。但这并不是你的事业。"

"哦。"

"抱歉，"西格丽德说，"我说得太多了。"

"不，其实还挺有趣的。"她又喝了些金汤利，我也趁机啜了口我的拉弗格。味道果然越来越好。

"不知道我怎么会说上这么一大堆，"西格丽德说，"只不过今天晚上节奏很慢，加上一个小时前又有个家伙想勾引我，让我更烦。"

"哦，行了。这种事情你一定经常碰到。"

"的确，但大部分我只是跟他们说不，少部分却让我忍不住说'去你的'。这家伙以为他是上帝的恩赐，不敢相信我竟然拒绝他。仔细想想，他以前来过，而且——"

"而且怎样？"

"没有而且了。"她咧嘴笑了，"我的思绪开始乱飞了，我只是在胡说八道。你知道，你刚才正要问我问题，我却说了一堆话。"

"是吗？我只是好奇，你有没有想过当律师，不过刚刚你已经回答了。你原来想当演员的。"

"其实是演员兼模特儿。"

"哦？真没想到你当不成模特儿。"

"镜头偏爱那种很瘦的人,镜头后那些厌女症患者也是。不过我还是接过模特儿的工作,只不过没有人愿意跟我合作第二次。我以前工作态度不好。"

"哦。"

"我现在的工作态度还是不好,不过当酒保就还可以,尤其是我有身材。不过答案是不,我从没想过要当律师,为什么这样问?"

"因为今天晚上我开始希望我没进入这一行。不过这个——"她举起自己喝空的酒杯,"绝对是有帮助的。"

"再来一杯?没问题。那你呢?你的拉弗格还好吧?"

我说我很好,于是她就忙着去调下一杯金汤利了。

"她刚才说你喝的是什么?"

"拉弗格。"我说。

"听起来是这个音。那是某种甜酒吗?"

"是苏格兰威士忌,一种艾拉岛的纯麦苏格兰威士忌。"

"那里接近弗斯湾吗?"

"一定很接近,你不觉得吗?"

"我想是吧。好喝吗?"

"开始变得好喝了。我想再喝三口就会觉得棒极了。"

她聪明地点点头。"那是一种需要时间慢慢领略的滋味,你还没完全领略到。"

"没错。"

"不过已经开始觉得好喝了。"

"每一小口都越来越好。"

"要小口小口地喝,"她说,"如果你一口干掉,那还没开始喜欢就醉倒了。"

"正是如此。你今天晚上有什么不愉快吗?"

"只是觉得我永远无法从那个该死的办公室脱身了。我是律师。你大概已经猜到了。"

"我碰到二和二,"我说,"就把它们加在一起。"

"我工作的那家律师事务所离这里十个街区,非常方便。我走路去上班,大半时候工作都还挺好的,但偶尔会碰到要赶时间弄完的案子,超过期限一切就完蛋,得从头再来,有时还会更糟。我们今天就碰到了一个得在午夜前弄完的案子,当然进展得非常糟糕。"

"当然。"

她伸手拿起那杯不知不觉间神奇地出现在她面前的金汤利。西格丽德注意到我们两个正在讲话,不发一语地放下酒就离开了。这招不知道是不是美国酒保学校教的,不过确实应该教。

"是关于路易斯安那州什里夫波特一家饭店的交易,原来可能还更糟,我们也许得跑去什里夫波特把案子结掉。但既然买主和卖家都住在上东区,彼此只隔着几个街区,所以我们就决定,嘿,管他呢,我们就在这里解决吧。"

"那你代表谁？买主还是卖家？"

"我代表放款人。所以意思就是，哪方获利都无所谓，反正权状在我们的客户手上。总之，事情进行得很不顺利，我们一定得结案，但看起来没希望，而最糟糕的是给我帮忙的那个律师助理是个低能儿，因为我喜欢的那个助理，就是每次都把事情弄得好好的那个，在他妈的六点整就离开了该死的办公室，去赴约了。"她举起杯子，"请原谅我讲拉脱维亚文，可是我想到就说出口了。"

"拉脱维亚文？"

"我养成了不说'法语'的习惯。你知道，比如改说'自由薯条'①？"

"哦，对。"

"现在已经不流行了，不过我喜欢那个音韵。'请原谅我说拉脱维亚文。'你真的喝得很小口，对吧？现在觉得怎么样？"

"简直是太好喝了。我很愿意请你尝一口，不过你一定不喜欢。"

"那就算了。"她看着我，褐色的眼珠很专注。"我是芭芭拉。"她宣布。

---

① 美国人说粗话时，常会习惯上加一句"请原谅我讲法语"（Pardon my French. 或 Excuse my French.），以委婉谑指粗话。但二〇〇三年初因法国不支持美国出兵伊拉克，美国政界掀起一股反法情绪，也影响民众发起抵制法国货行动，甚至将许多包括 French 的菜名改名,最著名的便是将炸薯条（French fries）改称"自由薯条"（Freedom Fries），法国吐司也改为"自由吐司"，因而产生许多笑料。

"我是伯尼。"

她想了想。"芭芭拉·克里利。"

"伯尼·罗登巴尔。"

"我没听过这个名字。"

"不仅是你,几百万人都没听过。光是在中国就有——"

"而且你看起来也不眼熟。我可以发誓我以前没见过你。"

"所有住在上海的人也都没见过我。"

"除非我是眼角扫到过你什么的。你常来这里吗?"

"不。你觉得哪里不对劲吗?"

"哦,真不敢相信我问出了这种问题。'你常来这里吗?'其实我根本不这么觉得。"

"觉得什么?"

"感觉,"她说,"我有种感觉,好像我在某种近乎神秘主义的层面上非常了解你。而且我觉得你也真的了解我。"她皱起眉头。"真荒谬。我不认为是喝了酒对我的影响,但显然有。我现在像个白痴似的说个不停。"

"更像小溪潺潺。"

"你嘴巴真甜!你叫伯尼?"

"没错。"

"如果你喝完了,我想请你再喝一杯拉——叫什么来着?"

"拉弗格，"我说，"不过我这一杯就够了。何不让我请你喝下一杯？"

"谢谢，但是不用了。我其实不太能喝酒的，可能你看我第一杯喝得那么快，就以为我很能喝。"

"你需要那杯酒。"

"我想是吧。我常来这里，不过很少喝超过两杯。不过前几天晚上……"

"怎么？"

"发生了件奇怪的事。我和平常一样喝了两杯酒，不是什么花哨的酒，就是老样子，金汤利，然后我觉得我一定是失去意识了。"

"哦？"

"我甚至不记得自己是怎么离开酒吧的。醒来时发现这辈子没宿醉得这么严重过。我的意思是，我从来不会宿醉的，也从来不会醉晕过去。我想之前唯一一次是我上大学一年级那年，我们玩'真心话大冒险'，只不过把冒险全换成了喝酒，要一直喝。上帝知道我那时都喝了什么，不过肯定比我前两天晚上要多得多。"

"啊，年轻真好。"

"我当时很年轻，没错。也没有宿醉，第二天醒来觉得还可以，只是不记得前一夜最后一个小时发生了什么。其他人都说我当时看起来好得很，没做什么诡异或放肆的事情。"

"那就是没出丑了。"

"可是前天晚上,"她皱着眉头说,"你那天晚上没来这里,对吧?应该是星期三。"

"我之前只来过这里一次,"我说,"就是今天稍早些的时候。工作后进来喝了一杯。"

"拉弗格?"

"圣培露。你不可能从这水里尝出什么味道,但也不需要。"

"只是解渴的。你喜欢这里,然后又回来了。"

"没错。"

"你刚才说,你是工作后过来的,什么工作?"

"我有家书店。"

"真的?你是巴恩斯先生还是诺博先生①?"

"这个嘛,从没人叫我诺博先生。我得说我比较像斯特兰德先生②。我开的是二手书店,不过比斯特兰德书店要小得多。"

"听起来很有意思。我认识的一半律师都想辞职去开旧书店。另一半律师则根本不识字。你的书店在哪里?就在这一带吗?"

"百老汇大道和大学广场之间的第十一街。"

"你下班后刚好经过这里?"

---

① 指巴恩斯与诺博(Barnes and Noble),全美最大的实体连锁书店。
② 斯特兰德(Strand),纽约知名的大型二手书店。

我断定,她在房地产业真是屈才了。她该去给证人录口供和进行交叉询问。我告诉她,我刚好来这附近给一个老顾客送书,发现了帕西法尔。

"然后你就进来点了一杯圣培露。"

"其实是想喝巴黎水的,不过他们只有圣培露。"

"圣培露也可以接受。"她把手放在我手上。那只是谈话间的惯性动作,但我注意到另有含义。如果一个女人开始触碰你,那就是个好兆头。

"事情真的很奇怪,"她说,"你知道,我星期三夜里不是单独回家的。"

"你这么说是想吓唬我吗。"

"别傻了,"她说着又碰了碰我的手,"你没有理由被吓着,可我倒是有点吓着了。不是被带个人回家的念头吓到,我的意思是,如果两个成年人彼此都有某种强烈的欲望,这有什么不对呢?"

"我想不出有什么不对。"

"可是我却不记得了,伯尼!我不知道那家伙是谁,也不记得发生了什么事,吓到我的是这个。其实我甚至有点害怕。我到底带谁回家了?可能是哪个爱泡酒吧找一夜情的。"她之前低垂着眼睛,此刻抬起来看着我,"那不是你,对吧?"

"真希望是我。"

"这是你第二次嘴巴这么甜,距离上一次多久,十分钟吗？伯尼，我知道那不是你，不可能是你，你之前从没来过。但为什么我觉得我们曾经是——"

"情人？"

"唔，很亲密，情感相通。我走进店里就有这种感觉了。"

"前世吧，"我说，"前世的情缘。"

"你这么觉得吗？"

"不然还有什么解释？"

"伯尼，你也有相同的感觉吗？"

不知怎的我抓住了她的手，并且很喜欢握在手里的感觉。有某种感情在滋生，持续了好久，但我一开始没意识到。

"你带某个人回去的公寓，"我说，"在附近吗？"

"就在街角。"

"我在想，"我说，"说不定我去过。"

"伯尼，你觉得这有可能吗？"

"我觉得我们应该搞清楚。"

"我想你说得没错，"她说，"我想我们应该这么做。"

25

你们应该不在乎,就算在乎也没办法了,总之我要跳过接下来约半个小时的细节。只能说某些事情不像品尝拉弗格,不会淡忘也不需要温习。有些事情一旦经历过,便再也不会忘记。比如骑自行车,还有游泳。

"有件事是确定的,"她说,"那不是你。"

"什么不是我?"

"星期三晚上。我的意思是,我早就知道不是你,但现在我更确定了。"

"怎么确定的?"

"如果那是你,"她说,"我一定会记得。"

"如果那是我,"我说,"我不会等到今夜才来重新唤起你的记忆。"

"最该死的就是这个,伯尼。昨天我醒来时头痛欲裂,而且当然忘了设定闹钟,所以不得不匆匆赶去上班。我吞了几颗阿司匹林,急急忙忙冲了个澡,没有像平常先喝杯咖啡,就冲出了家门。我跳上出租车,冲到办公室对面的星巴克,九点时已经坐在办公桌前了。"

"真了不起。"

"然后我坐在那里,想着到底发生了什么事。我能记起我在酒吧里跟一个人聊天,却不记得他长什么样子,也想不起任何有关他的事。接下来我只记得我醒来时头很痛。"

"所以也许你根本没带他回家。"

她摇摇头。"我也这么想过,可是我昨天晚上到家,看得出前一晚有人来过这里。不管他是谁,显然把这里当成了自己家。真有点令人毛骨悚然。我是说,他碰过我的东西,还把我的东西移动过。"

"的确令人毛骨悚然。"

"我的首饰不是平常放的样子。但他一定只是看看而已,因为他什么珠宝也没拿走,不过你知道他拿走了什么吗?"

"什么?"

"唔,你一定会觉得我疯了,他拿走了我的电动剃毛刀。"

"我不觉得你疯了。我觉得他才疯了。他为什么——"

"我知道,很奇怪,对不对?可是我到处都找过了,就是找不到,我平常都放在同一个地方的,就在浴室的置物架上。一个小小的雷明顿女式剃毛刀,形状正好适合女性小巧的手。我的意思是,什么男人会想要这种玩意儿?"

我握住她女性化的小巧的手。"肯定不是想跟你结婚的那种。"

"完全没错。我第一个能想到的,就是他准备把剃毛刀带回家送给他女朋友。"

"真是令人毛骨悚然。"

"嗯,如果他想留个纪念品,不是该拿个比较私人的物品吗,比如内裤或胸罩?"

"的确。"

"他搜过我的皮包,可是却没拿一分钱。事实上我发现钱比我原来以为的还要多。所以他不是常见的那种小偷。你被偷过吗?"

有过几次,但我没跟她讲述其中的任何一次,而是编了另外一个。"几年前,"我说,"一个小偷从防火梯爬进我家。他把我的电视机搬到窗边,但我猜他觉得搬出去太重,就扔在那儿了。他偷走了一台组合音响和我刚买的 CD 机,还有里面的一张 CD,害我花了好久才买到同一张。"真好笑,一句谎言能引出更多谎言。我勒住缰绳,或者该换个隐喻,把方向盘使劲往右边扳。"他也拿走了一点钱,屋里有的他全拿走了。不过真正让我困扰的是,他拿走了我的高中纪念戒指,因为那是无法再买个新的来取代的。"

"这就有趣了。"

"是吗？当时我可不觉得好笑。"

"不，我指的是这事情奇怪得有趣，而不是可笑得有趣。因为我也找不到我的高中纪念戒指了。"

"你在开玩笑吧。你觉得会不会是同一个人干的？"

我们都笑了，她说她不确定是不是那个人拿的，说不定戒指已经丢了一阵子了。"因为他没拿走那一对很好的耳环，还有一块手表，和一条我从没戴过的手链。手链是黄金的，上头还有一串金币。我的意思是，任何人看到那条手链都会知道值点钱。可是高中纪念戒指，呃，黄金的成色最多十K金，而且上面嵌的是玻璃。"

"听起来很像我被偷的那个。如果能当十块钱，那当铺老板一定很大方。你的高中纪念戒是什么颜色的？也许他觉得颜色跟你的粉红色电动剃毛刀很配。"我翻过身侧躺着，一只手放在她身上，"芭芭拉，你喝的那些金汤利的劲儿现在应该都退了吧？我是说，你明天早上会记得这一切吧？"

"怎么忘得掉？"

"我只是在想，或许我们应该再加深一下记忆。"

"哦，"她说，然后抱住我，"哦，天哪，这主意太妙了。"

事后我穿上衣服，她则闭着眼睛躺在床上。我们进门后她就把头发放下来了，然后才转身投入我的怀抱，此刻她的头发披散在枕头上，就像我第一次看到她时那样。她当时也是赤裸着，但这回我觉得不需要用床单盖住她。我可以欣赏她，不再觉得冒犯。

我走向房门，她说："伯尼？你怎么知道那是粉红色的？"

我不知道她在说什么。那一刻我唯一能想到的粉红色的事物是……唔，算了。

"我的剃毛刀，"她说，"他拿走的那个。你怎么知道那是粉红色的？"

哦，要命。"你说过它是粉红色的。"我说。

"是吗？"

"一定是。"

"但我心里一直认为那是桃红色，制造商是这么标示的，所以如果我说过，我应该会说桃红色。"

"也许你的确是这么说的，只是我记成了粉红色。"

"嗯，可是我想我没说过。"

"啊，"我说，"你确定你没丧失记忆吗？不，真的，我可能只是心里假设它是粉红色的。我印象中没看见过其他颜色的女用剃毛刀。有其他颜色的吗？"

"当然有。"

"啊。我还以为全是粉红色的呢。怎么？有什么不对劲吗？"

"没有，"她懒懒地说，"我只是好奇，仅此而已。"

26

我偶尔会想,随着"感谢上帝今天星期五"而来的,往往是"哦真讨厌又到周末了"。只有当你有些好玩的事可做时,闲暇时间才是天赐礼物。如果你无事可干,好天气会让你出门,去海滩或公园休息会让你意识不到自己有多无聊。可是如果周末下雨,你就无路可逃了。

雨是从星期六天亮前一两个小时开始下的,大约就是我在西端大道下出租车的时候。爱德加当班,他撑着伞过来,问候时脸上带着温暖的笑容,只是没了胡须。他告诉我说我没有任何访客,我听了很高兴。

我上床睡觉,起床时雨还在下,本地新闻频道的女播音员一脸歉意地说雨会至少下到星期一早上。体育播报员讲了一些让人热情尽失的事,新闻主播则抱怨个不停,我关掉了电视机。

我出门吃早餐,虽然这个时间其实是供应午餐。说法不重要,反正我吃了个煎蛋卷,喝了些咖啡,看了《纽约时报》。上头的新闻不是无聊就是可怕或两者皆具,电影上映表里也没有我想看的。

我刚到家,电话铃声响起。是卡洛琳,跟我报告说没有人趁她睡觉时闯入她家突袭浴缸。"别以为我没检查过,"她说,"我可不止掀开盖子看一眼而已。我还把手插进了猫砂里,好确定那两个袋子还埋在里面。"

"你竟然没挖出那两个袋子,把钱数一遍。"

"如果之前想到的话,我说不定真会这么做。听着,伯尼,我们什么时候可以摆脱那些钱?"

"摆脱?"

"你知道我的意思。哦,趁我还没忘——我不知道你今天要不要去开店,不过我帮你喂过猫了,所以别让那个小骗子唬得你给它开第二个罐头。"

"我很确定的是,"我说,"不会有人冒着倾盆大雨出门买一本二手书,所以我不会费事去开门做生意。你呢?你今天营业吗?"

"我连试都懒得试。我决定今天是我的心灵保健日。还有,我不是专程去喂拉菲兹的。我有几个预约的客人,得打电话跟他们取消。他们松了口气,因为这种天气,谁想带着狗出门?"

"大都会队在谢伊球场的棒球赛因下雨延期,"我说,"而且我找不到一部想看的电影。"

"阅读约翰·桑德弗总是个不错的选项。哦,你把书忘在我家了。你店里还有一本,对吧?不过你不打算去店里。唔,伯尼,既然你昨天晚上弄来了那么多钱,觉不觉得富有得可以再去买一本?"

"富有,不过还没疯狂到那个程度。我不想要三本。我只有两只眼睛。"

"还有两片会动的嘴唇。你昨天晚上应该把我那本拿走的。我还以为你拿了,不过那书现在就搁在你留下的地方。"

"我不想带着书到处跑。"

"什么,到处跑?你不是乘了出租车吗?"

"说对了。"

她想了一会儿。"可是你没有直接回家。"

"又说对了。"

"啊,没错——你说过你要去酒吧。你还说你不打算喝醉。"

"我的确没喝醉。另外,你会觉得这违反本能,但我只喝了一杯。"

"所以你很早就回到了家。"

"没有,"我说,"因为我出了酒吧后没有直接回家。"

"哦,天哪。别告诉我在昨天晚上我们干了那一场之后,你又去四处寻找下手机会了。你一定是疯了。"

"我是去寻找下手机会了没错,"我说,"不过不是为了偷东西。"

"那还会是什么……哦,我懂了。那结果呢?"

"什么结果?"

"结果,交上好运没?"

"绅士不会多嘴的,"我说,"是,我交上好运了。"

"是我认识的人吗?"

"差不多。"

"差不多?这到底是什么意思?"

"唔,她在四十五街和麦迪逊大道交会口的一家律师事务所上班,"我说,"不过不是当律师助理。她是个正牌律师,而且跟鬈发小姐在同一家事务所工作。"

"不可能。"

"为什么?因为纽约有八百万人口吗?"

"实在是太巧了,如此而已。我和一个在'相约女同志'网站认识的女人约会,而同一天晚上你跟同一家律师事务所的人回家。"

"我想那家律师事务所很大。即使如此,也还是很巧。不过我还知道一件更巧的事。"

"什么?"

"她带我去她住的公寓,"我说,"但她不知道我去过那儿。"

"你去过她的公寓,可是她不知道。哦,天哪,别告诉我……"

"好吧。"

"你开什么玩笑?快说!"

我是当面告诉卡洛琳的,不过我出门去她家之前先打了通电话去花店,但在听到"你的电话可能被录音"时挂掉了。芭芭拉住的是褐石建筑,没有门卫可以代收,楼下的邻居又脾气不好,所以除非我知道她在家能自己收,否则还是别送花给她。

于是我打电话给她,刚好她正要出门。她要去长岛参加一个婚礼,已经快迟到了。"不过我想可能是你打来的,"她说,"所以就接了电话。"

我告诉她,我只想说昨夜有多么愉快,她说她也一样,然后我建议明天晚上一起吃晚饭。她说她今天晚上得在长岛过夜,星期天又有个早午餐之约,很难说会弄到多晚,也不知道有没有便车可以搭,或是得搭火车回来。我们说好等她回来,或等她知道什么时候能回来时再打电话给我,如果她不会弄得太晚,我也没别的事情,我们就碰面。

这么一来我就不必打电话给花店了。没有意义——只是白白放在没人的房间里浪费香气而已。

雨势让我更愿意选择乘出租车到卡洛琳家,但很多纽约人也有同样的想法,于是空出租车比率骤降到了两成以下。我应该打不到出租车,也就没浪费太多时间去试。我有伞,走到地铁站不会淋湿。

* * *

"她们两个在同一个地方上班,真是惊人的巧合,"卡洛琳说,"不过你跟她回家不是巧合。因为你在找她,对不对?"

"嗯,差不多吧。我觉得帕西法尔是那种她可能会去的地方,不过我想我也可能碰到他。"

"他?哦,那个强奸犯。但如果你碰到了,怎么才能认出那是他?"

"如果我听到他说话,就可以认出他的声音。我有个感觉,他之前去过那里,就在我到之前不久。"

"你凭什么这么觉得?"

"只是一种感觉。总之,也不重要。天哪,我真讨厌下雨的周末。"

"伯尼,这种事人人都讨厌。"

"尤其是这个周末。不过即使太阳出来,我还是恨这个周末。一切都卡着,不能动。"

"卡着?"

"那些钱卡在浴缸里。我们没法去银行租个保险箱,把钱放进去,因为银行要到星期一才开门营业。其他每件事也都卡着。芭芭拉卡在长岛参加一个婚礼,雷也没上班。有时候他周末也工作的,不过这个周末他休息了。我打电话到分局,他们说他今天休假,我打电话到他家里,电话没人接。"

"你找他干什么？"

"我想他们可能已经查出了那个胖子的身份，或者莱尔夫妇手上到底有什么让那伙嫌疑犯觊觎。他知道的不会比我少太多，但我知道一些他不知道的事，就是那本康拉德的书，那个假的麦高芬，竟然跑到了梅普斯的房子里。"

"你不能告诉他梅普斯家的事。"

"我不能告诉他有关梅普斯家被偷的事，但我为什么不能说梅普斯拿到了麦高芬呢？何况，如果我能告诉他一些事情，或许也能从他那儿得到一些情报。"

"你为什么会这么想？"

"就算他什么都不知道，也可以帮我查一些东西。但我得先开口才能让他帮我查，而我现在根本不知道他在哪里。我真希望可以联系上他。你为什么那样看着我？"

"我只是没想到会听到你说这句话，伯尼。"

"我讨厌周末，"我说，"你知道我们可以做什么吗？我们可以出去。"

"这种天气出门？要去哪里？"

"巴黎怎么样？"

"去巴黎度周末？"

"没错，我们可以搭协和式超音速喷气飞机。住在乔治五世饭店套房，在马克西姆吃晚餐，搭游轮逛塞纳河，漫步在圣日耳曼大道，在双叟咖啡馆品尝咖啡欧蕾和牛角面包，然后再上飞机就回家了。"

"那要花上一大笔钱。"

"碰巧我们现在有很多钱，可以好好挥霍。协和式超音速喷气飞机来回的机票是一万五到两万美元，豪华套房一夜一万美元，晚餐五千美元——跟你说，花上五万美元，我们就会有个难忘的周末。"

"啊，听起来真棒，伯尼，可是——"

"可是我们不能去，"我说，"因为协和式超音速喷气飞机已经停飞了。而任何人如果想用现金买机票，更别说三四万美元的现金，大概都会被请到一个挤满警察的房间里盘问几个小时。何况，我们得搭出租车到肯尼迪机场，这种天气怎么叫得到车？"

"而且你明天晚上跟芭芭拉·克里利有约会。"

"这种天气，她不可能及时从长岛赶回来的。天哪，我真恨周末。"

有一件事我可以做，不过又得把自己弄湿。趁着卡洛琳正在弄湿自己——她到街角去拿干洗的衣服了——我从她的浴缸里掏出一沓钞票。她在的时候我也可以拿钱，不过我不想跟她解释我为什么需要这些钱。没过多久她回来了，我放下桑德弗的小说，走路到第十四街，搭上一辆往东的公交车到第三大道，再换往上城的公交车。我在三十四街下车，走了两个街口，进入芭芭拉住的那幢褐石公寓。

我上楼，走过菲尔德茅斯的家门，然后记住只挑开她平常上锁的那两道门锁，省了点时间。我在五分钟之内进去又出来，回到街上时不知道接下来要去哪儿。回卡洛琳家？去书店？往上城回我家？

我走到街角的帕西法尔，想知道下雨的星期六午后这里会有什么样的顾客，结果发现就是那种典型的下雨星期六午后的顾客。这种天气，酒吧会有一种温暖而热情的气氛，但等你从温暖的氛围中缓过神来，就会留意到这里的每个人都弥漫着一种绝望的气息。

我相信自己也不例外。我坐在吧台边的一张凳子上，西格丽德的角色现在由一位黑人女郎扮演，她有一头短短的鬈发，不是被上帝就是被她自己染成了红色。她跟西格丽德一般高，也有同样的高颧骨，而且隐隐散发出同样的信息：敢跟我睡觉你就死定了，不过很值得。

我点了拉弗格，花了很长时间喝，小口慢慢啜。这次我有些进步，或者是酒有进步；喝到第四口时我就觉得味道实在很不错。

我边喝边观察酒吧里的状况，没开口，只是听着其他人谈话。我期望能听到某个低沉的声音，不过没真的抱什么期望。酒吧里没有一个人看起来像我心目中的那个人，听起来也没有一个人像他。

不过大部分时间我也没太认真听，因为我忙着思考。

你应该可以搞清楚的,我告诉自己。整件事情充满巧合,如果有那么多巧合,那么这些事情迟早会以有意义的顺序契合在一起。我这么告诉自己,脑子里翻来覆去地想那些碎片,但还是想不出什么头绪来。我觉得整件事就像一个拼图,但遗失了其中几片。即使我能找到遗失的那几片,或许还是会解不开,但至少会有机会。

我走到公用电话前,扔了比之前更多的硬币进去,拨了一个号码,会记得这号码只是因为我今天已经拨过两次了,然后听着电话在雷·基希曼的家里响着。如果电话铃响而没有答录机接,会不会有提示音?我猜会听到一只手鼓掌的声音,总之,差不多就是我今天所能做的,孤掌难鸣。电话铃一直响到我懒得听下去,于是我挂断它回到吧台。我的杯子里原本还有一小口或两小口的酒,而且吧台上还有很多找回来的钱,比我打算要给的小费多。可是那个酒保(我没听清楚她的名字,但我很确定不是西格丽德)以为那是要给她的,于是全给收走了。

我真的恨周末。

27

星期六午夜过后某个时间,雨停了,时间太晚,无法让城市大部分的居民享受到好处,接着黎明前又开始下了,毁掉了大半个星期天。我出去吃早餐,然后带着报纸回家。手边还是没有任何版本的《猎杀莴苣》,不过周日版的《纽约时报》有几百页,足够任何人度过一个下雨的星期天,还可以继续再看半个星期。即使我把所有的广告页扔进可回收垃圾箱,外加例如"求职版"(因为我不想要)和"汽车版"(因为我不需要),剩下的版面还是多到会让人重新思考所谓的媒体自由。

我坐下来看报纸,偶尔停下去打个电话到雷·基希曼在森尼赛德的家。大约十一点时,他太太接了电话,她刚从教堂回来。不,她说,雷不在家。他要上班,连陪她做礼拜的时间都没有。我把名字和电话号码告诉她,她说如果他打电话回家会帮我转告,但听她的口气,好像不觉得他会打电话回家。

我试着打去分局,也留了话。然后回去继续看房地产版,上面有一篇鼓舞人心的报道,说一对夫妇到处苦苦寻找一个住处,希望能容纳他们两人各自的嗜好,不过他们比较喜欢称之为"兴趣领域"。他要为火车模型设置精致的轨道线,而她则收集风向标和古老的农场设备。他们花了区区八百万美元买下了一个老仓库,在诺利塔,你可能以为这跟纳博科夫有关,讲一个还没到青春期的女孩不会和中年男子亨伯特·亨伯特有任何瓜葛的故事①,但其实诺利塔是个房地产专有名词,指的是小意大利区北边的一个新兴区域。这对夫妇自己动手完成了大部分的改建工作,因此全面翻修只花了四百万而已,所以——好吧,你可以自己算算,看他们这笔房地产交易有多么划算,新房子有足够的面积让他铺设按比例尺计算相当于五十英里的火车铁轨模型;而她也有许多空间展示她的宝贝,包括麦考密克发明的第一台收割机。

我打电话给卡洛琳。"我想知道,"我说,"他们去哪里找到这些人的?"

"啊?谁去哪里找到哪些人?"

"房地产版第四页。"

"我再回电给你。"她说。

将近十五分钟后,电话才响起,我接起来就说:"你

---

① 此处指纳博科夫的作品《洛丽塔》(*Lolita*),名字和诺利塔(Nolita)很像。

怎么拖了这么久才回电话。等我们翻修过新房，你想做什么——要玩你的小火车，还是去超大的后院里收割小麦？"

一段长长的、思考的静默，然后一个完全不像卡洛琳的声音说："我根本没有拖延，我一接到留言就回电给你了。你刚才说的那些话一定是英语，因为我听得懂每个字，但却根本搞不懂你他妈的到底在说什么。"

"哦，雷。我还以为是卡洛琳。"

"我比她高一英尺，还重很多磅，而且我的声音比较低沉。更别说她是女的，这对每个人来说都是好事。大部分人可以毫无困难地分辨出我们两个人。你打过电话找我，伯尼。你发现了什么？"

"有可能。"我说。

"伯尼，我们花了好些工夫才查出他是谁。他皮夹里的钱多得可以噎死一头山羊，可是里头半张身份证件都没有，他身上的其他地方也没有。"

"他没绑着藏钱的腰带吗？"

"除非他埋在皮肤底下了，因为我上次看到他，他正光着屁股全身赤裸地躺在一张金属床上，有个法医正在把他身上的子弹挖出来。当然，我们采了他的指纹，可是什么都没得到。"

"那个人没指纹？"

"他指尖上有指纹,就像每个人一样,除了那些外太空访客。可是资料库里没他的指纹,因此我们什么都查不到。"

他咬了一口甜甜圈,又喝了一大口咖啡。之前他开着一辆小轿车来接我,一辆雪弗兰的蒙地卡罗,肯定是从哪个买卖劣质可卡因的嫌疑犯那里没收来的。现在我们在威廉斯堡大桥旁靠曼哈顿这端的一家餐厅里,不知为何,雷喜欢这家餐厅。我们在柜台点了咖啡和甜甜圈,然后自己端到座位上,这会儿雷正把他查到的事情告诉我。

"所以接下来就没得查了,"他说,"但我们还是得知了他的身份。"

"怎么知道的?"

"因为警察功夫深,"他说,"他是怎么去你书店的?你在公车或地铁里不会看到太多胖子,除非他们太穷了,可是我已经告诉你他的皮夹什么样了。"

"他身上有多少?"

"我没称过他,不过肯定超过三百磅。哦,你指的是钱吗?"他伸出大拇指和食指,比出大概一英寸,"一沓这么厚的钞票。八千七百块现金,全都是百元纸币,还不包括他带的欧元。这种人乘得起出租车,但我马上就知道他一定不是乘出租车去你店里的。"

"你怎么知道的?"

"他要拿出一百元纸币让出租车司机找吗?伯尼,他身上没有零钱。这说明他是开车去的。他开到那里，而且回程也打算开车回家，不管他住在哪里。"他耸耸肩，"当然啦，我们也查过出租车了，看有没有人在午餐时间载过一个胖子到东十一街你书店那边。查那些只是例行公事，反正我早知道他是开车去的。"

"说不定他是步行的。"

"凭他那个体重？"

"我不知道，雷。他走路时看起来很轻盈。"

"每个胖子走起路来都很轻盈，伯尼。他们需要强健的双腿才能站起来。总之，就算你说得有道理，也没用。我们找到他的车了。"

"哦。"

"他离开你书店往东走，正准备过马路时被人击倒了。所以我应该从你书店往东再往南去找，猜猜我们在大学广场和第五大道之间的第十街找到了什么？"

"一辆车吗？"

"别克，"他说，"就停在消防栓旁边。"

"还好你在交警把车子拖走前赶到了。"

"交警不会拖走的，伯尼，他有使馆车牌。外交豁免权可能没法让他逃过挨一身子弹的命运，但可以保护他的车不被拖吊。可能也不会允许我们去搜他的车，我不太清楚规则，但命中注定我还没注意到那个使馆车牌，就已经打开车门进去搜了。我可真不小心。"

"不过真方便。"

"置物匣里有他附照片的身份证件、驾照,另外还有拉脱维亚大使馆签发的到任证明。这家伙的名字是瓦尔第·伯金斯,大使馆说他是拉脱维亚派来处理联合国事务的,不过不是太重要。除此之外我们只知道他住在哪儿,是个旅馆,五十一街的布兰泰尔饭店。他在那边按月包租了一个房间。旅馆不错,虽然没有卡莱尔那么豪华。我们在房间里只发现了一本剪报的剪贴簿,我走之前他们正在找人翻译剪报的内容。"

请原谅我讲拉脱维亚文。我说:"我猜那些剪报应该是拉脱维亚文的吧。"

"有些是俄文,看字母就知道。他们自己有一套字母表,很像希腊字母,可是更糟。"

"西里尔字母。"

"不,我很确定那是俄文。剩下的和我们共用一套字母表,谢天谢地。其中有一份英国的剪报,里头猜测'里加黑魔鬼'[①]可能躲在美国。"

"里加黑魔鬼。有提到他的真名是什么吗?"

"有啊,"他说,"一大串元音和辅音。我猜他是个战犯之类的。"

"又一个老糊涂的欧洲人,可能曾在集中营当过警卫。

---

①里加(Riga),拉脱维亚首都。

不管他做过什么，可能都不记得了。"我想了一会儿，"阿诺德·莱尔几岁了？"

"我忘了，怎么了？"

"因为他改过名字，他原来的名字可能也有很多元音和辅音。如果'里加黑魔鬼'是战犯，那一九四五年莱尔至少二十五岁，说不定还更老。否则他就是'里加黑魔鬼'的未成年助理。但如果他当时是二十五岁，那现在多大了？八十四岁？"

"得了吧，莱尔顶多五十岁。"

"我只是猜测。这其中必有关联，雷。不是那些有关黑魔鬼的剪报，而是伯金斯和莱尔之间。"

"他们两个都是俄罗斯人。"

"伯金斯不是，他是拉脱维亚人。不过拉脱维亚曾是苏联的一部分。但不是一开始就是，因为两次大战之间，拉脱维亚是个独立的国家，不过后来俄罗斯人占领了那里，也占领了其他波罗的海国家。雷，要进那户发生谋杀案的公寓有多难？就是三十四街和第三大道交会口的那幢。"

"伯尼，那是犯罪现场。封起来了。"

"哦。"

"怎么了？"

"我想进去。"

"啊，好吧，我们只要请求重案组那些人批准。'这个伯尼是个有前科的窃贼,而且早先他是这个案子的嫌疑犯,他想去犯罪现场看看。你们有意见吗?'"

"我还以为可以走非正式渠道混进去。"

"也就是说,把你偷弄进去。为什么?"

"两个人死在了那里,"我说,"外加楼下的门卫。他们被杀都是因为有人去那里找某样东西。"

"我们不知道的东西。"

的确不知道,但我开始有点概念了。"但我们知道他们没拿到。"

"伯尼,我看过那个保险柜,里头是空的。"

"所以如果麦高芬之前放在保险柜里,那伙嫌疑犯早就拿到了。"

"该死,麦高芬是谁?他又是哪儿来的?"

"只是个名字,"我说,"用来代表人人都想要的那个东西,我们总得给那东西一个称呼,可是我们又不知道那是什么。如果那玩意儿当初在保险柜里,他们早就该拿到了。但如果没在保险柜里呢?"

他皱起眉头看着我。"为什么他们弄来了保险柜,却不把东西放在里头?除非他们一开始就没有那个东西。"

"有可能,"我承认,"不过我觉得他们有那个东西,而且计划要卖掉,于是买了保险柜,这样拿到报酬时,就可以把钱锁进去,因为他们觉得那会是一大笔钱,而且会是现金。假设他们把麦高芬放在了别的地方呢?"

"然后那伙嫌疑犯拿到了。他们严刑拷打莱尔和施尼特克,直到他们把东西交出来,然后——"

"你发现严刑拷打的证据了吗?"

"没有,只有他们头上的两颗子弹。"

"那的确挺疼,"我说,"可是无法逼迫他们开口。"

"那他们就是没被拷打就说了,或者那伙嫌疑犯自己发现了要找的东西,你知道我怎么会知道吗?因为如果东西在那儿,可是他们漏掉了,那么我们警方就会找到它。"

"我知道他们没发现那东西,雷。否则他们就不会去我的公寓找了。"

他叹了口气。"去搜你家的是我们,伯尼。我们有法院的搜查令,一切光明正大。"

我告诉他有关第二次搜索的事情,而当他抗议我没报案时,我告诉了他有关门卫爱德加和移民局的事。

他一脸伤心。"我们不会把人出卖给移民局那些浑蛋的,"他说,"移民局里有一半是爱尔兰人,另外一半有亲戚拿假绿卡或者根本没绿卡。当然,我明白为什么他会担心。而且我必须承认你没说错,对待门卫的手法相同,显然是同一伙人干的,如果他们已经发现了那样东西,就不会继续找。所以你猜我怎么想?我觉得那东西一开始就不在公寓里。"

"因为谋杀现场已经被老练的警方调查人员搜过了。"

"说对了。"

"雷,你们当时在找什么?又找过哪些地方?"

"我可以回答第二个问题。我们把那个地方从上到下彻底搜了一遍。至于我们当时在找什么?要等我们找到才知道。"

"我是个专业的小偷,"我说,"比你们知道更多藏东西的地方,也更知道该去哪里找。而且我甚至有点概念,知道大概要找什么。"

"所以你要我把你给偷弄进去。违反所有的规则,还插手一件已经不再归我管的案子。"

"对。"

"再去给我买两个甜甜圈,"他说,"上头有巧克力和彩色糖针的那种。"我去柜台取了,他一言不发地吃掉,然后把剩下的咖啡喝完,站了起来。

"好吧,管他呢。"他说。

我开始找寻麦高芬之前,想先看看几样东西。首先就是莱尔家那扇门的锁。开锁可以不留痕迹,只要你小心别刮伤圆柱筒的表面。可如果进门时粗鲁点儿的话,就会留下凿痕或刮伤,但我都没发现。在我看起来,是莱尔夫妇开门让凶手进去的。

之前雷对着门卫亮出警徽,拿了一串钥匙,然后我们两个人扯下门上印着"犯罪现场"的胶带,我把胶带揉成一团塞进口袋,打算稍后远离犯罪现场时再扔掉。我研究过门锁后,雷用钥匙打开,我们进去了。

鉴定组的人早就来过又走了,不过你还是会忍不住想踮起脚小步走。我掏出一双塑胶手套,让雷扬起了眉毛,不过我想不出任何要在现场留下指纹的理由,而不该留下指纹的理由倒是想到了好几个。

"是莱尔夫妇开门让他们进来的。"进去前我告诉过雷,而仔细检查后,我对保险柜也有同样的看法,"如果不是莱尔帮他们打开的,就是他把密码告诉了他们,让他们自己打开。没有人硬撬开或扳开,而全美国能不使用蛮力打开这个锁的,不到十五个人。"

"十五个,嗯?你和其他十四个?"

"开这个锁不容易。不过重点是,如果他们厉害到能打开这个保险柜,就不必把我的门踢开了。我门上装的锁挺不错的,但和这个宝贝相比也只是小儿科。"

保险柜没锁,所以我也不必炫耀技巧了。我打开来,就像雷说过的,里面空空如也。

"如果就像你说的,是莱尔帮他们打开的,"他说,"而且如果他们到处搜过,却没找到那样东西,那为什么要朝莱尔头上开枪?我可以想象他们会朝其中一个人开枪,好让另一个人知道他们是玩真的,可是为什么要把两个人都干掉?"

"朝他们头上开枪。"我说。

"这对你应该不是新闻了,伯尼。我告诉过你的,就算我没说,你也早该从电视和报纸上知道了。他们两个都是头部中弹,而且是用同一把枪。另外呢,你不必问了,不是杀伯金斯的那把林德鲍尔TDK全自动冲锋枪。莱尔和那位女士是被点二二口径的手枪射杀的。"

"你们的人搜过这里了。"

"我不是告诉过你了吗?"

"不过东西很整齐,"我说,四处张望,"你们把东西都归回原位了。"

"伯尼,这里是犯罪现场。我们什么都不能碰,得先等鉴定组的人弄完,才能做必要的搜查,搜过后再把所有东西归回原位。"

"你们在我家就是这样,"我说,"但他们可就不来这套了。"

"他们翻得乱七八糟?对,你刚刚说过。"

"可是他们没把这里弄得乱七八糟,除了客厅有两具尸体,我想他们没动什么东西。这表示他们没搜过这里,这让你想到了什么?"

"他们把那个该死的玩意儿从保险柜里拿走了,就像我一开始告诉你的。"

"但我已经解释过为什么他们没拿到那东西了。所以剩下还有另一个可能,而且我只能想到这个可能。"

"说来听听。"

"他们拿到了某样东西,"我说,"他们以为那就是麦高芬,并且当时他们认为没必要留下莱尔夫妇两个活口。"

"砰砰!"

"然后他们就溜了,直到几个小时之后,他们才发现拿到的不是他们想要的东西。因为东西还在这里。"

雷花了点时间仔细思索。"好吧,"最后他终于说,"这说法我找不出任何破绽,所以你该做的就是证明它。如果东西在这里,那你就找出来让我瞧瞧吧。"

二十分钟后,我们站在餐厅里,低头看着我放在餐桌上的四张照片。四张都是彩色的,四英寸宽、五英寸长,看起来像是同一部相机拍的。四张照片的边缘都被透明胶带贴在刚从一本书撕下来的书页上。如果你凑近点仔细看,就会发现另有一层胶带,只有一半的宽度,这表示照片曾贴在其他地方,然后被割下来重新贴过。撕下来的书页原本属于里昂·尤里斯所写的《七号皇家法庭》。我几年前读过这本书,对它印象很好,要把那几页撕下来让我很舍不得,尤其作者不久前才过世。不过这是读书俱乐部的版本,而且书皮已经不见了,所以反正书况也不会太好。我把书放在照片旁,看起来好像完整无缺。

那些照片上有两张脸,正面和侧面各一,都是特写。两张脸都严肃而面无表情,是那种寻常的中年白人男子;单从这些照片无法判断他们的下巴下面是否还连着身体,也可能是刚从《双城记》里断头台下面的篮子里捡出来的。

"看吧,"我得意地说,"大头照①。"

---

①此为双关语,head shots 字面意思为"大头照",也有"头部受击"的意思。

28

"我放弃了,伯尼。这些人到底是谁?"

"雷也想知道,"我说,"他还想留着那些照片,但我指出它们有一天可能会成为证据,所以他不能就这样把照片交上去。他必须在正确的时间和正确的地点,以合法的方式找到这些照片。这样他就可以合理推诿找到照片的责任。我想他喜欢这个说法。"

"这不怪他,我也喜欢这个说法。照片里这两个家伙是谁,你有眉目了吗?因为我不知道要从何猜起。你看着这些照片,第一眼会觉得两张脸好像是兄弟,或者是表兄弟;然后你再看看,就看得出他们有多不一样。鼻子不一样,嘴巴也完全不同,这个人有双下巴,这个人前额比较高,另一个脸上有疤,眼睛周围也不一样——你知道,把这些加起来,只能说他们两个都是人类,但他们确实有相似之处,只不过我不知道是哪里。"

"比如同样的姿势。同样的表情,或者该说同样缺乏表情。"

她点点头。"脑袋的形状也完全一样。"

"雷说他们是兄弟,不过有不同的父母。"

"就像漫画里的艾克和迈克,长得一模一样。只不过他们俩并不像。这个艾克看起来比较老,对吧?"

"这个嘛,他是金发。通常金发男是玩得比较疯狂。"

"迈克肯定要年轻些。如果他是女人,你就会说他的头发是鼠灰色的,可是不会有人这样形容男人。你会怎么形容他头发的颜色?沙褐色吗?"

"应该是吧。"

"真有趣,"她说,"他的头发比艾克少,但看起来却年轻几岁,真不懂为什么。"

"也许他比那个金发的晚生十年。"

"那就不奇怪了,伯尼。也或许是因为他生活严谨,饮食比较健康,吃更多的蔬菜,做很多的运动,定期去看牙医,假设他们还有牙齿的话。他们都闭着嘴,冷静地凝视前方,没准这就是他们看起来很像的原因,虽然他们并不像。伯尼,你怎么知道要去哪里找出这些照片?"

"我给了伯金斯一本书,"我说,"他很乐于付我一千三百美元,我想他最多可以出到一万美元,因为他身上就带了那么多钱。他不在乎书名或作者,而我说书名的时候,他一定以为我指的是他的身份,因为他正是某种秘密间谍。"

"然后他们射杀了他,抢走了他的书——"

"然后拿到河谷区那边梅普斯的房子里。或者交给了梅普斯,然后他又带回家。他们没说:'一本书?我们才不要什么破书呢',然后把它扔到垃圾桶里。他们认定这本书可能是他们要找的东西,所以我想了想,觉得那可能是某件可以藏在书里的东西。于是我明白可能会是照片,因为照片绝对可以藏在书里。然后你把这本书放进书柜里,不会有人想到要去书里找。"

"就像爱伦·坡的那个故事。"

"《失窃的信》。没错,想法是一样的。别忘了,那户公寓是转租的,而原来的房客在书柜里留下了很多书。雷说他搜索时和一群警察一次搬出一摞书,好确定书后头没藏着东西。如果你不知道要找什么,这个方法很合理,但刚好在这个案子里,他们这么做是白费力气。某个警察把那本《七号皇家法庭》拿在手里过,却对自己手上有什么毫无察觉。"

"所以你逐一检查那些书,一次检查一本。"

"没花很长的时间。你只要打开书翻一翻。如果里头藏着什么,你马上就知道了。困难之处在于要找到正确的书,结果我们很快就找到了,然后又检查了一遍其他书,确定只有一本里贴着照片。"

"伯尼,我不知道换了我的话,会不会有那个耐心。"

"我不必去想这个,因为雷不断把一本本书拿起来翻,好让我知道警察的工作有多么辛劳。我能做的，就是依样画葫芦。当然，其他书里头都没贴照片，不过我们得全翻过了才能确定。"

"只有四张照片，"她说，"每个人两张。我之前问过你知不知道他们是谁，但不记得你是怎么回答的。"

"我没回答。"

"哦。"

"你的电脑能用吗？"

"我的电脑能用吗？当然能用。我刚才就在上网，我查了好友列表，猜猜还有谁也在线上？鬈发小妞，所以我们互相发了一会儿消息。我们星期二晚上要约会，除非她得加班。"她咧嘴笑了，"她刚刚一个劲儿地抱怨有个律师总是给她一堆工作，说她真是个贱人。我好像知道她在说谁。"

"看来我们以后最好不要四人一起约会。"

"我也是这么想的。她喜欢我，伯尼。这很棒，对不对？"

"非常棒。"

"你问我的电脑干什么？"

"因为你比我懂，"我说，"或许你会愿意帮我查点资料。"

雷随身带了一卷新的印着"犯罪现场"的胶带，用来封住那户公寓后，他表示愿意送我到卡洛琳家。他开到谢里丹广场，剩下的路让我自己走，宣称他每次在那些弯来拐去的小巷子里都迷路。他可能只是急着想回家。雨还在下，我很庆幸自己带了伞。

下车前我伸手到口袋里，才想起这几个小时我一直带在身上的东西。"你可以帮我个忙，"我说，"能不能帮我查一组指纹？"

他看着我，要我再说一遍。然后他说："我能不能查指纹？没问题。能不能帮你查？那就是另外一个问题了。谁的指纹？从哪儿来的？"

"如果我知道是谁的指纹，"我跟他讲道理，"就不会要你帮我查主人的身份了。至于其他的问题，你不会想知道答案的。"

"意思是你不想告诉我。我不知道啊，伯尼，我今天违反了好多规则。"

"规则就是用来违反的。"

"嗯，你这点说得没错。"他说，伸出手来，我把东西放在上面，他看着手上的东西，然后再看着我。"我不知道，伯尼，"他说，"这是你的吗？你走路大概像瓦尔第·伯金斯一样轻盈。"

此刻，卡洛琳正坐在她的电脑前，我用她的电话打了几个出去。我打去马丁·吉尔马丁家找到他，问了他几个问题，他回答得很谨慎，然后跟我约次日午餐碰面。他问我去"冒牌者"可以吗，我说我一向乐意去，不过我时间可能会很紧,因此建议喝杯酒或咖啡,不必吃饭,不过我很乐意跟他碰面。

我挂掉电话,又打给芭芭拉·克里利,我说"喂"的时候,她说她正希望我打去。"我大概半小时前打电话给你,"她说,"可是答录机接了电话。"

"我出门了,"我说,"现在还在外面。"

"我在家。"

"我知道,"我说,"你接起电话时,我就知道你在家了。"

"哦,是啊,当然。我真是傻瓜,说自己在家里。我的意思是,你打电话来我家,所以我当然在家里。"

"我不认为你是傻瓜。"

"不会吗?"

她的声音不太稳,我问她是否还好。

"我想是吧。你还想一起吃晚饭吗?"

"我就是为这个打电话的。我希望你在家,这样我就可以带你出去吃点好菜了。"

"好吧。"

"好吧?"

"当然了,没问题,我的意思是,我在家。一起吃晚餐很好。"

"好极了,什么时间比较好?"

"什么时间,我不知道。你说吧。"

"嗯,七点?"这样我就有充分的时间回家换衣服了,"这样可以吗?"

"七点很好。"

"我们要先挑个地方吗?今天是星期天,所以不见得每家餐厅都开门。你有特别喜欢的餐厅吗?或者我们先在帕西法尔碰面,然后想想要去哪里吃饭。"

她停顿了一会儿,好像一口气问两个问题让她无法应付。然后她说:"你可不可以先来我这里?"

"如果你希望的话。"

"我希望你来,伯尼。你会七点过来吗?"

"好的。"

"你知道地址吗?"

"我知道。"

"那我们七点见。如果你愿意的话,也可以早点过来。准备好之后随时都可以过来。我在家里等你。"

她挂断了电话。我坐在那儿抱着听筒愣了好久,然后才放下。

"我得回家一趟,"我告诉卡洛琳,"我得刮胡子,冲个澡。我有约会。"

"跟芭芭拉吗?太棒了。"

"希望如此。"我说。

29

七点差几分钟时,我登上了东三十六街那幢褐石公寓前方半层楼高的台阶。我按了门铃,她按键开门让我进去,我上到她住的那层楼时,她正等在门口。她身上穿了一件印着粗条纹的连衣裙,如果蒙德里安不那么执着于直角的话,大概也可以画出这样的图案。

我告诉她我喜欢她这件连衣裙。其实之前我看到过,当时就很欣赏这件衣服,不过穿在她身上比当初我看到挂在衣柜里时要好得多。她说她把这件衣服带到长岛去了,准备穿着去参加星期天的早午餐,不过私下问过后她发现其他大部分女生都会穿牛仔裤或半身裙,所以这件连衣裙又回到了行李箱里。她不知道晚上该去哪里吃饭,但如果我觉得她穿得太正式或太不正式,她可以换件衣服。

我穿着休闲外套和灰色的宽松长裤,口袋里有一条领带,所以我想我们去哪里都没问题。我说她穿成这样很美,也的确如此,不过她有种不安的神色,跟我之前在电话里听到的感觉很像。她让我进了公寓,但气氛有些尴尬,一时间不知道要不要吻对方。我们两天前才上过床,但我们其实根本不认识对方,所以我们都不知道,期望对方拥吻自己会不会太过冒昧?我犹豫着,她也犹豫着,然后我向她伸出手,她投入我的怀抱,我们接吻了。

那是个美好而缠绵的拥抱,不过我们分开时,她似乎还是很烦恼,我问她是否一切都好。

"还好,"她说,接着想了想后说,"不。"然后又想了想,皱起眉头。"我不知道。"最后她说。

"怎么了?"

"我有点害怕。"

"看得出来。是什么事?"

之前她不敢看我的眼睛,但此刻她抬起头直视我。"伯尼,"她说,"你有没有过这种感觉,觉得自己可能疯了?"

"首先,有时候我甚至怀疑自己是否正常过。"我瞥了一眼她的床,想着自己躲在床下而非在床上那回。"有时候我知道自己正在做的事情真的很疯狂,可是好像就是管不住自己。"

"你是指比如说你已经决定不要吃甜点,后来又吃了。你原来根本不想吃的,可是甜点一来,你还是照吃了?"

"诸如此类的吧,"我说,"可是更严重。比如那是种含糖量很高的甜点,而我又有糖尿病,可是我还是照吃不误。"

"你有糖尿病?"

"不,那只是举例,说明我能疯狂到什么程度。"

"我也是这么想的,不过我想确定一下。每个人偶尔都会这样,不是吗?可是我的情况不一样。我真的觉得我可能疯了。首先就是我喝了两杯就失去意识那次,这不会是个好征兆。然后又是这件事。我能不能告诉你发生了什么?"

"当然可以。"

"请坐,要不要喝点什么?我有几种汽水,或者可以帮你泡杯茶。或咖啡,不过我只有速溶的。"

"不用了,我这样就很好。"

"但愿我能说同样的话。伯尼,星期六早上醒来时,我想起我们聊过的,有关我失去意识那一夜带了某个人回家的事。他翻过我的东西,可是什么也没拿,只拿了我的雷明顿女式剃毛刀。后来我又想到不见了的高中纪念戒指,就去更仔细地检查了一遍我的首饰。好东西都在,但有一对耳环肯定不见了,还有两条银脚链。"

"他拿走了更多纪念品。"

"丢了我也不会死,只是有点闹心。"

"那当然。"

"然后我想起了那些钱。"

"你皮包里的?你说钱都还在。"

她摇摇头。"另外一笔钱，"她说，"我家里向来不放钱的，没有必要，走两个街口就有自动提款机了。不过这一两个星期，我手头有很多现金。不是什么巨款，可是我觉得还算不少，一千两百多美元。"

"这么多现金，是挺多的。"

"我就是这个意思。多到我得找个地方藏起来。我把钱放在冰箱里了，冷冻柜那一层。不知道，也许小偷找的第一个地方就会是那里。"

不是第一个，我心想，不过一定会找那里。

"首先，我手上有那笔现金，"她说，"是因为爱丽森·哈尔罗快结婚了，她是我们这群人里面比较晚婚的。她和斯科特拿不定主意该办个盛大的婚礼还是去欧洲度蜜月，如果两个都做的话，他们不太负担得起，除非借钱。消息传开后，我们大家就讲好要送现金给他们当礼物，但不是各自送，因为那样感觉有点像电影《教父》的开场，每个人都带着信封来。

"于是我自愿替大家收钱。我跟每个人联络，看他们愿意交多少，大多是一百美元，每个人都交齐后，这笔蜜月基金总共有将近九千美元。"

"令人惊叹。"

"大部分人给了我支票，"她说，"可是没想到也有很多人给我现金，现金的总数超过一千两百美元。我把支票存进银行，然后不知道为什么，我没把钱存进去，现金有种魔力,你懂我的意思吗?"

"完全懂。"

"那就好像拥有一个秘密,或一种暗器之类的。那些钱刚好能装进一个棕色信封里,我把它塞进了冷冻柜,我喜欢把现金放在冰箱里。"

"比果酱饼干要好。"

"而且不像一桶哈根达斯冰淇淋,会在半夜诱惑你。我想我最后还是会把那些钱存进银行,但在当时,我觉得放在冰箱里面应该还好。接下来我就忘了这回事。前两天我第一次检查看丢了什么东西时,我检查了皮夹,数里面的钱,那时甚至没想到冰箱里的钱。或许那本身就是个征兆,说明我脑子有点不对劲了。"

"听起来不像。你只是一时忘记了,仅此而已。"

"也或许是我的脑袋让我忘记了。总之,昨天我检查过放首饰的抽屉后,想到了那场婚礼。我按照我们的计划,开了一张所有人礼金汇总起来的大额支票,提早几天时间寄去,这样他们就能在婚礼和蜜月前把钱存进银行。收拾去参加婚礼的东西让我想到了那张支票,然后又想到那笔现金,我忽然胃里一紧,跑去看冷冻柜。"

"我猜钱不见了,不然你不会告诉我这件事。"

"我把冷冻柜里每件东西都拿了出来,包括一块我一直抽不出时间做的牛腩,放在里面太久,恐怕更像冰冻的乳齿象肉。我真的找过了,因为我迫切地希望钱在那里。"

我的意思是，我反正准备好要去买一把新的电动剃毛刀，至于班尼特高中的纪念戒指，我什么时候戴过？但一千两百美元可是一大笔钱。"

"确实。"

"然后我觉得自己很蠢，为什么要把钱放在那里。我收到支票都马上存进银行了，现金也该一起存，这是全世界最容易的事情。可是不，我就非得把钱放在手边不可。全是现金——天哪，我真是太蠢了。"

"别自责了，"我说，"你知道你在做什么吗？你在责怪受害者。你没做错任何事，有个不要脸的王八蛋——"我心想，此人名叫伯尼，"从你这里偷走了东西，你还以为这是你的错。其实不是，这是他的错。"

"如果钱不是放在那里——"

"但钱已经放在那里了，而且你有权放在那里，他没有权力拿走。如果你只是把钱放在一眼就能看得到的厨房桌子上，或许还可以怪自己，可你不是放在那里的呀。你放在冷冻柜里，那是他不该去看的地方，结果他到处翻你的东西，发现了钱，就拿走了。芭芭拉，这真的不是你的错，而且也肯定不是因为你脑子出了问题。"

"我知道，"她说，然后咽了口口水，"我还没讲完。"

"哦？"

"今天下午到家，"她说，"我打开冷冻柜，别问我为什么。"

"好。"

"不,我知道为什么。我在妄想或许这回钱会在里头。所以我打开了冷冻柜。"

"结果呢?"

"钱就在那里。"

就在我昨天下午放的地方,当时她出门去长岛了。"你在开玩笑,"我说,"所以钱一直在里头?"

"伯尼,我发誓之前我把所有东西都拿出冰箱了,每样都拿出来了。"

"包括那块乳齿象的肉。"

"真的是每一样。当时我站在那里看着空空如也的冷冻柜,心里甚至还想到现在正是除霜的好时机,不过我又把所有东西都放回去了。当时钱不在那里,伯尼。"

"好吧。"

"你相信我吗?"

"当然相信。"

"现在钱就在里头,你想看吗?"

"不必了,我为什么想看?"

"这样你就能知道我没有发疯。除非你认为正好相反,我疯了。这里,我想给你看。看到没?你要不要数一下?"

我抓住她的一只手臂稳住她。"收起来。"我命令她。

"刚好是一千两百四十美元。你确定你不想数一下?"

"非常确定。"

"钱一定是一直就在那里。不可能不见了又自己跑回来。可是我之前怎么会没看到？"

我告诉她，有许多合理的解释。她叫我讲讲看。

"那些钱有可能消失了，"我说，"然后又重新显形了。"

"会有这种事吗？"

"谁说不会？你就这样想，芭芭拉。如果你昨天没检查，那些钱也会自行消失又显形，只不过你根本不会知道这期间发生了什么事。"

"可是东西不会凭空消失的。之前从没有过这种事。"

"有一次，我的一桶哈根达斯就是这样。消失了，我敢发誓我没碰它。"

"我是认真的。"

"这个嘛，不要这么认真。"我说，"我来告诉你最可能的解释。你昨天找那些钱时，有心事，加上又恐慌。那些钱就在那儿，而你把它跟其他食物一起从冷冻柜里拿出来，没意识到就是那些钱。然后你把东西放回冷冻柜时，也只觉得那不过是另一包斯图弗的微波速食餐。东西就在你眼前，但你就是没看到，这种事情常有的。"

"这不是老年痴呆症或者脑瘤的前兆吗？"

"恐怕不是。"

"我知道你说得没错，"她说，"一定就是你说的那样。不过我还挺喜欢你的第一个理论的，说东西自动消失之类的。噗!不见了。噗!噗!又变回来了。"

"里奇·杰伊就常常变这类玩意儿。只不过是魔术。"

"好吧,这样就能解释一切了。你知道吗?我现在感觉好多了。我们要去哪里吃饭?"

我们去了一家法国餐厅,她点了一大锅白豆炖肉,我则点了法式牛排加炸薯条。餐前酒我们都点了杯罗布·罗伊鸡尾酒——我点了一杯,她听了觉得好像不错,于是也要了一杯。我们觉得这些菜应该配上味道厚重的红葡萄酒,一致同意点了瓶诺伊-圣乔治佐餐,结果证明是个极佳的选择。这一餐可能不是我建议卡洛琳去巴黎过那个想象中的周末时会吃到的,但也无懈可击。

我抢了账单,但她坚持各付各的,而且听起来似乎很坚持。她拿出信用卡。我有很多现金,于是我让她付账,再把我那一半钱给她。

她挥着那沓钞票,说:"我有点紧张,你确定这些钱交给我,不会又消失了吗?"

"风险永远都有。"

回到第三十六街,她带着我爬了两层楼,钥匙却没法插入最上方的锁孔内。让我来吧,我应该这么说,把钥匙拿过来,替她开门。但当然我没这么做,然后钥匙插了进去,锁转开了。

然后她毫无困难地把钥匙顺利插入最下面的锁。钥匙宛如被磁铁吸入，或是有某种无法抗拒的冲力。但接下来，却转不动。

"该死。"她说，用力猛转，接下来，当然，钥匙断在锁里面了。

"哦，要命，"她说，"看到我干的好事了吗？见鬼，去死吧！请原谅我说拉脱维亚语，可是我真是太蠢了。"她看着那个锁，再看看手上的半截钥匙。"我真不敢相信。我们得打电话找个他妈的锁匠。真他妈天杀的！"

我出奇地冷静，但我不懂为什么。我握住她的肩膀，像在对马儿轻声细语般说着"别紧张，别紧张"，然后轻轻把她推到一旁。我从口袋里掏出工具，挑了一把德国制的尖头小钢钳，从锁孔里面夹出那截断掉的钥匙。我仔细检查，像牙医检查一颗刚拔出的白齿似的，然后将它扔进我外套胸前的口袋，再弯腰熟练地挑开她的锁。

这个任务没花多少时间。门开启后，我站直身子，示意她进去，可是她呆立着没动，睁大眼睛，嘴巴张开。"进去坐下吧，"我说，"我有话要跟你讲。"

30

"小偷,"她说,"我以前从没碰到过小偷。不过我怎么能确定?要不是你告诉我,我也不会知道你是小偷。"

"我打开你的门锁时,你一定也有点疑心了。"

"我当时完全蒙了。我感到眼前的一切都那么不真实,觉得自己真的是发疯了而且还不知道。还想着或许你只是某个不可思议的童话英雄,一个无所不能、可以应付任何状况的男子汉。"

"什么样的英雄会躲在床底下?"

"聪明的英雄。床底下真的有空间吗?我听说过有些女人总要检查床底下,看看有没有人躲在下面。我还以为那是笑话,可现在你看着好了,我也会去检查了。他给我的那种药叫什么?"

"氟硝西泮,简称如飞丸。"

"迷奸药。这个王八蛋。请原谅我讲拉脱维亚语,不过真是操他妈的吃屎的王八蛋。"她喘了口气,"呼!我太激动了。请原谅我讲拉脱维亚语,这话刚刚我是不是说过了?"

"你想说几次都没问题。"

"我带了个陌生人回家,而家里已经有另外一个陌生人了。如果我是一个人回家的,你会怎么办?"

"也差不多吧,因为我没机会爬出窗户。顺便跟你说一声,你把窗户钉死真是太冒险了。万一有火灾怎么办?"

"有两扇窗户呀。"

"对,都被钉死了。"

"我敢跟你打赌,我知道你试着想打开的是哪一扇。"

"只有一扇被钉死了?我真是个奇蠢无比的王八蛋。"

"还好你挑了右边的那扇窗,否则你就会带着我所有的好首饰跳出窗外了。不过,你为什么又把那些首饰放回去了呢?"

"因为我替你觉得难过。因为他离开后,我从床底下爬出来,我觉得自己好像认识你了,而我是不偷熟人东西的。"

"可是你把钱拿走了。"

"这个嘛,我没跟你熟到那个程度。而且那只是钱,又不像首饰有个人意义。"

"那条有吊饰的手链是我爸爸给的。他收藏钱币,遇到生日之类的特殊日子,他就会加一枚钱币,或者有时只是他在展览上碰到某些特别的东西,也会加在手链上。我从没戴过那条手链,因为样式太土了。可是如果弄丢的话,我会很难过的。或许我该放在银行保险箱里。这个手链一定值几个钱。"

"那对钻石耳环也是。"

"我知道。它们是我祖母的,失去了我会很伤心的。可是我偶尔会戴,要是放在保险箱里,每次想戴就都得跑银行了。"

我告诉她有关暗格的事情,并表示也要帮她做一个。

"我的英雄。"她说,眼中也透露出崇拜的神情,这似乎是吻她的好时机。于是,唔,接下来事情就依次发生了。

"所以你知道它是粉红色的。"她说。

那件特殊活动之后,紧接着她就说出这么一句话,我愣了一下,才明白她指的是她的雷明顿女式剃毛刀。

"你拿走了,"她说,"所以你当然知道它是什么颜色的。为什么你认为是他摔坏的?他喜欢他的女人不剃毛吗?"

"刚好相反。他企图帮你剃毛。"

"帮我剃毛?他要剃哪里——哦。"

"没错。"

"既然是这样,那我很高兴他摔坏了剃毛刀。我已经买了新的,天知道能用多久。他会把剃毛刀摔坏,是因为他就是我刚刚骂过的那些字眼的真实写照,但你为什么要拿走它呢?"

"这样你就不会想不通它为什么摔坏了。"

"于是我就不会知道过了多么可怕的一夜。你帮我整理家里也是出于同样的理由。而你把首饰放回去,是因为你是个温柔的男人。你或许犯了罪,但你同时也太心软了,没办法当个铁石心肠的罪犯。"

"有时我会告诉自己,我不是个真正的罪犯,只是一个从事犯罪活动的人罢了。"

"哦,我喜欢这个说法。"

"然后我再告诉自己,那些都是屁话。"

"这个我也喜欢。你把首饰放回去,因为你觉得你好像认识了我,可是你把钱带走了,因为那只是钱而已;后来你又把钱放了回去。因为我们上过床?"

"应该是吧。你当时还不知道钱不见了,我想趁你还没发现赶紧把钱放回去。"

"结果没有如愿,可是你怎么知道我跟你通过电话之后、在你过来之前,不会去检查冰箱里的钱呢?"

"我猜的。"

"为什么,伯尼?"

"因为那是巧合,而我最近经常遇到巧合。如果我知道你已经发现钱没了,可能就不会这么做了。我会找个方法把钱还给你,但一定会换个方式,免得让你怀疑自己精神有问题。"

"你之前成功让我怀疑了自己的理智,却不自知。顺便告诉你一声,我喜欢你编的那些解释。"

"一时之间,我也只想得出那些说法。"

"自行消失的说法真聪明,但另一个说法才真的有道理,让我觉得好过多了。就是你说我可能把钱拿出来又放了回去,却没意识到。我想那是神经性失明的一种,对不对?但我是到了家,发现钱又出现了,才受不了发神经的,这还算神经性失明吗?"

"这种状况比较接近情绪引发的视网膜剥离吧。"

"听起来像是。哦,你这几天很忙,不是吗?星期三晚上你破门而入进入我家,不过这个说法不对,因为你其实没有破坏任何东西。唯一坏掉的是雷明顿女式剃毛刀,还不是你摔坏的。不管用什么说法,总之你星期三晚上来这里。然后星期五你在帕西法尔钓上我,或是我钓上你——"

"我们钓上了彼此。"

"——然后我们回到这里。然后星期六你又回来把钱放回去,然后——我刚好想到了一件事,伯尼。他把我皮夹里的钱拿走了,对不对?"

"对,但很幸运,他没拿走信用卡。"

"那不是重点。他拿走了皮夹里放的钱,我觉得不会超过八十美元,次日却发现里面有更多的钱。是你放的,对不对？"

"唔，是啊。从冰箱里那一千两百六十美元里头抽出来的。"

"然后你又把那一千两百六十美元放回去了。这笔生意你赔了。"

"我是个挺厉害的小偷，"我说，"却不是个了不起的生意人。"

她脸上出现了一种好奇的表情。我曾在电视剧《默克与明蒂》里的女主角明蒂脸上见过类似的表情，就是她看着男主角罗宾·威廉姆斯时那样。你是外太空来的，她似乎在说，可是你更可爱。

她吸了口气说："今天是星期天，这个晚上你两度进入我的公寓。第一次是我让你进来的，第二次是你让我进来的。而同时，你还经营着一家书店？你怎么有这么多时间？"

"芭芭拉，"我说，"你只知其一，不知其二。"

我大概是很想找人倾诉吧，因为接下来的半个小时，我几乎一直讲个不停。等我讲完，她也就知道了一切。

31

星期一早上,卡洛琳和我数了钱。我们直接到她的银行,她和一位职员坐下来,办理租保险箱的手续。那家银行只剩最小尺寸的保险箱,不过已经足够她存放随身带着的六万五千美元大额钞票了。她分到的钱不止这些,另外还有两千多美元,不过都是些小面额纸币,她就放在家里慢慢花。

接着她回去开店,我则乘出租车去上城。乘地铁会比较快,但我身上带着那么多钱。一号地铁在百老汇大道和七十九街交会口有个车站,多年来我在那个街角的花旗银行都有个保险箱。乘地铁十分钟就可以到那里,但我为了偷这些钱花了太多工夫,不能冒险让什么小毛贼给抢走。虽然乘出租车时间比较久,但下车时身上只少了十美元,这对我来说没问题。

我进入银行,坐在被指引到的桌前,在一张签名卡上签下了威廉·约翰逊。这是我开户时用的名字,故意挑了个让人很容易忘记的，但我不担心自己会忘记。威廉·约翰逊是我小时候第七团童子军的辅导员，我一直很喜欢他。那些报道流传时，我跟所有人一样惊讶。

那位银行职员之前从没见过我，但她把我的签名跟原来开户资料上的比对过后，便让我进入金库，用我的钥匙和她的钥匙把我的保险箱取出来。那是个大号保险箱，至少有卡洛琳保险箱的十倍大，但银行职员张女士轻易就可以拿得动，因为是空的。我从没把任何东西长期存放在这里，因为这保险箱只能防贼，防不了警察或国税局，他们可以毫无困难地拿到法院命令来打开它。他们没来开我保险箱的唯一原因是他们不知道它的存在，但早晚他们会发现，我希望届时保险箱是空的。所以我现在只是把这个保险箱当成一个暂时的储藏处，在想不出更好的地方之前，可以先放这里。如果我的秘密暗格还在，东西就可以放在那里，但眼下只好放在金库的保险箱里了。

张女士带着我来到一个小房间，我进去后锁上门，把整整十二万五千美元从带来的那个人造麂皮公文包里挪到保险箱中。我分到的部分是将近十三万五千美元，但已经花掉了一些，剩下的则放在卡洛琳的浴缸里，藏在猫砂底下。

再有就是马丁的那份，我离开银行时还放在公文包里。分给他的是三万五千多一些，足够说服我再叫一次出租车到书店。我开了店门，不过没费事把特价书桌搬出去，因为此时已经快十一点了，再过一个小时我还得把它拖进来。卡洛琳已经喂过拉菲兹了,不过它照样缠着我的脚踝磨蹭,想哄我再开一罐猫罐头。这招偶尔会奏效,但这回我没上当。

我打开那个公文包,拿出卡洛琳帮我从几个不同的网站下载打印的资料。我之前浏览过一遍,不过现在我有更多时间仔细看看那几页东西,这会儿全世界的读书人与藏书人都未能找到通往我店门的途径。我正仔细把那些资料看第二遍的时候,门上的铃铛响起,宣告顾客的到来。

"欢迎,"我头也没抬地说,"请随便看看,需要我帮忙尽管吩咐。"

"没什么机会让你帮忙喽,伯尼。因为我在这里能看见的,除了书还是书。你在看什么?"

"没什么,雷。只是一些印刷品,跟书一样,不过没装订就是了。"我折起正在阅读的资料收到旁边。他试图不露痕迹地看一眼,结果形迹败露了也没看到,不过他倒是注意到了我放在柜台后面地板上的公文包。

"不错的公文包,"他说,"我以前好像见过。"

"这个嘛,有可能。我有这玩意儿好几年了。"

"里面有兔子吗,伯尼?"

"兔子?放在公文包里?"

"就像我说过的,我见过这个公文包,而且不止一次见你从里面拉出兔子。如果这回你又要变魔术,我希望能在场。"

"好像不太可能有什么魔术,"我说,"不过如果我要变出兔子来，一定会让你坐在前排。"

"后排座位更好，伯尼。这样我就可以守着门口。"他凑上前来，压低声音。店里没有客人，但或许他不希望被拉菲兹听到。"我查了那个电动剃毛刀上的指纹。东西可以还你了，不过换了我是你的话，我会买个新的。那玩意儿已经裂了，而且出故障不能用了。"

"我知道。你查到那些指纹的主人是谁了吗？真快。"

"电脑的功劳，"他说，"所有事情的速度都加快了，连华盛顿的回复速度都变快了。当然此事不必经过华盛顿，因此就更快了，指纹刚好属于某个纽约当地人，我们已经有他的档案了。"

"我想到过可能会是本地人的指纹。"

"指纹中有一部分不完整，看大小像是女人的，不过我没传到华盛顿去查，因为我想你有兴趣的是另一套指纹，也就是最新印上的那批，既完整又清晰，而且的确查到了点苗头。你对威廉·约翰逊这个名字有印象吗？"

"没有。"

"是啊。你最好不要去打扑克牌，伯尼。其他人一眼就能看穿你手上拿的什么牌。好吧，这个约翰逊是最不可能拿过那个该死的电动剃毛刀的人。你心里也这么想吗？"

我该料到会有这样的结果，这阵子发生的巧合实在太多了。而威廉·约翰逊又是个很常见的名字，我也是因此才挑这个名字当我银行保险箱的主人。即使如此，我真没想到多年来首度去造访那个保险箱之后不到一个小时，又听到了这个名字。

"不可能是同一个威廉·约翰逊，"我说，"我会有那样的反应是因为——"

"你的确有反应。你看上去就像吃到了一颗发臭的蛤蜊。"

"雷，我当童子军时，我们辅导员的名字就是这个。威廉·约翰逊。我不到一个小时前才刚想到他。"

"所以呢？"

"他有了麻烦，所以可能也留下了前科。不过他出事时不是在纽约，所以我想应该不是同一个人。那个把指纹留在电动剃毛刀上的人多大年龄？"

"三十四。"

"不是同一个人。我认识的那个威廉·约翰逊现在绝对有六十几岁了。这个约翰逊有前科吗？有也不意外。"

"你怎么认识他的，伯尼？"

"直到一分钟前，"我说，"我连他的名字都还不知道呢。"

他看了我一会儿，然后耸耸肩。"好吧，"他说，"倒不是说我相信你，不过你找到了那本至关重要的书，所以或许你知道自己在做什么。这个约翰逊已经被逮捕过六次了，被控告的罪名有伤害、恐吓和几件妨碍秩序罪。他呢，就是个瞎搅和的闯祸大王。"

"他坐过牢吗？"

"要定罪才会坐牢。他从来没被审判过。他舅舅是迈克尔·夸特罗内，你或许听说过他。"

"做投资的。"我说。

"这是他的说法。多年来他涉足了一些投机事业，他们给很多人打电话，让你买他们推销的股票。等你上钩了，股价就直线往下落。这些家伙就这样骗钱，另外我们认为他也替他的朋友经营洗衣店。"

"你的意思是替他们洗钱。"

"你想洗衬衫的话，就拿去中国人开的洗衣店。但如果你想把某些贩毒的钱洗干净，夸特罗内或许可以帮你的忙。没有迹象显示这个约翰逊参与其中，顶多就是偶尔在那个投资事业的办公室里帮忙打打电话而已。他是夸特罗内妹妹的儿子，所以只要我们逮捕他，他就能找个很厉害的律师帮他脱罪。平常他游手好闲，必要时才会去工作，比方去卡车公司帮忙，或者在夜总会当保镖。"

"看起来后台很硬，"我说，"你知道他住在哪里吗？"

"我们档案里的最新一个地址，是在西五十几街。你要吗？"

雷临走前提醒我，如果我要用魔术变出兔子来的话，他希望能在场，他走后我找出电话簿查阅。里头绝对不缺姓约翰逊的,其中还有不少威廉·约翰逊或 W. 约翰逊,但没有一个住在雷告诉我的西五十三街。我没有太惊讶。这个约翰逊的地址已经是三年前的了,而我觉得他不是会在同一个地方久住到足以生根的那种人。

我拿起约翰·桑德弗的小说,立刻沉浸在书中主角卢卡斯·达文波特那个合理得多的世界里。不过读了没几页我就得放下,因为和马丁约好的午餐时间到了。

32

"冒牌者"里有个规定，禁止在俱乐部里面做生意。当然，他们不会监控吧台或台球桌四周，以确定没有人在谈选角色或者看剧本的事情。他们想避免的是一副大家在这里谈生意的样子，因此规定进门时得寄放公文包。于是我把那个公文包放在柜台，马丁的那一份钱之前已经挪到了两个白色信封里。饮料端上来后，我就把信封递给他。

"这些是你的。"我说，他把信封一端抬高到足以让他看到里面装满了现金的程度。他眼睛微微一亮，把信封放进衣服两边的内侧口袋，隔着西装拍了拍。

"真是惊喜，"他说，"我根本不知道你已经，啊，打了美妙的一仗。"

"星期五晚上。"

"了不起。而且我想你成功了。从这两个信封的厚度来看，应该是非常成功。"

"里头有可能装的都是一美元的钞票，"我说，"但不是。可以说是大获成功吧。"我告诉他两个信封里面有多少钱，是总额的一成五。

"真是惊人，"他说，"最棒的部分是，这对那个带屎的家伙来说是个巨大损失。"

"对我来说，"我承认，"最棒的部分就是钱。"

"你完全有资格自己留着，伯尼。我很确定我当初自动放弃要抽成的。"

"没错，但为什么放弃呢？没有你的话，这事情也做不成。"

"很高兴你这么想。"他隔着西装拍拍其中一个信封，"反正我也不愁没地方花。"

我们边喝着酒——他的是马提尼，我的是白葡萄酒——边决定午餐要点什么，然后马丁写了张点菜单给侍者。我不知道这俱乐部点菜为什么要这样，那个侍者的听力没问题，也可以记住我们点什么，或自己写下来。我想是这家俱乐部喜欢行事与众不同，免得会员忘记他们是在私人俱乐部，而不是在某个餐厅。

侍者拿着那张纸离开后，我问马丁他还有没有跟玛里索联络。

"没有，"他说，"我也不希望有。那一章已经结束了，伯尼。她选择了另外一个男人，而且她完全有资格做这个选择。我已经摆脱了那种想惩罚他的强烈欲望，这点我必须说，是我们合力达成的，但我不想惩罚她，或再把她抢回来。就像我刚刚说过的,那一章已经结束了。"

"很高兴你这么说,"我说,"不过我很好奇,我们能不能偷看一两页。"

"什么意思?"

"我有一两个问题想问问玛里索。她母亲是从波多黎各来的吗?"

"这个嘛,是波多黎各裔。我相信她生于布鲁克林。"

"她父亲则是从北欧来的。"

"是波罗的海的某个共和国。很特别的组合,不是吗?冰与火。"

"你不记得是哪个波罗的海国家了,对吧?"

"总共有三个小国,不是吗?有两个是L开头,她父亲就来自其中之一,第三个国家我记不得了。厄立特里亚?不,不是这个。"

"爱沙尼亚。"

"爱沙尼亚,当然了。厄立特里亚在哪里?不,别告诉我,因为不管在哪里,反正她父亲不是从那儿来的,也不是从爱沙尼亚来的。这样有帮助吗?"

"可能有。你告诉过我她姓什么吗?因为我好像不记得了。"

"可能没说过,等一下你就明白为什么了。她姓马里斯。"

"马里斯?马里斯有什么不好?我的意思是,罗杰·马里斯①用这个姓不也很好吗?"我想了一会儿,"哦。"

"哦,没错。玛里索·马里斯。我原以为可以说服她改名,但她不肯。她觉得自己的姓名出现在戏院遮檐广告或者工作人员表上看起来会很独特,不会让人觉得可笑。我想她是对的。现在她的名字反正不会再和我的名字并列,我看她名字的眼光就更客观了。"

我懂他的意思。把玛里索·马里斯和马丁·吉尔马丁两个名字并列,简直是太可怕了。

"她想对她父母两边的族裔致敬,就是波多黎各和立陶宛,或者是拉脱维亚?"

"几乎可以确定就是拉脱维亚了。"

"是吗?"他皱起眉,然后耸耸肩,"她说过她很幸运,她母亲曾想给她取名为伊玛库拉达·康赛普馨,可是她父亲反对。还真多亏他了。"

"马丁,她今年几岁了?"

"太年轻了。"他说着微笑了。我问他那换算成人类年龄该是几岁,他说她大约二十五岁。我算了一下,她应该出生在二十世纪七十年代晚期,排除了我本来想胡乱下的一个结论。除非——

她的父母,我问,是怎么认识的?在美国吗?或者,呃,在其他国家?

---

① 罗杰·马里斯(Roger Maris, 1934—1985),美国职棒大联盟一九六一年的全垒打王,单季六十一支全垒打纪录高悬三十七年之久,被称为"马里斯障碍"。

"在布鲁克林，"他说，很有教养地没问我为什么想知道，"她父亲在二十世纪六十年代晚期或七十年代早期来到纽约。当初是借着到多伦多参加一个西洋棋锦标赛时叛逃，然后设法移民到了美国。他当时住在山脊湾，她则住在几个街区外的日落公园，然后他们相遇、相爱。"他抬起头看着我。"如果你还想知道更多，"他说，"那就得问她了。她大概还住在原来的公寓里，不过得靠那个带屎每个月开支票供养。你要我把地址给你吗？"

这是连续第二次谈话以同样的方式收场，对方提供了我一个地址。再多一次的话，我就要把这件事加进巧合的名单里了，但目前为止，好像还没巧到那种地步。不过我的确记下了玛里索·马里斯的地址，还有她的电话。

我直接回书店，整个下午最有趣的事发生在《猎杀莴苣》这本书中。我看到剩最后五十页时做了记号，合上书，因为下班后到饶舌酒鬼喝一杯的惯例聚会我已经迟到了。我到了那儿时，卡洛琳已经坐在我们平常坐的那张桌子前。她没落单，不过看起来好像巴不得落单似的。

我说："嗨，卡洛琳。嗨，雷，"然后找了个位置坐下，她在我左边，他在我右边，如果他们决定要来场网球对决的话，我刚好就坐在主裁判的位置。

"你来了真好，"雷说，"小矮人跟我已经彼此越看越不顺眼了。"

"一定是天气的关系,"我说,"气压什么的。你们两个一向处得很好呀。"

"你这些寒暄的客套话讲得越多,"卡洛琳说,"他就会在这里待得越久。"

"我差不多要走了,"雷说,"伯尼,你记得那胖子皮夹里的几张剪报吗?他们把俄文翻译出来了,全都是有关'林哥黑魔鬼'的。"

"是里加。"

"随便。他们找了个人负责其他剪报,想找个人来翻译,不过我敢跟你打赌,内容都差不多。"

"我不赌。"

"无所谓,因为反正我赢定了。跟你说,那些字母跟我们的一样,但没有一个词是你我能看懂的,不过有个词我倒是从译文里头认出来了,因为那是个名字。"

"库卡洛夫。"

"这你又是怎么知道的?"他举起一只手阻止我解释,"算了,伯尼。你已经查出些结果了,我只需要知道这些。现在随时都会有兔子飞出来了。"

他走出门后,卡洛琳说:"哈,他当然没付啤酒钱就走人了。你知道吗?我如果想摆脱他,得请他喝上一整箱啤酒才行。"

"哦,雷还好吧。"

"不,"她说,"不好。总之,会飞的兔子是怎么回事?"

"他希望我从公文包里变出一只兔子。"

"你公文包里有兔子?"

"或是从我帽子里变出来,不过反正我也没帽子。他要我把所有人邀到一个房间,然后揭穿凶手的身份,我想不出要怎样才能办到。"

"因为你不知道发生了什么事。"

"啊,对于发生了什么事,我已经很有头绪了,"我说,"知道怎么发生、谁让它发生的。但这不是一般的案子,寻常案子里头会有几个锁定的嫌疑犯,凶手是其中之一。"

"我们根本没有任何嫌疑犯,伯尼。"

"我知道。通常会有各种人走进我的书店,到头来其中一个就是凶手。这回唯一走进我书店的是瓦尔第·伯金斯,就是拉脱维亚大使馆的那个胖子,但是他不可能是嫌疑犯,因为他很快就被杀了。"

"所以你打算怎么做?"

"我什么都不该做的,"我说,"我已经干了一件收获颇丰的活计,并且全身而退。甚至中间还交到了一个女朋友。这不是认识姑娘的好方法,我不会推荐给任何人,但在这件案子里头进行得还不错。其实我已经把关于我的真相告诉她了,这种事通常我会避免的,可是我别无选择,而且目前为止她好像还能接受。所以我现在可以停下来，让警方去破案或不破案，一切都会平安无事。"

"可是你不会停止，对吧？"

"不一定。"

"是哦，没错，"她说，"可能性不大，伯尼。"

我打电话给芭芭拉，发现是答录机便挂了，又试了她的办公室。看起来今天会工作到很晚，她说。我则说我可能也一样，还有些事情要去办。她提醒我，她是宣誓过、有义务的法院人员，所以如果我要去办的事情不合法，那她宁可不要事先知情。我叫她那个漂亮的小脑袋不必伤神，于是她给了我一句建议，我想了想，她这句建议从字面意义上来看是不太可能在物理层面付诸实践的。"请原谅我说拉脱维亚语。"她补了一句，然后我们一致同意明天再谈。

我搭公车到三十四街，吃了一片比萨又喝了瓶可乐，然后搭了横向的公交车到列克星敦大道。我拜访了半打酒吧，包括帕西法尔，不过在每家都待了不超过两分钟。我还打了几个电话，包括打到河谷区的科兰多·梅普斯家。一个男人接了电话，我说："不知道这个电话对不对，我想联系克里弗·梅普斯，是一位作家。"

"我没听说过，"他说，"我还不知道有个叫梅普斯的作曲家。他写的是哪一类音乐？"

"哦，不是音乐，"我说，"他是写五行打油诗的。非常有才华。"

"那祝福他。"他说，然后挂掉电话，接下来我花了足足二十分钟胡乱幻想有关可怜虫梅普斯的押韵传说，他卷入了一些可怕的纠纷，麻烦缠身掉了不少积分，诸如此类的内容。最后一行可以是，女人的身材都形态各异，醉酒尿湿了帘子和墙壁，不过中间的对句我怎么都想不出来，最后终于命令自己放弃。如果你想费脑筋续上，请便。

其他几个电话是打给马丁给我的那个号码，我因此听到了玛里索·马里斯的录音，邀请我留话。她的声音很好听，感觉不出任何波多黎各或拉脱维亚口音，听起来就像来自宾州奥克蒙镇的年轻女郎。

我没留话，连个假的、看她是否在过滤电话的留言都没有。她是个女演员，她不会过滤电话，电话铃响她就一定会接，就像她一定会永远怀抱着希望那样。如果转到答录机，就表示她出去了——不是跟梅普斯，因为此时他人在德文郡小巷的古老大房子里，试着不要去想一首里头有他名字的五行打油诗。

我往上城西边走，经过时报广场，沿路碰到没坏的公共电话，就停下来试着再拨给玛里索。我手指搭在听筒钩架上，一听到答录机就立刻挂断。如果你动作快，就可以拿回退币。我每次都成功，只有一次失败，我觉得自己真厉害，因为即使没有答录机，纽约公用电话的退币率也只有百分之六十左右。

这招我太拿手了，结果在第九大道和四十六街交会口一家杂货店外墙上的公用电话拨号时，我挂断又掏回硬币后才意识到刚刚不是答录机。声音跟答录机里面一样，不过是现场本人讲的，但我还是照样挂断了电话。

我又拨了一次——号码都会背了——这回她的"喂"声音有点尖。"对不起，"我说，"我是刚才打电话来的，恐怕之前断线了。"

"我还纳闷呢。"

"还好你在家，"我说，"你不要走开，我几分钟内就到。"

我急忙赶过去。那幢大楼是地狱厨房那一带常见的出租公寓，每层楼有四户，3C 的电铃上标着"马里斯"。我按了铃，对讲机里面杂音大得听不见她的声音。"是我。"我说，大概说了等于没说，不过足以让她满意，按键开了门锁让我进去。

我一次跨两层台阶上了楼，正要伸手敲 3C 的门时，门刚好打开。来开门的年轻女子高而纤瘦，有种小马般生涩的魅力。她有波罗的海般的蓝眼珠和蜂蜜色的头发，高高的颧骨，深褐色的皮肤，还有宽而丰润的嘴唇，真要感谢最高法院撤销了那些愚蠢的法律，那张嘴让人想到的销魂事现在已经不违法了。

她看起来吓坏了，但不一定是被我吓的。"你是谁？"她问道，"你为什么来这里？你想干什么？"

"我名叫伯尼·罗登巴尔。"我说，"我想跟你谈谈瓦伦丁·库卡洛夫。"

她往后退了一步，一手掩着她那张妙不可言的嘴，然后突然哭了起来。

33

离开玛里索的公寓时已经过了十点。我走回第九大道，招了辆出租车，这一整天下来我好像已经打了很多回出租车。有时我会好几个星期都不打出租车，然后又忽然打个不停。

这辆出租车载我到帕西法尔门口，我下车看到眼前有一名长得像猫头鹰的年轻男子，他一脸不相信自己这么好运的表情，要么是没想到一辆空出租车就这么停在了他的眼前，要么就是没想到那个年轻女人会抓住他的手臂，准备跟他共乘这辆车。我跟他们打了个招呼，然后走进酒吧。

稍早我来的时候，西格丽德还没开始值班，不过现在她已经站在了吧台后面，替"感谢老天星期一结束了"的酒客们服务。我不动声色地扫视整个酒吧一圈，然后走到吧台前找到一个位子。她走过来说："不是拉弗格就是圣培露。你今天晚上想喝什么？"

我想来杯白兰地——这一天真是漫长——不过点这个就太不懂得做人了。于是我要了拉弗格,她端上来时,我弯弯食指示意她靠过来。"上个星期五,"我说,"我跟一个名叫芭芭拉的女人讲话。深色头发,盘成一个髻——"

"我记得。"

"你当时告诉我们,说那天晚上稍早有个家伙想钓你,"我说,"然后你忽然一百八十度转弯,改变了话题。"

"哦?"

"你转得很不流畅,"我说,"她没注意到,但我注意到了,可能是因为我正在留心这件事。我猜那之前两天你也在吧台当班,那个家伙就是当天跟她一起回家的那个,你一想到其中的关联,就立刻扯开话题。"

"那只是你的猜测,对吧?"

"是个成熟的猜测。"

"嗯,你看起来像个成熟的人。或许你还够聪明,可以告诉我为什么要和我聊这个。"

"我希望你能帮我找到他。"

"我为什么要帮你?"

"我知道他的名字,"我说,"我名叫伯尼·罗登巴尔,你要追查我的话,有这名字就够了。他则名叫威廉·约翰逊,全曼哈顿叫这名字的不止他一个。"

"你对他的事情知道得比我还多,"她说,"如果不是你告诉我,我连他的名字都不知道。不过你还没说我为什么应该帮你找到他。"

"他那天跟芭芭拉回家,让她吃了两颗如飞丸,等她失去意识后就强暴了她。"

"天哪!"

"然后他自己动手拿了几样纪念品回家。"

"真是狗娘养的,"她说,"我以前就在怀疑,不知道他在搞什么鬼。我知道他一定在做什么让人毛骨悚然的事,没想到结果还不仅仅是毛骨悚然。"

"我想那不是他第一次给女人下药,"我说,"而且我也不认为那会是最后一次。我想给他一点制裁。"

"天哪,可不是吗。我希望最好动个手术。你等一下。"

她走到吧台那头,给一个顾客添酒,我喝着自己的拉弗格。"我真不懂你怎么有办法喝那玩意儿,"她走回来时说,"我觉得就像在喝药似的。"

"而且药效很强。"我表示同意。

"酒这玩意儿的特点是,"她说,"你不会喝腻。如果你在比萨店工作,过两个月你就会不再想吃比萨。但在酒吧工作,你还是喝得像以前那么多。"

"你也来一杯吧。"

"谢谢,不过当班时我不喝酒的。你刚刚说,你希望我帮你找到那个上帝赐给女人的礼物。我很乐意,可是想不出能怎么帮你。你不是警察吧?"

"不是。"

"我也觉得不像。不过有可能是私家侦探。我就认识六个,我敢发誓他们唯一的共同点就是都有州政府发的执照。"

"这就把我排除在外了,"我说,"州政府绝对不会发给我执照。"

"你品格有问题吗?"

"比那个更糟。重罪。"

"好家伙。不是强暴吧,或者其他下流的事?我就不多问了。我还是不知道能怎么帮你。"

"你可以描述一下那个家伙的样子,我对他的长相一点头绪都没有。"

"芭芭拉不肯告诉你吗?"

"芭芭拉什么都不记得。"

"那你到底怎么知道他名字的?而我又怎么知道那就是想钓我的那个家伙呢?"

"你见过他们两个一起离开酒吧,这点你没忘记吧?"

"哦,没错。但或许她把他给甩了,然后去哪个地方钓上了另一个惊奇小子,这个人才是给她下药的。我只是希望你能提到一件有关他的事,让我确定我们谈的是同一个人。"

"他的声音很低沉。"

"是了,是他没错,狗娘养的。可是你到底怎么会知道这点的?"

"这是机密。"

"机密,是吧?你等一下。"她离开了,然后我又喝了一口我那杯药,这时她回来了。"我可以描述他长什么样,"她说,"他大约六英尺三,胸部厚实,肩膀很宽,肌肉发达,是在健身房练过的那种,或许也用了类固醇。二头肌大得就像大力水手吃了菠菜似的。"

"肌肉发达的高个子。"我说。

"深色皮肤,好像他离开健身房就立刻进了美黑沙龙一样。黑头发,偏分,用摩丝或发胶之类的梳得光亮服帖,碰到飓风也不会吹乱。他有个大下巴,没大到像杰·雷诺,不过还是挺明显的。眼窝很深,有点斜眼。"

"你描述得非常好。"

"你这么觉得吗?我觉得这好像符合很多人。光凭这些叙述,没法从一群人中认出他,对不?啊,我知道了!"

她转身拿了一个点酒单和铅笔,从点酒单上撕了一张纸,翻过来放在吧台上。"我去上过一门课,"她说,"用右脑绘画。秘诀在于运用右脑模式。我喝了你不介意吧?"她抓起我那杯拉弗格,一口喝尽。"可怕,我真不懂你怎么能受得了这种酒。等我一下就好。行了,我想我已经转换到右脑思考模式了。"

她开始素描,我惊异不已地看着迷奸芭芭拉的男伴在那张纸上逐渐现形。"他长得不错,"我注意到,"单凭长相要找女人也不会有困难。"

"我想是吧。不过不是我喜欢的类型。"她把铅笔转过来,用橡皮头擦掉嘴巴附近的一块,然后再画。"我喜欢老一点的男人。"

"他三十四岁。"

"嗯,他大概晚生了三十年。'如果你头发没白,就请你走开。'这是我的座右铭。"

"真的?"

"年纪大的男人懂得怎么对待女人,"她说,"一方面,他们会纵容你,可是同时他们又能看穿你的谎言。他们可能觉得说谎很有魅力,不过心里知道那些都是屁话。这份工作最糟糕的地方就是顾客都太年轻。我从没碰到过我感兴趣的人。"

"我所认识的年纪大的男人,"我说,"不是已婚就是同性恋。"

"那些同性恋者就不必了,不过已婚的没问题。我跟家里有老婆的人在一起会更愉快。"她朝着那张素描皱起眉头,把图转向我。"很接近了,"她说,"但是不完全一样,而且——妈的,我去死好了。"她拿起那张图,在手里揉成一团,扔到肩后的吧台后方,纸团掉到了占边威士忌和美格波本之间。

"嘿,"我说,"这虽然不是梵·高的世作,但我可以用得上呀。"

"你不需要了。先别回头。你不会相信谁刚刚走进门了。"

* * *

我当然相信。我早就应该料到的。有了巧合的长臂在掷骰子，威廉·约翰逊怎么可能不在西格丽德刚完成他画像的最后一笔时现身？

然后，在我可以看一眼原版的时候，我必须说她画得太像了。此刻活着的本人近在眼前，能感受到他有一种她未能完全表现的腐败放纵的气息，嘴巴周围让人想起某些罗马帝国的皇帝。但不是马可·奥勒留，而是比较像暴君尼禄，或者卡里古拉。

他穿着无袖的紧身T恤，展露出三角肌和三头肌，而且紧紧绷着他招摇的胸部肌肉，紧身牛仔裤炫耀着臀部肌肉。还没到夏天呢，他已经全身晒成了深褐色。他刻意地搜寻着整家店，然后朝吧台尾端走，那里有两个女人坐在一起。

"好戏上场了，"西格丽德说，"他找到目标了。"

"要看他能不能拆散那两个人。"

"如果他给她们下药，"她说，"可能就不必拆散她们了。他可以把两个都带回家。"

"她们都是短发。"我指出。

"所以呢？哦，你是指她们可能是同性恋吗？我想不是，不过只要他喂她们了吃如飞丸，是不是同志又有什么差别呢？"

"有道理。我们该怎么办？"

"不知道。难道你没有计划吗?"

"我是打算跟踪他回家,"我说,"然后查出他住在哪儿。但如果他最后跟着她们回家,那我的计划就行不通了。"

"而且这一夜也不会是她们所期望的那样。来吧。"

"来吧?来做什么?"

"即兴发挥,"她说,"你去帮他钓这两个妞,我来招呼每个人喝酒。"

我已经知道,西格丽德是个演员和模特儿。她也向我证明过了她那令人羡慕的脸部素描能力。我乐意相信她有多种才华,其中某些更有趣的我未能得知,因为我对她来说太年轻了。其中的才华之一,就是桌面魔术,我不懂她是怎么变的。两轮酒喝下来,奥黛丽、克莱尔和我都清醒得足以开车通过障碍场地,但威廉·约翰逊却呈现昏迷状态,随时要倒下去。

那两个认为约翰逊和我至少是正派人的女人,发现他忽然陷入口齿不清又眼珠乱转的白痴状态后大感惊慌。西格丽德的反应则好像他整天玩这套似的。

"哦,又来了。"她说,扯着嗓门让整间酒吧都能听到,"其实他人还算好,不过我以后再也不卖他酒了。伯尼,拜托抓住他好吗?免得他溜下椅子,把他那个空空的脑袋砸在地上。"

她从吧台后面绕出来，请一个常客帮忙照看一下，然后我们两个各自扛着他一只手臂，架着他走出门。他是个大块头男人，不过西格丽德是个大块头女人，而且一定也有肌肉，只是不像他那样招摇。我们两个架着他走过那个街区，绕过街角，路上没遇到什么障碍。第三十七街上有条窄巷，两边是公寓大楼；我之前寻找下手机会时就注意过这条巷子，于是就把他弄到这里来了。

我们扶着他来到巷子后方时，一些城市动物从垃圾桶间四散逃逸。我们大概进到四分之三处，把他转过来，然后轻轻一推，他仰面倒下，头撞在砖墙上。他四肢张开躺在那儿，大下巴松垂着，口水从嘴角挂下来。

"妈呀，真有魅力呢。"她说。

我俯身拿出他的皮夹。想都没想就掏出里头的钞票，分一半给她，剩下的塞进自己口袋。"他喝醉了，"我解释，"在巷子里晕了过去，被一群小混混给洗劫一空。"她看了那些钱一会儿，然后收了起来，我则翻着他的皮夹寻找现居地址。他的驾驶执照上写着他住在靠列克星敦大道的第四十街，是不到一年前更新的，所以或许就是现在住的地方。我本来打算把地址抄下，但带走驾照更简单，同时我还抽出了他的信用卡。

这让西格丽德抬了抬眉毛。"我不打算用，"我说，"不过他不会知道，所以他就得费事打电话给发卡公司挂失。"

"很好,"她说,"看看他,这个仇女的王八蛋。我可以朝他的关键部位踢一脚,他根本不会有感觉。但说不好其实会有?"她决定要搞清楚,但实验的结果不甚明确。他呻吟了,可是没有真正被惊扰。

"反正他醒来就会感觉到了。"我说。

"天哪,希望如此。你看看他吧,简直太完美了。真可惜他没吐在自己身上。"她想了会儿,说,"哦,我可以帮帮他。"然后她伸出一根手指掏喉咙,吐了一大摊在他身上,慷慨地弥补了缺失的元素。

"青春期暴食症,"她解释道,"我很多年前就不再这么做了,可是一旦会了就永远不会忘掉,就像骑自行车。"

"或是游泳。"

"没错。我最好回帕西法尔,免得贝瑞把店给卖了。"她捏捏我的脸颊,"你真可爱,可惜年轻了二十岁。"

"我会尽快变老的。"

"你有没有风流成性的叔叔呢?哦,我知道刚才我想问你什么了。我们刚走进巷子时听到的那个声音,某种生物四处逃窜的声音,那是老鼠吗?"

"恐怕是。"

"很好,"她说,"我们就祈祷它们肚子饿了吧。"

34

威廉·约翰逊家大门的锁平淡无奇，不过因为某些原因，我却吃了点苦头。我一边专心对付那个锁，一边想不通刚才给他搜身时，怎么没想到要拿走他口袋里的钥匙。这样事情一定会简单得多。

我一进门，第一个想法就是我来迟了，有人不知怎的抢在我前面来过了。那个公寓是个很大的L形工作室，看起来好像刚被一伙人彻彻底底翻过，沿路随手拿了东西就乱扔。这可真是为一连串的巧合再添上了一笔，我花了好几分钟才搞明白，自己是约翰逊家的第一个、而且是唯一的非法入侵者。整个地方乱糟糟是因为他就是这么生活的。或许，我心想，他在芭芭拉家把装首饰的抽屉拖出来扔在地板上并没有恶意，或许他其实并不是要恶意搞破坏，或许他只是帮芭芭拉重新布置了一下罢了。

他家的状况让我的工作困难了许多。如果连地板都要搜索的话，想找东西就没那么简单了。而且很奇怪，要把搜过的地方恢复原状也同样不容易，因为你怎么知道东西原来放在哪里？

我尽力而为，毫不迟疑。根据西格丽德的说法，他喝下了双份氟硝西泮，原来打算给奥黛丽和克莱尔的胶囊最后都到了他的酒杯里。这样的剂量足以让他昏死过去，但谁知道能持续多久？我希望在他回家之前离开。

离开前，我又花了点时间把他的锁给锁上，一切保持原状。第二次对付那个锁就快多了，不过如果有他的钥匙还会更快。然后我再度安慰自己，如果我拿了他的钥匙，那他就会发现钥匙不见了，然后可能会怀疑拿走钥匙的人去过他的公寓。

我走了一两个街区，沉浸在非法入侵又脱身之后的欢快中。天气挺冷的，所以我把双手插在外套口袋里取暖，这才发现身上还有他的信用卡。我本来打算扔掉的，但觉得这样太浪费了。虽然我不打算刷威廉·约翰逊的信用卡去买DVD播放机和苹果笔记本电脑，但又何必因此剥夺其他公民的这种乐趣呢？

我把那些信用卡随手乱扔，扔在一眼就能看见的地方，任何经过的人都可以捡起来尽情使用。若是良心像约翰逊的上身那般过度发达的人，会去寻找失主归还。碰到一般良善正直的百姓，会把卡片留在原来的地方。而一个真正有进取心的人，一个有活力和欲望改善自己生活的路人，就会尽快好好利用那些信用卡。

* * *

出租车停在我面前时，我真想直接回家，让这一夜到此为止。然而，我给了司机一个公园大道的地址，到了之后才发现是位于六十二街和六十三街之间。

我要找的那幢建筑是个提供全方位服务的奢华公寓住宅，楼下有个管理员，电梯里面也有服务员。进入这类建筑的唯一方法，就是耍花招蒙混过关；最理想的方式是找个真正的住户邀请你进去，然后出来时稍微拐个弯。三更半夜当然很难安排这类事情，我也没有时间去准备。上帝保佑，我又在伺机下手了，而且我找不出其他方式办这件事。

幸运的是，我不必经过楼下门卫，也不用用电梯。这幢建筑两侧的入口各有一层向下的阶梯，通往一组位于地下室的办公室，大多服务于医疗事业。我想去的那间位于左侧，只要能下得了阶梯就没问题了。我开锁时站的位置从街道上看不见，而且我相信那道门上不会有防盗警铃。

那里真正有的，是一个安保摄像头，而且我从外头就看得到那个该死的玩意儿。我不在乎被录进录像带，因为除非有罪案发生，否则不会有人检查那些录像带。我打算进行一桩犯罪行动——我打开那扇门时就算是犯罪了，甚至当我走下那道阶梯却没有合法的理由时，可能就符合了非法入侵的定义。但如果一切进行顺利的话，没有人会知道我去过，所以为什么要检查那些夜间录像带呢？

如果我经过摄像头前时，管理员正好看着他桌上的闭路电视监控器的话，我就有被当场抓住的危险。管理员不会总坐在那儿盯着荧光屏看，否则他们会疯的，但他们只要刚好在错误的时机朝电视瞥一眼，然后拿起电话拨九一一，就会又有一名倒霉的小偷成为州长的客人，赢得州立监狱的一间牢房。

我找了个公用电话，拨了一个号码，然后回到可以观察那幢大楼的地方。当比萨外卖来的时候，我就展开行动，匆匆冲下那道阶梯。那道锁是小意思，而且我没花多少时间就找到了要找的东西。我从一个书桌抽屉里拿了一张纸，写下必要的内容，然后折起来放在口袋里，我就只拿了这一样东西。除非他们把信纸拿出来数一遍，否则没人会知道有人来过。

我匆匆出去。本来不想锁门的，但其他事情我都做得完美无误，不想在这里出差错。我把锁挑上锁好，然后快步走上阶梯离开。危险的部分就在这里，因为从我站着的地方没法看到那个管理员在做什么，不过我走出去后回头一看，发现自己完全不需要担心。那个比萨外送员还在那里，对着手机不停地讲话，管理员则双手撑在臀部站着，看起来他们还得花一阵子才能把事情搞清楚。

我叫了辆出租车回家。

* * *

我真想待在家里,我那卑微的居所从未如此受欢迎,我的床看起来也从未如此诱人。我决定躺一下就好,然后告诉自己别蠢了。我弄了点咖啡煮上,同时赶紧去洗个澡提神,出来后在咖啡里扔了两块冰,这样就不必等到它凉了。

我真的必须再跑一趟河谷区吗?

我想不出任何办法避免。我花了几分钟准备要带在身上的小包裹,然后硬着头皮出发。我四处走了一阵子,找到了那辆水星黑貂,打开门,对付那个启动器,然后开了九或十英里路到河谷区,没迷路就找到了德文郡小巷,然后停了车,不是停在梅普斯家的车道——不熟悉的汽车引擎声出现在自家车道上,可能会惊醒梅普斯或他太太——而是两个街区外。我走了两个街区的路回来,注意到这个时间不会有人没事走在住宅区的街道上。我走上车道,来到侧门,渴望地凝视着。之前我把警铃设定为绕过这道门,除非有人注意到,否则现在应该还没变,可是我无从得知,除非开门试试看,而如果梅普斯夫妇重新设定过——唉,这个句子我不想讲完。

剩下的方法就是牛奶滑道了。简单说吧,这回我没有卡住。进去时没有,出来时也没有。

我开车回家,把车子停在当初找到的地方——这个时间谁会来抢我的停车位呢?我回到家,跟爱德加友善地问安后,直接上床睡觉。

35

"伯尼,我真不想说,可是你看起来不太性感。"

"很好。"

"是吗?"

"我感觉上也不性感,所以宁可外表看起来也是如此。我四处奔波到天亮,累得可以一觉睡到天黑,可是我逼自己设定了闹钟,铃响时又逼自己起床。别问我怎么办到的。"

"我不会问的。"她说。此刻我们在贵宾狗工厂。我十一点开了店门,之前先顺路去二十三街买了个新的预付手机。我用它打了几个电话,然后去"坎大哈二人组"买了外带午餐,现在边吃边跟卡洛琳报告我的新进度。

她说她无法相信我一个晚上能办完这么多事情,我想了想,觉得自己也无法相信。"我一直想放弃,"我说,"那个可怜的比萨外送员出现的时候,我真想走过去付钱拿走比萨,带回家,吃掉,然后上床睡觉。"

"但你没有,而是闯入了梅普斯的办公室。你有没有偷什么药?"

"我跟你说过了,我什么都没拿。"

"你费这么多工夫进去,只是为了看他的预约登记簿。"

"没办法,为了安排一些事情。我安排的摊牌大会,可不能撞上他要为某个来自拉奇蒙镇的小女孩做个新鼻子,好迎接她美好的十六岁生日宴会。我做任何安排之前,得先知道他的工作时间表。"

"然后你今天上午打电话给他?你怎么知道要说什么?"

"我不知道,反正见机行事。'梅普斯吗?我想你知道我是谁。'然后显然他也这么认为,因为我们就继续谈下去了。"

"伯尼,你就用这个声音讲话的吗?你是不是在刻意模仿什么人?"

我想了想。"也许是布罗德里克·克劳福德吧,"我说,"装出那种深沉的声音,不是他演电视剧《公路巡警》里面那种好人的声音。总之,我想让自己的声音听起来有威慑力。"

"嗯,那你挑了个不错的声音。你还用这个声音打了其他电话吗?"

"没有,因为我不觉得其他电话该用威胁的声音。其中某些电话我希望自己的声音听起来讨人喜欢；其他电话我则只希望自己听起来像个讲道理的人，提出合理的提议。真奇怪，因为我在打电话给一群我不认识的人。"

"电话推销员向来都是打给不认识的人，伯尼。"

"'喂，夸特罗内先生。你好吗？'"

"是啊，真不明白他们怎么做到这样推销的。我唯一遇到过的谈话前先向我问好的，是蒙赛拉特的一个傻瓜想向我推销到奥马哈的分时度假。"

"你确定不是反过来吗？重要的是，他们要让你觉得接下来要进行一场严肃的谈话，但他们大多自己都没体验过那种东西，所以无所适从也很正常。换了我自己也会不知所措，因为在不知道对方对我要推销的东西是否感兴趣之前，我是不想多扯的。如果对方没兴趣，我就只想赶紧再试下一个人。比较困难的部分是要判断对方是真的感到困惑，还是只是在装傻。总之，我告诉他们时间和地点，然后我们就等着看谁会出现。"

"有几个人会来？"

我掏出名单。"名字前面打钩的，是我今天早上打过电话的。我会叫雷去叫那些名字前面有星号的人。"

"嘿，我也在名单上呢。你希望我也去吗？"

"当然。"

"我的名字前面怎么没有打钩或星号？"

"因为我今天上午没打电话给你，"我耐着性子说，

"而且我想也不必由雷去叫你。我可以直接告诉你。"

"没问题。"她说,浏览着那份名单,"芭芭拉·克里利。我猜你也会通知她,对吧?她是律师,聚会和结案对她来说是家常便饭。她有空吗?"

"希望有。如果她没空也不至于影响大局,不过我希望她在场。"

"鬈发小妞!你把蕾西也列进名单了吗?为什么你写的是她网上的昵称?"

"因为我昨天晚上没睡多少觉,今天早上精神不太好,所以想不起来她该死的名字是什么。"

"别这么凶嘛,伯尼。"

"对不起。我想你可能会希望她也在场,而且她应该会觉得很有趣。她跟这些事情都无关,不过有个意外的巧合,她跟芭芭拉是同事。我想要不要约她就看你了,由你决定。我个人是比较希望到时候人多一点。"

"我该带着我那两只猫吗?开玩笑的。"

"一点儿也不好笑。"

"老兄,你睡足觉的时候会可爱得多,对吧?这个名单很长,不是吗?我们再来看看还有哪些人。"

"这个名单可真不得了,"雷·基希曼说,"那家伙的屋子怎么塞得下?"

把他们从牛奶滑道塞进去就成了,我心想。"那个房子很大,"我说,"而且,或许不是每个人都会来。有些我打电话邀请时一副不知道我在讲什么的口气,而且或许有人明天下午有事。"

"气象预报说明天的降雨概率是百分之五十,"他说,"意思好像是说,他们不知道明天天气到底会怎么样。不论下不下雨,都会有一群人跑到布朗克斯区。我没听过这条街,'德文郡小巷',旁边的大巷是什么,伯尼?"

"犁人树丛巷,"我说,"你大概也没听过。他们称这里为小巷,因为它有一头是封闭的。"

"你的意思是,那是个死巷子?为什么不直接称为死巷?"

"应该可以吧,"我说,"不过我猜房地产商觉得如果用'德文郡死巷'这个名字,卖房子会比较困难。"

"不管叫什么,反正这条巷子就像汽车的捕蟑盒,进得去出不来。不知道是好事还是坏事。"

"我也不知道,雷。我对整件事开始想第三遍了。"

"你是指深思熟虑吧?"

"我已经深思熟虑过了,现在到了下一个阶段。整件事可能会失败。"

"你是说你可能变不出兔子来?"

"我连自己有没有帽子都不能确定。"

他一脸苦恼,或许是在想象我的变魔术行动如果失败的话,他该怎么办。然后他脸色一亮。"哎呀,你会成功的,伯尼。你每次都成功的。如果这回不行,唉,要命,反正这个名单上有几个人,我们可以根据一般原则进行逮捕。"

星期二下午剩下的时间,我又打了几个电话,甚至亲自出门去邀请两个人。我在饶舌酒鬼和卡洛琳碰面,又谈了些有关明天的行程,然后直接回家。我七点四十五分上床,七点四十六分就睡着了。整整睡了十二个小时,八点过几分才醒来。

我冲澡,刮胡子。然后在碗里打了几个蛋,用搅拌器搅匀,扔了些乳酪丝和一撮盐,又加上少许咖喱粉,做出了比转角餐厅更好的炒蛋。我还煮了咖啡,味道也同样完美。

洗碗时,我发现自己在吹口哨,有趣的是,我意识到我吹的旋律是《露出笑脸》。我看了看镜子,如果我没遵照那首歌的建议才叫见鬼呢。如果我再笑得开心点,就可以去当格林尼治的吉祥物了。

我发现,自己的心情出奇地好——当然,我得到了充分的休息,同时还精力十足、乐观积极。我正处于最佳状态,觉得好像没有什么可以阻挡我。

当然,我连家门都还没踏出一步呢。

36

大门边有门铃,那是当然,不过我抓起那个狮头门环,用力敲了两下。我听到脚步声,然后门打开,来开门的人在早餐桌上吹的口哨一定是不同的曲调,因为他的脸看起来不太像是标准的笑脸。我只能期望他口袋里没有枪,因为他看到我时一点也不高兴。

"罗森堡先生。"他说。

好吧,很多人都会弄错。除了亲戚之外,我从没碰到过其他姓罗登巴尔的人。我怀疑这个姓是早年在艾力斯岛某个工作过度劳累的移民站官员赐予的礼物,不过反正也没人知道原版是什么。听到的人都很容易误认成别的,而看到这个姓打印出来的人则很容易念错。我不懂为什么,其实够简单了,罗——登——巴,不过对某些人来说,这好像是绕口令。

"是罗登巴尔,"我说,"你是梅普斯医生。"

没错,但我讲的话却没能让他看起来开心点。除了表情颓丧之外，我必须说，他看起来很不错。我知道他年纪跟马丁相近，但他的脸看起来比实际岁数要年轻，眼睛下方没有眼袋，脖子上没有绉纱似的松弛皮肤，而且岁月在他脸上刻下了极少的痕迹。

他的头发是深色的，而且很浓密。看起来是比较年轻，我心想，但年龄却表现在他驼曲的肩膀和手背上的老年斑上。他可能啜饮过青春之泉，甚至把泉水泼在脸上过，但却没有把全身浸在泉水里。

他带我进屋来到客厅，他的太太正等在那里。她在茶几上放了一盘切掉面包皮的三明治，还有一壶用保温瓶装的咖啡，以及一对骨瓷杯碟。她要我当这里是自己家，又说让我们男人自己聊，她马上得出门，好赶上她下午的桥牌聚会。

梅普斯太太跟她丈夫一样，看起来比实际年龄要年轻，然后我纳闷着自己怎么会有这样的结论，因为我根本不知道她几岁。然后我打量着她的脸，紧实而没有皱纹，比她身体的其他部分都年轻。她体型矮胖，走起路来像个老太太，但如果只看她的脸……

然后，当然，我终于恍然大悟。上帝知道，这位先生是整容大夫啊。可想而知，他会使出浑身解数，给他太太一张最年轻的脸。其次，虽然他没法替自己动手术，但他肯定会找个技术高超的同行带给他最好的服务。如果看到整容医生的脸部皮肤垂到胸部，脸上到处都是疣，而且整张脸布满皱纹,可不会让上门来的病患有太多信心。那种困窘就像去看牙时,碰到的牙医长了一口参差不齐的乱牙。但只要偶尔修修补补,加上定期注射肉毒杆菌,就可以让岁月的痕迹消失。梅普斯自己的脸就是他的最佳广告。

至于他的头发,又黑又浓密……嗯,这个老家伙要不是戴了假发才见鬼呢。那顶假发很精美,但只要我仔细打量,就看得出不是真的,然后我忽然间觉得情势对我有利得多。知道对方戴的是别人的头发,再没有比这种事情更能让你感觉占上风的了。

我们站在那里,直到梅普斯太太倒车出了车道后开走。然后他指着茶几上那些食物。"我太太一定要准备的,"他说,"她坚持谈生意时表面上还是要维持社交礼仪,用在这里实在不对劲。不过如果你喜欢的话,就吃点三明治,喝点咖啡吧。"

"您真是太亲切了,"我说,"不过我有个更好的主意,你干脆把这些食物都收起来。这么点东西根本不够分,我不希望有其他人觉得自己被怠慢了。"

"其他人?"

"我大概忘了告诉你,"我说,"还有其他客人要来。我看看,现在有一张长沙发、一张双人沙发,还有些椅子。我们需要更多椅子。麻烦你帮我一下,我们先从餐室搬六张直背木椅过来。"

"你在说什么？我不欢迎其他人来我家。"

"你连我都不欢迎的，"我说，"不过反正事情就是这样。他们已经在路上了，即使我想阻止也来不及了。来吧，大夫，不要光站在那里装年轻，去搬椅子吧。"

我是搭地铁过来的，一点准时到这里。我们花了点时间把客厅塞满椅子，才刚刚弄完，早起的鸟儿就已经出来找虫子了。他们陆续来到，有的独自前来，有的两两成对，还有三人行，我代替那位不情愿的主人负起接待责任，去门口迎接来客进屋入座。他们大部分都照我指示坐下，沉默地耐心等待，不过偶尔会有人想知道到底怎么回事。我告诉他们很快就会知道了。

芭芭拉·克里利到了，蕾西·卡威诺基也来了，两人都不知道对方为什么会在场。"鬈发小妞"完全就像卡洛琳形容的一样，是比较女性化而细致的那种类型，而不是户外休闲型。她跟卡洛琳坐在那张双人沙发上，不过芭芭拉一到，她就往旁边挪开了几英寸。

雷带着三个人一起来，包括威廉·约翰逊（那个约会强暴艺术家，而不是银行保险箱的持有者）和两个警察，他们没穿制服，但你照样不会弄错。一个是女的，但还是看得出来她是警察。我不知道是什么泄露了他们的身份，或许是因为他们打量人的方式毫无惧色。

两名警察分开，都没坐下，一个站在前门边，另一个站在通往餐室的拱门下，严密注视着其他人。同时雷挑了一张单人扶手沙发,脚搁在成套的脚凳上,指示约翰逊坐在他左边的直背木椅上。约翰逊看起来还好——他有三十六个小时摆脱氟硝西泮的药效——不过他小心迈着步子,一副鼠蹊部被人踢过的模样。

下一个进门的人是玛里索·马里斯,人如其名,海蓝色的双眼和阳光般温暖的褐色肌肤。是我安排沃利·亨普希尔带她来的。今天这个聚会结束时,会有几个人可能需要找律师,而她是唯一应该得到好律师服务的,或许最好让亨普希尔从一开始就陪着她。

他们挑了长沙发,沃利坐在一侧,玛里索则在中间,她另一侧的座位随即被下一个进门的人占去了。他是个金发稀疏的瘦小男人,你可能会猜他是个画家,虽然他的蓝色牛仔裤上没有颜料。他是玛里索的堂兄弟,住在布鲁克林的老社区,名叫卡力斯·山克,这样你一听就知道他是玛里索父亲那边的亲戚。

目前为止,每个人都是按门铃,但下一个是敲门环的。我去应门,迎接三个穿西装的男子。第一个和第三个都是肌肉发达的年轻人,即使他们没像威廉·约翰逊那样,花那么多时间在健身房,看起来还是很像推挤角力赛选手。他们穿的西装是零售西装连锁店的大减价货,但中间那个人身上的是找裁缝量身定做的。他衣着整齐,胡子刮得干干净净,看起来像个成功的生意人,也许这也正是他的真实身份。他是约翰逊的舅舅,名叫迈克尔·夸特罗内。他环视客厅一圈，挑了个座位，可以看清室内各处，且背靠着客厅唯一一道结实无窗的墙。他的两个同伴则没坐下，各自靠着那两个警察站着。

几分钟后，又有两个穿西装的人来到，不过这两个看起来既不像生意人，肌肉也不发达。我猜他们一定是政府官员，结果没错，他们其中一个把证件亮给我看了。我还没看清名字他就又收了起来，之后我也一直没机会得知他的名字，所以没法告诉你。他的搭档没给我看证件，也没对我表现出太多尊重，然后他们两个挑了位子坐下，正襟危坐的模样就像是想当模特儿的人在上姿态课似的。

接着进来的人是个幽灵似的高个子，蓄着黑色山羊胡，理成平头的黑发上戴着黑色贝雷帽，进门时摘下了。他的宽松长裤和高领毛衣也是黑的，脚上的毡毛便鞋也一样。他还真像某种苦修教会里的隐修士，或者二十世纪五十年代格林尼治村的雅痞，只不过他身边跟着两个混混。他名叫乔基·布林斯基，住在布莱顿海滩的母亲们会用他的名字来吓唬小孩。

布林斯基看了客厅一圈，似乎只注意到了迈克尔·夸特罗内，于是朝他微微点了个头。夸特罗内也跟他点了个头，然后布林斯基找了把椅子坐下，他的两个随从则站在客厅的两个出入口旁，瞪着夸特罗内的随从，但没理会那两个警察。

接下来进门的是科尔比·里德尔，就是那个曾到我书店要找书看的人。他敲了狮头门环，不过非常犹豫，踏进大门来到客厅时也同样犹豫不决。"我还是不太清楚我为什么要来，"他说，"不过总之我来了。"

我帮他挑了一张椅子，免得他不知道该坐哪里，然后赶到门边替西格丽德·哈苏布莱德开门，她穿了一件布克兄弟的衬衫，袖子卷了起来，配一条膝盖处磨破的牛仔裤，脂粉未施，连口红也没涂，看起来动人极了。

接下来是格雷赛克先生，他是个矮胖子，一身衣服就像旧苏联开放前那个时代去参加苏维埃拖拉机维修会议的代表官员会穿的那种。他其实是拉脱维亚的外交官，身边跟着一名随从，但随从只送他到门口，就回到停在街对面的礼宾车驾驶座上了。格雷赛克似乎不认识客厅里的任何人，其他人也都不认得他。他挑了个位子坐下，静心等待。

他是在两点五分到的，我决定再等五分钟，节目就要开始了。我不知道你有没有在算，不过我想总共有二十二个人，包括我在内，但不包括礼宾车上的那个人。我可能少算了哪个。这个客厅很大，不过被我们给塞得满满当当的。

雷朝我使了个眼色，其余的人也坐立不安，这会儿如果不开场就该奉上饮料，否则这些人可能就要造反了。我就位，清了清嗓子，就在这时，门铃响了。是马丁·吉尔马丁，他穿着浅灰蓝的山羊绒外套，下身是灰白色法兰绒宽松长裤，看起来很光鲜。他的领口敞着，里面系着宽领巾，很多人这么打扮看起来会像个傻瓜，他却是少数的例外。

"对不起迟到了,"他喃喃道,"我碰到了一个地狱来的出租车司机,他一定是想找路回家。"我告诉他说他刚好赶上,然后他找了位子坐下。他一定注意到了玛里索·马里斯,也一定看到了科兰多·朗特里·梅普斯,又名带屎,不过他不动声色。

我已经清过嗓子了,不过这会儿我又清了一遍,好吸引每个人的注意力。我可以用来开场的方式有很多种,但照规矩有很多事情要交代,所以我就挑了最传统的一种。

"下午好,"我说,"相信各位一定很好奇,我为什么把你们召唤到这里……"

37

"很久很久以前,"我说,"波罗的海南岸有三个独立的共和国。西边是立陶宛,东边是爱沙尼亚,中间的则是拉脱维亚。这三个国家在第一次世界大战末独立,但在第二次世界大战开始后又消失了。一九三九年,德国入侵波兰,苏联也并吞了波罗的海三小国。然后,当希特勒在两年后进攻苏联时,纳粹德军便开进了波罗的海三小国,一路进军斯大林格勒。"

对于我这堂小小的历史课,听得最专心的似乎是拉脱维亚人,可是他们早已知道这段历史了。

"纳粹撤退后,"我继续道,"苏联红军再度进驻,苏维埃政府将以前的共和国纳为苏联的一个省。但这三国独立的渴望从未熄灭,最好的证明就是后来苏联在戈尔巴乔夫时代开始解体时,这三国就迅速宣告独立。

"在此之前的近半个世纪,第二次世界大战结束时,游击队躲在拉脱维亚的森林里,对苏联占领军展开了周期性的攻击。二十余年间,这些拉脱维亚大黄蜂不断叮咬俄罗斯熊。他们无法扭转局势,只是一小撮装备贫乏的理想主义者,但他们知道只要撑下去就够了。只要森林里有游击队,拉脱维亚独立的火花就永远不会熄灭。"

我看了一圈。玛里索蓝色双眼的眼角泛起泪光,她表哥卡力斯看起来好像随时都要鼓起掌来。而那位穿着三流西装的拉脱维亚使馆官员格雷赛克先生则专心听着,似乎毫不激动。

然而其他听众则越来越无法专心,好几个人在发呆。我设法加快进度。

"俄罗斯人当然尽可能去镇压动乱,消灭那些游击队,不过不是当成第一要务。如果这样的情势足够让游击队把大锅烧得沸腾,也就足够让苏维埃政府加在上头的锅盖不被冲翻。那些年有好几个人被派去镇压,他们的努力没有失败,但也没有成功。二十世纪七十年代早期,镇压游击队的任务落到了一个名叫瓦伦丁·库卡洛夫的人身上。

"库卡洛夫是俄罗斯人,大约就在俄罗斯的寒冬阻挡了纳粹大军逼近的那段期间于塔什干出生。他被派到拉脱维亚首府里加时大约三十岁,已经晋升到苏联国安会克格勃的高层。他追剿拉脱维亚游击队的方式,就像威廉·戈格斯[①]在巴拿马追剿传播黄热病的蚊子一样。任何涉嫌反

[①]威廉·戈格斯(William Crawford Gorgas, 1854—1920),美国军医,以灭蚊方式防治黄热病,因而促成了巴拿马运河的兴建。

苏维埃的行动都会被视为叛国而被处决。任何可能得知这类行动的人都会被审问，而讯问通常都是以死亡收场。他到拉脱维亚没多久，就被当地人称为'里加黑魔鬼'，而且后来被上司调职后，这个称号仍跟着他。他升了官，因为他做到了其他人办不到的事情。他并没有扼杀独立的渴望，没有人扼杀得了，但他让拉脱维亚人完全无从努力。几百名游击队员被杀害，还有好几百名被送到了古拉格的集中营，另外，有数千名拉脱维亚平民被迫迁徙到苏联的偏远地区，而他们的家园则被较可能忠于苏联掌权者的俄罗斯人所占据。

"在这段期间，库卡洛夫自己也不再那么忠诚了。在一次海外任务中，他被一个美国情报员策反成功，成为双面间谍。接下来好几年，他都在玩两面手法，直到他的克格勃上司识破，于是他告诉他在美国中央情报局的线人，说他想投诚。

"他们说祝他走运，但你只能靠自己。吸收'里加黑魔鬼'加以利用是一回事，但欢迎他来到自由的土地且帮他设法取得美国籍，那就完全是另外一回事了。"

"这个政府真他妈的该死。"迈克尔·夸特罗内说。

有几个人把头转向他，可是见他没再多说什么，就又把头转回来了。

"一九八七年，"我说，"库卡洛夫自己设法来到美国。他一定是伪造了护照，要安排进入美国的签证对他来说也不难。他已经刮掉了他的黑色大胡子,而且一到这里就买了一顶金色的假发,还把浓密的黑色眉毛拔得稀疏些,染成金色好搭配假发。他不担心克格勃会严密搜捕他。他唯一需要担心的是拉脱维亚裔的社区,但也不是太担心,因为他一辈子都很小心不要让人拍到。他很确定没有人手上有他清楚的照片。那些拉脱维亚裔的人可能听说过关于他外表的描述,但现在那已经跟他的外形不符了,所以有什么好担心的呢?

"然后拉脱维亚独立了。而对库卡洛夫来说,更糟糕的是,苏联解体了,要得到克格勃的秘密档案忽然间容易了许多。克格勃有几张拍得很清楚的库卡洛夫的照片。当然他现在老了一些,而且他持续修染眉毛,一天刮两次胡子,走到哪里都戴着那顶金色假发。

"但是有越来越多拉脱维亚人来到这个国家,有的是移民,有的是大使馆官员。'里加黑魔鬼'的全盛时期已经过去了二十年,但这并不表示任何人打算原谅或忘记。如果有认识他的人现在仔细看着他,再想象他黑发浓眉的样子,那可就不妙了。他能去哪里,澳大利亚?澳大利亚有很多拉脱维亚人。但他已经年过五十,老得没办法去别处重新开始了。

"他想出了一个办法:整容手术。你们猜他会选哪个医术精湛的整容医生?"

梅普斯知道这个问题迟早会出现,他一定很早就察觉到了，可是他只是稍稍变了脸色。我更有兴趣的是观察其他人的表情，只有少数几个人转头去看那位高明的医生。

"他选择的医生，"我继续道，"是一位专业声誉卓著的执照医生。从事一般的鼻子整型、脸部拉皮、抽脂和缩腹手术，靠着把有钱人变得更好看而赚进了大把钞票。他同时也帮助烫伤患者和意外事件的生还者，以及天生脸部残缺的儿童做了很多整形重建手术。他帮儿童做的很多手术，相当于律师们做的义务辩护，我不知道医生间是不是有别的说法，但不管你怎么称呼，总之他做这些事是不收费的。"

我看了马丁一眼，他露出惊讶的表情。我应该告诉他，没有人永远都是百分之百的带屎，那太累了。

"从业多年后，"我说，"这位医生变得很有名，然后结交了我们可能会称之为犯罪分子的人物。或许他跟我们其他很多人一样，发现罪犯很迷人。或者可能他只是看到了一个赚外快的途径，这些外快是以现金支付的，因此他报税时就可以略去。"

那两位联邦政府的探员想维持扑克脸，不过不太成功。看得出来，我已经引起他们的注意了。

"他帮了些忙。取出子弹，清洗伤口，却没有按照法律规定通报警方。或许他还开过几份死亡证明书，死亡原因填的是心跳停止。好吧，人的死因向来如此。如果有人割断你的喉咙，或把子弹射进了你的后脑，你死的时候心跳也还是会停止。所以他也不完全是撒谎……

"即使如此，让他做这类工作还是太大材小用了，能对他的能力善加利用的人迟早会出现。如果有人想改头换面让警方认不出来，就会去找他。需要他服务的人会付很多钱，而且是现金，病人报税时也不会将这笔支出列为扣除项。此外，不会有医院来抢这块大饼，因为他必须私下在他的办公室进行这些手术。一般来说，脸部整形手术相当安全，万一出了什么差错，他只要填张死亡证明书就行了。但为什么怕出错呢？他根本什么都没做，而且没多久，他就付清了河谷区这幢大宅的抵押贷款，还赚进了大把的现金。"

这番话让一些人有了反应。之前没搞清楚的人，现在都知道我正在讲的这名医生，就是他们今天下午的主人。

所以何不直接称呼他的名字呢？

"有一天，"我说，"科兰多·R.梅普斯医生有一名访客，是他一个黑道的朋友介绍来的。那个人戴着一顶金色假发，解释了他之前为改变外貌所采取的措施。但在这些乔装下，他的脸还是原来的那张，现在他想换一张新的。

"梅普斯医生同意替他动手术，两人讲好了价钱。梅普斯按照对待每个患者的既定步骤，先替他拍了一组照片，从各个角度显示了患者脸部的特征。他仔细研究了那些照片，拟定了一个计划，然后，到了约定的那天，就替瓦伦丁·库卡洛夫的脸进行了第一阶段的手术。"

"你来到我家诽谤我，"梅普斯说，"还在满屋子的证人面前。"

"有句名言说，如果是事实，那就不是吹牛，"我告诉他，"同样的，如果是事实，那就不是诽谤。"

"你根本无法证明任何事，"他站了起来，"没有证据的指控，纯粹是没有证据的指控。要我继续听这些指控，那是见鬼。"我不知道他是打算往大门还是餐室走，不过他的肢体语言是在说：再见了，造谣的家伙。

他没能走太远。还没踏出第一步，那两名联邦探员就站了起来，而守在客厅两个出口的那两队由警察和流氓组成的三人组，则只差没牵起手来挡住他的去路。他们让他停下脚步，然后迈克尔·夸特罗内说："坐下，梅普斯。"他照办了。

"那些手术，"我说，"结果非常成功。梅普斯医生帮库卡洛夫做了一个新鼻子，重塑他下巴的轮廓。他削低了他的颧骨以减少斯拉夫人的特征，帮他拉紧了开始下垂的脸部和颈部皮肤，让他的外貌年轻了十到十五岁，又在眼睛周围和下方做了些小手术。他去除了库卡洛夫嘴边的一道疤痕。拉脱维亚没有人知道这道疤，以前他留的大胡子盖住了，不过那在美国版的库卡洛夫脸上是个明显的特征，梅普斯就替他除掉了。他扔掉了那顶金色假发，用手术和电蚀除毛术修改了他的发际线，眉毛也用电蚀除毛术永久修整过，又教他的病人把头发和眉毛染成淡褐色，这样的改变就已足够,也不会招惹太多的注意。此外,"我刻意看了梅普斯一眼,假发下的他正回瞪着我,"就算是再高明的假发,也早晚会有人认出来,然后开始想象他不戴假发会是什么样子。"

"所以医生的整容手术很成功,"雷说,"然后呢?"

"然后医生又拍了几张照片,"我说,"收了尾款,送走了'里加黑魔鬼'。"

"对不起,"拉脱维亚使馆的格雷赛克说,"库卡洛夫让他留着那些照片吗?"

"当然没有。他对照片向来是谨慎到近乎偏执的程度,现在他有了一张新的面孔,当然不希望这张脸的照片四处流传。"

"哦。"

"之前梅普斯坚持要拍照片,"我说,"是因为他工作时需要照片用来参考。这些手术进行了几个月,其间他又拍了更多照片更新进度,完成时他拍了最后一批照片,好让他和病人可以比较手术前和手术后,看看梅普斯对库卡洛夫的外貌做了多大的改变。"

"那是标准程序,"梅普斯说,"每个整容医生都会这么做的。"

"你也是这么告诉库卡洛夫的。而他让你拍照是因为你向他保证,你工作完成后,所有的照片都会销毁。"

"他坚持要销毁。"

"就像之前也有其他人这样坚持过。而你同意了，就像以前你也同意过其他人。可是你没有坚守承诺，对不对？你保留了四张照片，都是大头照。手术前和手术后，正面和侧面。就像你会保留所有病人的照片一样，不管是一般病人还是罪犯。"

他听到最后一个词时脸色一变，然后又恢复正常，告诉我这些照片是多么有价值，甚至是必需的参考收藏品。

"请原谅我说拉脱维亚语，"我说，"不过这些全是狗屁。你留着这些照片是自我意识作祟。你明知道不该留着这些照片，所以你没把它们跟其他照片放在一起，而是用透明胶带贴在了一本书里，然后把书插在办公室的书架上。书就放在一般人看得到的地方，任何人都可以拿起书翻看那些照片，也许这样会让你觉得兴奋。不过当然没有人真这么做。《有机化学原理第二册》，听起来很没有吸引力，不是吗？"

"我留着照片是当参考用的，"他说，"只不过藏了起来，所以没有人发现。你刚刚自己也说过的，罗森堡。"我没纠正他，纠正也没用。"就算你搜索那个地方，也不会挑出那本书。而且也不会有人不小心发现。"

"如果有人读了第一册，不想漏掉续集怎么办？算了。姑且假设那些照片很安全吧。可是你不光是私底下观赏自鸣得意而已。时不时的，你就会忍不住把书从书架上拿下来炫耀。偶尔你为了让哪个甜蜜小女友印象深刻，就会把你重新改造过的这个危险男人的照片秀给她看。"

"他们不认识照片里的人,他们不会告诉任何人,绝对安全的……"

他的声音越来越小。现在每个人都看着他,除了马丁,他沉思地看着玛里索,而玛里索则盯着自己的脚。

"如果那么安全的话,"我说,"那为什么我们今天会在这里?为什么会有四个人死掉?"我叹了口气:"照理说应该很安全的。不道德、不诚实、不合法,但是安全。只不过你忘了一件事。你忘了巧合的长臂。"

38

我很喜欢这个说法,于是又说了一次:"巧合的长臂。我们都知道,法网恢恢,疏而不漏,但巧合的威力也同样惊人。我今天早上查过我的巴雷利特名言词典,一个名叫哈登·钱伯斯的家伙一八八八年在他的剧作《斯威夫特上尉》里创造出了这个说法。他生于一八六〇年,死于一九二一年,除了这个不朽的句子之外,我对哈登·钱伯斯所知也就只有这么多。当然你可以去谷歌搜索,或许可以查到他的血型和他妈妈的娘家姓,还有一堆不相干的钱伯斯或哈登。

"巧合的长臂。长臂的尾端有一只手,在这个案子里到处都留下了指纹。几个星期前梅普斯从书架上拿下那本有机化学的书,炫耀给他新交的女朋友看,一切就从这里开始。"

"太可怕了。"蕾西·卡威诺基说,"最恶劣的是,这个人对他太太不忠。"她的脸红了,对自己的突然发作觉得很不好意思,"对不起,我不是故意这么大声的。"

"也难怪,你怎么可能忍得住呢?他背叛太太的确很可怕,我们也都很震惊。不过,这种事情很常见,也不算什么新鲜事。巧合的是,前面提到的那个新女友,是一个拉脱维亚移民的女儿。"

"他竟然还是把那个杀人狂的照片给她看?"雷说,"不怎么聪明,对吧,伯尼?"

"的确是不够小心,"我表示同意,"但他只知道库卡洛夫是个俄罗斯人。那个人不会提起他和里加的渊源,更不会说他是'里加黑魔鬼'。'这个人呢,'梅普斯告诉女朋友,'从俄罗斯来到这里展开新人生,多亏我,他现在不必提防克格勃的情报员了。'那些照片,不管是手术前的还是手术后的,对她都毫无意义。但她认得那个名字。不知道瓦伦丁·库卡洛夫这个名字的拉脱维亚人——或一半血统的拉脱维亚人——并不多。"

格雷赛克小声咕哝了两句什么,不过就算他大声说我也听不懂,因为他讲的是他的母语。我后来才知道他讲的大致是愿地狱之火毁灭他,从脚趾开始烧,慢慢烧到他该死的脑袋。我想原谅他讲拉脱维亚语,不过没有人要求我原谅。

"这个女孩的名字是玛里索。听起来不像拉脱维亚人,不过别在这上头费心了。她听她父亲谈过库卡洛夫,所以想问问父亲该怎么办,可是她父亲远在宾州的奥克蒙镇。

不过她的姑姑和姑夫住在纽约的里奇湾，他们一致认为她一定要把那些照片弄到手。

"可是怎么弄呢？她去过情人的办公室一次，是受邀去的。他没有理由再邀请她一次，她也想不出任何合理的借口自己跑去。眼前的状况是，如果此时那本书不见了，他不会怀疑到她头上；给她看的那次，他先自己把书放回书架上，才送她离开办公室的。但如果她再去找他一次，然后那本书不见了……

"她表哥卡力斯想出了一个方法。他是个艺术家，在布鲁克林区的廉斯堡有个大画室，他约了梅普斯医生去就医。他提早二十分钟到那里，穿着他参加婚礼和葬礼专用的西装，看起来非常体面，然后等接待员离开房间时，他就拿了那本《有机化学原理第二册》，放进手提袋。他也可以撕下贴着库卡洛夫照片的那四页，不过怕会耽误时间。"

"我没见过那个人，"卡力斯说，"也没见过他的照片。所以我怎么知道该撕哪几页？"

"可是等到你把书拿给你表妹，她就可以指出那些梅普斯确认过是库卡洛夫的照片。"他点点头，"她确定了之后，你为什么不把那几页撕下来，然后把书还回去呢？"

"什么，要我再去他办公室一趟吗？去见他的那次我必须编个理由，可是什么借口都想不出来。他问我有什么需要。'你看看我，'我说，'你认为呢？'好吧，他告诉我，我的鼻子是歪的，我的耳朵有点太招风了，不过这些他都可以解决。在此之前，我一直认为自己还不错的。但现在每次经过镜子面前，我就得把头转开。还要我再去他办公室一趟吗？嘿，大夫。猜猜怎么着？滚你妈的蛋！"

"你的耳朵的确太招风，"梅普斯说，"鼻子也确实是歪的，而且最重要的是，我可从没要你来我的办公室。"

"那本书，"我说，"《有机化学原理第二册》。玛里索指认了库卡洛夫之后，你把书带回家，交给了你父亲。"

"那又怎样？"

"他又拿给一个名叫罗戈文的人，不过他自称阿诺德·莱尔。我不知道他原来的名字是什么，也不知道莱尔和他老婆或女友当时在玩什么把戏。"

"很难说，"雷接口道，"他是那种会抓住机会的人。当机会来敲门时，他就把门打开，就算是在别人家的公寓也一样。"

"莱尔夫妇租下了默里山的一个地方，他们很乐于让出空间给库卡洛夫。毕竟莱尔是拉脱维亚人，他会很乐于尽自己的力量让'里加黑魔鬼'得到报应。可是莱尔觉得从中获利也没有什么不对。不是从他们的同胞身上，而是从某些团体身上，这些团体可能会对梅普斯曾经的拍照对象有兴趣。"

"于是他放出风声，让几个对此有兴趣的团体知道他要卖什么。布林斯基先生，我相信你属于其中一个团体。"

我看着他,他也看着我,我可以感觉自己在他的目光下缩小了。如果你要写一出名叫《里加黑魔鬼》的戏,可以找他当主角。他一身穿戴都是黑色的,他的头发和大胡子也是黑的,整体给人的感觉无疑就像个魔鬼。我正想告诉他,说他没有回答我的问题,然后才想到我没问,但我决定继续说下去。

"玛里索已经尽了她的责任,"我说,"不过这会儿她开始有了别的想法。她从小就听说库卡洛夫的恶行,但她这辈子离拉脱维亚最近的一次,就是有回去康涅狄格州东汉普顿度周末,库卡洛夫的种种魔鬼行径都发生在她出生前。结果她做了什么?一来她辜负了情人的信任;二来她可能害了梅普斯其他的秘密病人,这些人又没对她或她的拉脱维亚同胞怎么样,现在却可能要接受法律的制裁。

"所以她像很多觉得心烦的人一样,出门去喝了两杯。"

沃利·亨普希尔迅速跟他的当事人凑在一起商量了两句。"她已经年满二十岁了,"他告诉大家,"喝酒是她的自由。"

"我又没说不是。"

"那么,"他说,"我反对这个问题,而且我要建议我的当事人不要再回答任何问题。"

"我根本没问问题。"

"如果你问的话,我保留反对的权利。"

我把眼睛闭上一会儿,可是这么做有什么好处?我睁开眼睛时,所有人仍然都在那儿。下一个部分比较棘手,我希望沃利闭上嘴巴,好让我执行我的计划。

"她住在地狱厨房那一带,可是她不想去附近的酒吧,免得碰到熟人。所以她往东南边走一点,来到一个有人向她推荐过的地方。那地方不错,在座有些人可能去过。她进了酒吧,喝了杯酒,然后一个男人来了,又请她喝了一杯,接下来她只知道躺在自家公寓的床上,身上压着一个男人,然后——"

"抗议!"

我瞪着沃利,他抱歉地耸了耸肩。"你知道,"我说,"你现在不是在法庭上,否则我就要判你藐视法庭了。"

"对不起,伯尼。"

"你先耐着点性子。"我说,"她暂时恢复了意识,想让那个男人停止,可是办不到,然后她又失去了意识。几个小时后她醒来,那个男人已经离开了,还拿走了梅普斯医生给她的一件珠宝。"

"那条项链。"梅普斯说,然后看到大家转过脸来看他,他脸红了。我想他是不小心脱口而出的。

"那条项链,"玛里索附和道,"就是你给我的那条漂亮的红宝石项链,我很喜欢。我醒来时发现不见了。"

"你记得些什么呢?"

"一开始,"她说,"我几乎全都想不起来。只记得他请我喝了杯酒,还记得我醒过来……想反抗他,让他停下。当时我觉得很可怕。"

"现在你想起来了吗?"

我看到沃利往前凑,很担心他又要指控我引导证人。不过他忍住了。

"只记得一部分,"她说,"那本贴着照片的书让我很难过,我记得跟他提起了这件事。我不太知道我说了些什么,不过应该是把憋在心里的事情告诉他了。"她锁紧眉头,"我不明白。当时我没喝那么多。我从来不会喝那么醉的,喝两杯也不该醉成那样。"

"你被下药了。"我说。

"或许就是这样吧。"

"而且给你下药的人,"我说,"还跟着你回家、强暴你,又偷走了你的项链。你知道他是谁吗?"

"我不知道他的名字。那一夜之前我没见过他,后来也没再见到过。"她顿了一下,时机掌握得恰到好处,"一直到今天,才在这个客厅再一次看到他。"

"你可以指认他吗?"

她颤抖着站起来,犹豫着,发着抖的食指碰碰下唇,然后很夸张地朝威廉·约翰逊猛地一指。"他,"她说,"就是他。"

你会以为那个傻瓜早该料到。毕竟,那是他的犯罪模式,独一无二,可以去申请专利的。可是在有一点上他吃了大亏,那就是他很清楚自己从没见过眼前这个女孩。她的北欧式金发蓝眼和温暖南方的深肤色,见过的人不会轻易忘记,如果他去过她家的话,绝对不会不记得。之前他也许不知道她为什么会讲这些,而且怎么也没想到是冲着他来的。

她就站在那里,娇小的手指头正指着他。

"少来这套,老兄。你他妈的少来这套,我这辈子从来没见过这妞儿。"

"是哦,"我说,"那个酒吧叫帕西法尔。你知道那地方吧?"

"大概去过一两次。"

"带过女人回家吗?"

"或许吧。不过不是这个妞儿。"

"在酒里加过料,好占点便宜吗?"

"嘿,行了,"他说,伸展一下肌肉,"你觉得我需要那种东西吗?"

"所以你是说,你没在玛里索·马里斯的饮料里面偷放氟硝西泮喽?"

"那妞儿叫这名字吗?是,我没在她的饮料里面偷放过任何东西。你刚刚说的根本是没影的事,她说的更不存在。"

"事实上你从没见过她。"

"从来没有。"他表情一变，装出一脸诚恳，"她碰到的事情太可怕了，不过跟我无关。你搞错人了。"

全场沉默了一会儿，然后西格丽德等了一会儿才开口。"哦，威廉，"她愤慨地说，"你真是满嘴胡话。"

他瞪着眼睛。

"我见过你搞鬼，"她说，"你一副万人迷的德行，炫耀你的肌肉，到处跟小妞们搭讪。你会请她们喝杯酒，接下来我就看到她们跟你走出酒吧。我本来以为你一定嘴巴很甜，或可能是你身上散发出了某种我看不到的性吸引力。我注意到某些人跟着你走出门时有点神志不清，还以为是欲望冲昏了她们的头脑。从没想到你是让她们吃了如飞丸。"

"这太荒唐了。"他说。

"我也这么觉得，"她对着我说，"前两天晚上他来钓过我。我没理他，否则就会轮到我醒来时发现自己被强暴过，名牌钻石耳环也不见了。威廉，你前天晚上来过我们酒吧，记得吧？你一口气想钓两个妞儿，我猜结果是她们把自己的酒跟你的掉了包，因为你后来就像瞎了似的，摇摇晃晃地差点走不出酒吧。"

看得出来他的脑袋正在处理这些信息。原来是这么回事——那两个婊子把酒掉了包，接下来他只知道自己在一条小巷中醒来，身上是自己吐出来的秽物，现金和信用卡都不见了，疼痛的鼠蹊部让他无时无刻都得小心翼翼。

在场有几个人他可能见过。比如那个深褐色头发的女子,穿得像个女强人,把头发盘起来。他在哪个酒吧钓到过她,可能就是在帕西法尔。甚至连我看起来都有点眼熟,好像在同一个酒吧一起喝过酒。可是这个说她项链被偷还有她表哥去偷照片的妞儿,他很确定自己这辈子从没见过。

但这些只是我的猜测。我其实看不透他心里在想什么。我只知道,他或许正想着做完俯身举哑铃再做反手拉单杠,好练他的背阔肌。

"你把她的项链带回家,"我说,"更不必说一夜风流之后的得意扬扬。然后你醒来,想到她讲的那些事情,有关一本书里贴了一些照片,上面的那些男人花钱换了张新脸孔,好摆脱过去的纠缠。这类信息对某些人来说应该值点钱,所以你抓起电话打给迈克尔舅舅。"

他吃惊得下巴都快掉了,我才不在乎他的下巴会不会穿透地板一路掉到地下室。现在我已经解决完他的部分,于是我转向迈克尔·夸特罗内,他兴致勃勃地看着整个过程。"你外甥打电话给你,"我说,"你看到一个机会。你交代手下去查,然后得到回信说,有两个姓罗戈文的人住在第三大道和三十四街交会口的公寓里。"

我不知道接下来要讲什么,但此时夸特罗内把指甲修剪过的一只手举高六英寸,阻止我往下讲。"这场表演很精彩,"他审慎地说,"富有启发性,同时又具有娱乐性。"

"谢谢。"

"可是有件事你搞错了。我外甥从没有跟我提过梅普斯或他的那些照片。"

"你是说,这些事情你完全不知道?"

"我知道,"他说,"耳聪目明的人自然会无所不知。可是这件事情,我从没听我外甥说起过。"他审视着约翰逊,眼神里少了几分长辈的慈祥,"我外甥。我妹妹自作主张挑了个男人结了婚,生下了这个儿子。"

"他没打电话给你吗?"

"我想这是因为他不需要任何东西吧,"夸特罗内说,"他只有在有需要的时候才会给我打电话。需要钱,需要律师,诸如此类的。"

"迈克尔舅舅——"

"闭嘴,威廉。"然后夸特罗内对我说,"你可能听过一个叫约翰·莫伦的人。"

"挺耳熟的。"

"又名'白仔莫伦'。你常看《美国通缉要犯》吗?"

我虔诚地希望,不要看到自己出现在这个电视节目里。"泽西市,"我说,"还是在纽瓦克?他在那边经营非法事业多年,同时又替联邦调查局工作。现在他因为一件谋杀案在潜逃中——"

"四件谋杀案,还有其他罪名。"

"警方每隔几个月就要更新他的资料,《美国通缉要犯》的主持人约翰·沃尔什解释过我们为什么一定要抓到这个懦夫,可是却始终没抓到。"

"永远抓不到了,"夸特罗内说,"只要他们继续寻找那张脸。现在他的脸已经不一样了,这要感谢这里的这位朋友。"他朝梅普斯点点头,"这家伙是个白痴,不过医术很不错。'白仔莫伦'就像我父亲一样,我当祭坛小童的时候就认识他了,但我可以告诉你,如果我没看过'手术前'的照片,根本认不出'手术后'照片里的人是他。"

"你看过那些照片了。"

"你知道,"他说,"我不记得说过这句话。我记得我说了一句话,里面有'如果'这个字眼。"

"所以你看过了。上个星期三,有几个人去拜访罗戈文夫妇,或莱尔夫妇,或随便你想叫他们什么。他们制伏了门卫,把他绑起来关在邮件室,然后上楼,莱尔夫妇替他们开了门。接着莱尔夫妇可能是在枪口的威胁之下又替他们开了保险柜。我不知道莱尔夫妇为什么弄了个笨重的莫斯勒保险柜放在家里,应该不会只是为了暂时放一本过时的大学教科书。我猜这个保险柜跟他们的另一个事业有关,但现在他们死了,所以也无所谓了。

"因为来访的人把那本书拿走了,而莱尔夫妇跟他们合作得到的回报则是脑后吃了两颗子弹。同时,楼下被防水胶带捆着的门卫因窒息而死。三个人死了,而且书不见了。

"而你们不会知道,在莱尔夫妇处理自家的事务时,巧合的长臂就已经伸出手来抓住我的领子了。然后它又变成了法律的长臂,法网恢恢这个说法很常见,虽然巴雷利特词典似乎不以为然。巧合就这么发生了,在我们谈到的这一夜,我就在莱尔夫妇居住且被害的那一带闲逛透气。有六个不同的监控摄像头拍到我经过。我为什么会在那里不重要,我完全有权去那里,可是够巧的是,我曾是个被定罪的小偷,我出现在那个地方就足够引导那位先生——"我朝雷点个头,于是其他人都望向他,"来逮捕我。而那边的那位先生——"我朝沃利点个头,"则让我很快就被释放。可是当时消息已经传出去了,让大家有理由认为我可能牵涉其中。"

我看着迈克尔·夸特罗内。"如果我问你一个假设性的问题,你有可能回答吗?"

他嘴唇没动地笑了笑。"有可能。"他说。

"如果你认识的某些人进入三十四街的一户民宅抢劫,"我说,"而如果莱尔夫妇开门让他们进去,又替他们打开保险柜,那他们为什么还要射杀这对夫妇?"

"很简单,"他说,"因为人不是他们杀的。"

39

"当然,我们只是在聊一个假设性的问题。"迈克尔·夸特罗内说。他的眼睛扫过室内一圈,中间短暂却明显地在雷·基希曼和沃利·亨普希尔身上稍作停留,"还有,就像刚刚有人提醒过的,这里不是法庭。没有谁讲的话会被记录下来,我也希望没有人身上装了窃听器,但就算留下记录,反正我们谈的都是假设性的内容。"

"当然。"

"那么,"他说,"我们就假设,有这么一个人得知,他有个老友的新面孔的照片被人拿去待价而沽,等着要卖给出价最高的人。假设这个人发现了照片的下落,也知道中标的买主什么时间会去付尾款。又假设他派了几个朋友,抢在买主出现之前,先去中途拦截那笔交易。"

"抢在另一组人去付钱之前,"我说,"把照片抢走。"

"差不多就是这样吧,"他同意道,"好,如果有这样的事情发生,我想这个人的朋友会限制门卫的行动,以确保他们来去时,不会有人张扬他们的行踪。然后我想象那户公寓里的人——你刚刚说他们是莱尔夫妇——"

"或罗戈文夫妇。看你喜欢哪个。"

"那么,我们就称他们为罗戈文夫妇吧。叫莱尔太老套了,不是吗?一对名字以元音结尾、听起来像外国人的罪犯,比如说莱尔。"他又微笑了,这回又是嘴唇动都没动,"我们就说罗戈文先生听到了敲门声,去开了门,以为他就要发财了。两个人进了门,但他们一开口,罗戈文先生就知道他们不是他在等的人。可是他又能怎么办?他替他们开了保险柜,他们拿走了里头的书和钱。"

"慢着,"雷说,"什么钱?"

他仔细地斟酌着措辞。"我必须假设里头有钱,"他说,"为什么要把一本化学教科书锁在保险柜里?但如果里头已经有一笔钱了,你可能就会把那本书也放进去。"

"那笔钱有多少?"

"我只能估计,或许多到有两万一千美元,或少到一万九千美元。"

"取整数的话,"我说,"那就是两万美元。"

"就取整数吧。或许出价最高的那个人已经预先付了一笔保证金,以确保东西归他。或许那笔钱是其他生意的收入。我确定拿走钱的人会以为那是笔意外之财。"

"我原来的问题——"

"是问他们为什么杀了罗戈文夫妇。我的回答是,人不是他们杀的。他们把罗戈文夫妇用胶带绑起来，以便他们迅速搜索那户公寓，看还有没有其他值钱的东西可以拿。同时也确保他们能从容走出那幢大楼，离开那个区域。毕竟，罗戈文夫妇这两个人能有什么威胁？他们不太可能报警。何况他们根本不知道那些抢劫者的身份。杀掉他们毫无意义，只会引起骚动。"

"那门卫呢？警方发现时，他已经闷死了。"

"真不幸，"夸特罗内说，"那是个意外，根本不该发生的。"他的双眼朝门口很快地瞥了一眼，那里站着他的一名随从，正低头盯着地板，认真得好像从没见过地毯似的。"如果该负责任的人，"他说，"对于这件意外感到非常后悔，我也不意外。"

"有人射杀了这两个人，"我说，"他们都被人用胶带绑住了，而且都是头部中弹。如果不是你假设的那些人——"

"不是他们。"

"那会是谁干的？"

"伯尼？"我听到卡洛琳的声音，转过头去，"那个出价最高的买主，"她说，"他当时正要过去，对不对？"

"当然了，"我说，"有第二组访客来到东三十四街的那户公寓。门卫还被绑着，所以他们可以直接进门上楼。他们发现门没锁，保险柜大开，屋主夫妇被胶带捆了起来。也许他们撕开其中一个人嘴巴上的胶带，问了几个问题。他们不会喜欢那些回答,很不高兴没能拿到书和照片,也毫无机会拿回已经付了的两万美元保证金。不管那是半数头款还是全额,都是一大笔白花花的钞票,现在没办法拿回来了。"

我感觉到有一双眼睛直直地瞪着我,是乔基·布林斯基。"你就是那个中标的买主,"我告诉他,"你按约出现了。可是莱尔夫妇却没法给你照片,也没办法把钱退给你,于是你就处决了他们,然后离开。"

"你根本没法证明,"他说,"没有证据,也没有目击证人。这些事情发生的时候,我正在东方大道的佐治亚夜总会参加一个大型宴会。很多人可以替我作证。"

"我相信。为什么要杀他们?"

他看着我,好像对这个问题觉得失望。然后他说:"没有书,没有钱。所以呢?也没有目击证人。我人在夜总会,跟一堆朋友在一起。我可以证明这点,而你什么都证明不了。"

"接下来,"我说,"就是有人闯入我的公寓行窃。警方已经来搜过我的公寓了,可是闯入的那些人或许不知道。我公寓的门卫被人绑了起来,锁在邮件室里,跟莱尔家的门卫一样,可以假设是同一伙人干的,应该没错。"

"我明白你为什么会这么假设。"迈克尔·夸特罗内说。

"他们简直把我家给拆了。你觉得他们会是在找什么?"

"那些遗失的照片。"他毫不迟疑地说,"不管派他们去的是谁,都一定听说了一个失踪俄罗斯人的照片,但那本化学教科书里的照片,没有一个看起来像那个人。而且那本书里面有几页遗失了,好像是被人撕掉了。四页,刚好是四张照片。"

"你用得到这些照片吗?"

"很多人想要这组照片。人人都想要,你就会想要,这是人性。何况,谁知道会在一个小偷的公寓里发现什么东西?好像值得去拜访一下。"

他们来到我的公寓,我用我的眼睛说,你手下那些粗手粗脚的混混把我的小暗层给拆了,拿走了我的钱。

既然发现了钱,他的眼睛回答我,当然就拿走了,如果换了我是你,我会很高兴他们没把护照给拿走。

真奇妙,不说半句话竟能交换这么多信息……

"这里我没搞懂,"蕾西·卡威诺基说,"我的意思是,或许你们本来就没打算让我听懂。首先我就不明白为什么要找我来。不过我原来以为那些照片就在书里的。可是我猜某些页被撕掉了。是贴着这个俄罗斯人的照片吗?那个'里加黑魔鬼'?"

"没错。"

"是谁撕掉的?为什么?"

"莱尔夫妇撕下的,"我说,"他们毕竟是拉脱维亚的爱国者。他们可能想从库卡洛夫的照片上弄点钱,但他们要确保那些照片有个好归宿——拿到的人会去找出库卡洛夫,好让正义得到伸张。"

格雷赛克点点头,证实了我的假设。

"所以莱尔夫妇撕掉了那四页,"我说,"又把照片拆下来,贴到了另一本书上。"

"贴到那本四分卫的书上。"雷·基希曼说。

"你知道吗,"我说,"你之前这么说过,雷,当时我根本听不懂你在讲什么,所以听了就算了。但现在我明白了,《七号皇家法庭》这本书不是讲四分卫的[①]。"

"真的?"

"这是一本里昂·尤里斯写的小说,源自于某些纳粹控告他诽谤的经历。书名是举行那场审判的英国法庭的名称。"

"好吧,谁会知道这些呢,伯尼?又有谁会在乎?我想知道的是,为什么那两个傻瓜不把那本书交给这个姓布林什么的家伙,免得头上挨枪子儿?书还在书架上,就在任何人都找得到的地方。"

"不是任何人都找得到,"我说,"这需要训练有素的专业技巧,还得加上想象力和机智。你太谦虚了,雷。你告诉过我,你是怎么样一本本翻阅书架上的书,最后找到了一本书页破掉的。上头残留的胶带泄露了痕迹,然后出

[①]《七号皇家法庭》的原文为 *Queen's Bench Courtroom*,可以缩写为 QB VII;四分卫的英文是 Quarterback,有时也简称为 QB。

了什么事情就很明显了。有人发现了那些照片,然后拿走了。"

这番话雷是第一次听到,我看得出他努力要适应这些新状况。好吧,谁让他要提《七号皇家法庭》来着?

"把照片供出来也救不了他们,"我说,不露痕迹地回到原来的话题,"他们一定也明白这点。何况就算他们想说出来,恐怕也没有机会开口。"

"所以这个人拿了那本书,"蕾西指着夸特罗内说,"然后那个人谋杀了那对夫妇,"她又朝布林斯基点点头,"而那些照片还留在公寓里,对吧?"

"假设是这样。"迈克尔·夸特罗内说。

"假设是这样。"我同意。

"随便怎么说,"她说,"但如果有人发现这些照片,又把它们从书里撕下来带走,那照片就不在那儿了。对吧?"

"对。"

"好,"她说,朝卡洛琳一笑,"我喜欢把事情搞清楚,仅此而已。"

我也喜欢把事情搞清楚,尤其是碰到我被要求解释的事情。但有时候你可以先解释一部分,然后等着真相逐渐大白。这一招已经奏效了一次——若非夸特罗内说出来,我根本没想到莱尔家在第一组访客拿了那本书走掉后，还有第二组访客。

于是我施加压力。

"星期三莱尔夫妇被打劫和谋杀，"我说，"星期四我被逮捕又遭了小偷，然后到了星期五早上，巧合的威力再度施展。我接到一名顾客的电话，或许他可以告诉我们，他跟我问起了哪本书。"

"我想轮到我了。"科尔比·里德尔说，"当然，我认为我要的书完全与此事无关。我打电话到你书店，伯尼，然后问你有没有某本书。"

"我想不是《有机化学原理第二册》。"

"恐怕不是。也不是刚过世的尤里斯先生所写的《七号皇家法庭》。我问起的是一本康拉德的书。"

"你还记得书名吗？"

"《秘密间谍》。你说你有这本书，还说会帮我留着。我说我会找时间过去取，然后我们大概又闲谈了几句，也可能没有，我记得的就这些。"

"情况大概就是这样，"我说，"因为当时我不知道你是谁。"

"为什么你不问我？"

"因为你的声音听起来很耳熟，科尔比，而且听你的口吻好像认为我知道你是谁，我不想表现得太没礼貌。我前一晚几乎没睡，所以精神不太好。我想等你出现的时候,就知道你是谁了。"

"的确如此,伯尼。可是你手上没那本书了。"

"因为我把书给了一个叫瓦尔第·伯金斯的人,"我说,"格雷赛克,我相信你可能认识他。"

那位拉脱维亚官员点点头,一脸悲伤。"他是个好人,"他说,"很优秀、很爱国。"

"莱尔夫妇原本就是答应要把库卡洛夫的照片交给他,对不对?"

"他没告诉我细节,"格雷赛克说,他说英语没有口音,但还是会用错词,"他总是积极地看待问题。'那些照片被偷走了,'他告诉我,'所以我会去找那个小偷交涉。'或许他不像拿走照片的人那么坏吧。你知道《思考积极的力量》这本书吗?"

"应该是《积极思考的力量》,"我说,"作者是诺曼·文生·皮尔。十几二十年前很畅销。我店里还有两三本,总想着应该放到特价桌上,可是又觉得好像不该辜负作者,我应该朝正面想,认为会有人来花全价买下它们才对。"

"瓦尔第·伯金斯是个正面思考的人,罗登巴尔先生。他到了你的书店,带着钱要买那本书。结果却被杀害了。"

我说我亲眼看到了事情发生的经过,然后有个女人说我一定很难受,我说伯金斯更难受。"他走进店里,说我有东西要给他。我不知道他指的是什么,然后想到了科尔比·里德尔打来的电话,但我当时还不知道打来的人是谁。我知道不是伯金斯打来的,声音不对,但他好像很有把握我知道他要的是什么,而我所能想到的只有那本书。我说了书名,他听了好像很高兴,根本没跟我讲价。他付了一百倍的金额买下那本书,显然以为我说价钱时省略了后面的"百"。我明白过来之后,赶紧冲出店门去追,刚好碰上他被枪杀。如果不是我旁边正好停着一辆车,我可能也被一起干掉了。"

"谁杀了他?"格雷赛克问道,"谁杀了我的朋友伯金斯?"

"这是个好问题。但我还有其他好问题。他怎么会认为我知道他要哪本书?另外,我说出书名时,为什么他会很高兴?"

"你说《秘密间谍》,"卡洛琳说,"而他就是秘密间谍。他以为你看出他的身份了。"

"我一开始也这么想,但是不太合理。这还是无法解释为什么他认为我有本书要给他,或为什么我把书递给他会让他高兴。他没有把书翻开来寻找照片,付了钱就走了。科尔比,你为什么想买那本书?"

"我一直想找这本书。那是一本书,而你是书商,所以——"

"你不是很喜欢康拉德。"

"我不喜欢他写的海上的故事。但听说《秘密间谍》

是那种他从没出过海才能写出的故事,所以我觉得值得一试。"

"也值得打一个电话。"

"有何不可?"

"但我想你还接到了一个电话,"我说,"是一个整容医生打来的。"

"伯尼,"他说,"别闹了。我看起来可能需要整容,但恐怕我还没有虚荣到那个地步。另外,我想你说的整容医生就是我们的主人梅普斯医生吧?你为什么觉得我认识这个人?我们会是在哪里碰到的?"

"在学校里,"我说,"在公交车上,或在某个网络聊天室里,两个人都假装是拉拉。但如果非猜不可,我会说是你的皮肤科医生介绍你去的。也许你脸上长了个不明肿瘤,大到该找整容医生进行治疗。"

"你怎么可能知道这种事?"

"随便猜猜而已。但我猜不出你怎么会认识瓦尔第·伯金斯。"

"我不认识他啊。"

"你一定认识。你们或许有个共同的朋友,比如教拉脱维亚语的教授。总之,你认识他们两个人。然后你打电话给梅普斯,或是梅普斯打电话给你,他跟你说了这些照片的事情,又说他有几万美元现金放在卧室的保险柜里,而且——"

"先停一下，"有个联邦官员说，他和另一个官员站起来，其中一个手里拿着枪，另一个则挥舞着一张纸，"我正在纳闷你什么时候要谈到我们来这里的原因。几万美元没有申报的现金，听起来应该就是了。"他转向梅普斯，"科兰多·朗特里·梅普斯吗？我是国税局代表，这里有一份法院命令授权给我的同伴和咱们——"

文法错误，我心想，你这个蠢货。

"搜寻德文郡小巷的这幢产业。先生，麻烦请带我们上楼，帮我们打开那个保险柜。"

在此之前，梅普斯面对一切都泰然自若。现在仿佛命运之手拿着手术刀朝他而来，尽情攻击他的同行帮他完成的美好作品。他忽然间老了十岁，面无血色，冒出满头大汗。

他结结巴巴说着话，什么律师之类的，而那个国税局官员告诉他，他等一下可以找律师，但这会儿他们一定要去看看那个保险柜。沃利·亨普希尔看看那张纸，告诉梅普斯说没错，他们有权搜查，他除了闭嘴照办外，别无选择。

"你们其他人留在这里。"另一个国税局调查员说。

然后他们离开了客厅。

40

他们上去的时间不长，回来时，唔，套句卡洛琳常说的话，情势忽然逆转了。那两个国税局官员看起来非常不高兴，让人难以相信他们一开始还高兴过，而梅普斯则又恢复了那张整过容的年轻的脸。

"是嘛，我不跟你们说过了吗？"他说，"现在你可以告诉在场的先生小姐们了。那个保险柜里有一分钱吗？"

那两个调查员恨恨地瞪着他。

"我想这就表示没有吧，"他说，"只有几张保险单和股票凭证。几件珠宝，但都不贵，而且都是用纳税后的钱买给我太太的。可是那笔神秘的现金是半点影子都没有。"

"别以为你能这么简单就逃过，"其中一个调查员说，"你下半辈子就等着我们来查账吧。"

梅普斯抬头挺胸地瞪着他们。"够了，"他说，"你们搜也搜过了，我的耐心也用完了。现在请你们离开。"

我想他们不在乎那些失踪的照片，也不在乎谁杀了瓦尔第·伯金斯,或其他任何事情。如果那笔现金没了,他们也就不想多待,于是他们走了。

上楼五分钟又下楼,而且少了二十五万美元之后,梅普斯突然摇身一变,成了个民间英雄,一个挺身而出对抗国家机器的小人物。迈克尔·夸特罗内告诉他说政府老是搞这种把戏,他可以推荐一个律师好好修理他们。沃利·亨普希尔说政府骚扰人民也该有个限度,他们这样做太过分了;他告诉梅普斯应该跟夸特罗内的律师谈谈。

卧室里的保险柜是空的,这一点并没让我太惊讶——毕竟,如果你没忘的话,把那个保险柜搬空的人就是我。但真正让我放下心头一块大石头的,是梅普斯放松的程度。没被国税局逮到让他过于高兴,以至于还没有机会好好想想他的钱到底去了哪儿。这说明在我拜访之后,这是他第一次打开那个保险柜,而且也说明这个计划的其他部分有成功的机会。

不过呢,首先,他想把我们都赶走。"我想谢谢大家,"他说,"感谢你们此刻的支持。不过我不想多留你们,我想各位该走了。"

"啊,我不知道,"雷说,"感觉上我们好像才刚刚热身。"

"我也承认我越来越感兴趣了,"迈克尔·夸特罗内说,"我想我们的这位朋友应该继续下去。"

我很高兴听到他称我为朋友,并暗示我也是其他人的朋友。原先我已经坐了下来，不过这会儿又站起身面对大家。"回到你身上，"我跟科尔比·里德尔说，他的表情好像期望我在这一场骚动之后会忘记他似的。"梅普斯打电话给你。他提到了钱——不管现在保险柜里面还有没有。然后他提到我，因为他跟其他人一样，看到了报纸上的同一篇报道。你是个学者，一个爱看书的人。我开的书店离你教什么阿里不达学的地方不远，而且——"

"阿里不达学？"

"呃，随便叫什么。反正是个什么'学'，不是吗？"

"我教的是比较语言研究。"

"我接受纠正，"我说，"不过想一想，这样还更好。你有说各种语言的朋友，包括拉脱维亚语。梅普斯认为你可能认识我，他没猜错，不过你也认识几个拉脱维亚人，而且你知道瓦尔第·伯金斯正在追查库卡洛夫的照片。

"梅普斯想把照片拿回来。他很清楚如果这些照片落入某些人手里，'里加黑魔鬼'会怎么对付他。他打电话给你，希望你能帮忙。你知道其中有利可图——你能感觉得到，但是你该采取什么行动？

"首先，你打电话给我。你有机会完全置身事外，所以你故意不报上姓名。你想要某本书，是个你没兴趣的作者所写的——"

"我不喜欢那些海上故事，我告诉过你的。"

"你根本就不喜欢康拉德。你曾引用《黑暗之心》里的一句话——'可怕！可怕！'根据你的说法，可怕的是康拉德的写作方式。"

"我这么说过吗？不记得了。"

"这个嘛，我记得。你问我有没有《秘密间谍》，只因为你知道答案是有。这本书就放在你常逛的小说区中央，而且在那里有好几年了。如果你上次来过后我刚好卖掉了这本书，你就会再问另外一本。可是我没卖掉，所以你就没有问别的，于是我把这本书帮你留着。

"然后你跟伯金斯联络。你说那些照片在我手上，贴在一本名叫《秘密间谍》的书里，他只要去拿书付钱就行了。你猜我会把书交给他，他翻了书之后会勃然大怒，我便会问他区区十二美元还想买到什么，然后他会走出去，心想自己本来有机会拿到那些照片的，但现在机会却跑掉了。

"可是瓦尔第·伯金斯是个积极思考的人，诺曼·文生·皮尔会以他为荣。他买那本书的时候，根本没想到里头没照片。他知道其他人也想要这些照片，知道那些人可能随时会到我店里来，所以他赶紧付钱离开。他问价格时，我说'十三'，省掉了后面的"元"字，而他以为我连'百'字都省掉了。当然我的意思也可能是一万三千美元，可是他身上没带那么多钱，所以他往积极面思考，数了十三张百元大钞，然后走了。"

"然后他们杀了他，"格雷赛克沉痛地说，"他们杀了这个好人。"

"他们,"西格丽德说,"这个'他们'有名字吗?"

"我没办法告诉你。那辆车原先停在我店门和下个街口之间,车上至少有两个人。瓦尔第·伯金斯走出店门,车子就往前冲,然后伯金斯中弹倒下,接下来不是那个枪手就是另一个乘客抢走了他的书,书还在我当初装的那个棕色纸袋里。"

"确实如此,"雷说,"但你没讲什么新鲜消息,伯尼。谁在车上?还有那本书的下落呢?"

"我可以回答第二个问题,或许第一个问题也会因此变得明朗。那本书的下落呢?这个嘛,无论如何,最后书来到了这里。"

梅普斯摇摇头。"荒谬。"

"哦?真希望你帮国税局的小子们打开保险柜的时候,我就站在你旁边。不对,我不认为你会把书放在保险柜里。那是一本书,所以你会把它和其他书放在一起。大夫,你有书房吗?"

他没有立刻回答,而是要我再说一次书名,我照办了,然后他说他有一本《秘密间谍》,已经拥有好多年了。他大学时代看的,一直留着。

"真该死,"我说,"又一个巧合。"

"的确就是如此,你去死吧。或许里德尔跟你要那本书是因为他知道我已经有一本了。全纽约这书可能有几百本。"

"难怪我那本始终卖不掉,"我说,"直到某个人突然跑来,用一千三百美元买下。你那本是多少钱买的?"

"不知道,几块钱吧。"

"我想可能还要贵一点。我想你花了一大笔钱买了这本书,不过你买的不是这本书,而是那些照片。"

我刚给了他一个出路,他就立刻抓住。"我可以证明你错了。"他说完快步穿过餐室到书房去,回来时手上拿着一本书,得意扬扬。"来,"他说,"就是这本该死的书。如果你能在里头找到任何照片——"

他翻着书,然后赫然停下。我轻轻从他手上接过那本书,翻开来展示,那是一个金发男子的头部侧面特写照片,嘴边有道疤。照片用透明胶带贴在书页上,跟其他三张我发现并展示过的一样。

"不,"他大叫,"不,不可能。"他伸手要抓那本书,可是我闪开没让他拿到。他往后退,手伸进口袋,他从书房带出来的不只是那本书,因为他的手再度出现时,握着一把枪。那把枪不大,不过指着你的时候感觉大得要命。

这把枪朝我指了没多久。"你这个浑蛋!"他叫着,指的可能是我,可是他边说着边转向科尔比·里德尔,然后开了枪。"操他妈狗娘养的。"他大喊,又朝乔基·布林斯基开了两枪,再转身想找下一个射杀的目标。

那些警察和混混们都拔出枪来,可是大家都围在一起,没有人敢贸然开枪,怕会误伤他人。"都是你起的头,"他喊着,"你这个没脑袋的婊子!"他仔细瞄准玛里索·马里斯。

此时,从马拉松选手转为武术家的沃利·亨普希尔从沙发上跳起来,像个托钵的苦行僧般利落旋转,一个后旋踢把梅普斯手上的枪踢掉。下一个动作我没能看清楚,梅普斯就踉跄着退到客厅另一头,正好落入一名警察和两名流氓手里。那两个流氓把他打得晕头转向,然后警察给他上了手铐,雷则念了他的权利给他听。我一开始没注意听,后来发现梅普斯的权利还真多。不过,我想这些权利也帮不了他太多。

41

"谢谢,玛克辛。你真是救了我们一命,以后别问我要喝什么了,一切照旧,省得我还要费脑筋想。伯尼,举起你的杯子,我们敬犯罪。"

"还有惩罚。"我说,然后我们碰杯,喝酒。

我们在饶舌酒鬼酒吧,这是星期四晚上,说了你别惊讶,从我把许多纽约人召集到德文郡小巷那幢房子的客厅至今,已经过了一个星期零一天。这不是我和卡洛琳在那天——缺乏创意的叙述者可能会称之为"命中注定的日子"——之后第一次碰面,因为我们还是照例一起吃午餐。这甚至不是那件事之后我们第一次下班后在饶舌酒鬼碰面喝杯酒。但其他夜晚不是碰面时间有限,就是有旁人在场,而午餐又不是谈这种事的好时机。要谈的话,我们手里得握着玻璃杯,而且杯子里得有苏格兰威士忌。

今晚好像是适当的时间和地点。我们接下来几个小时都没有事,而且看起来也不会有其他人加入。我们手上有苏格兰威士忌,如果喝光了,忠诚的玛克辛会帮我们添上。

"伯尼,"卡洛琳说,"有几件事情我不太明白。"

"不意外。我自己也有几件事情不明白。"

"梅普斯家的客厅里发生了太多事,我勉强跟得上,但还是觉得困惑。而且那个收场的方式,有人开枪什么的,好像有很多事情还悬而未决。"

"晃来晃去的不能确定,"我说,"这点毫无疑问。"

"而且当时讲的某些事情不是真相。"

"谎言,一般人们会这么说。"

"这个嘛,我不会这样说。听起来好像有点刺耳。"

"可是很准确,"我说,"那天下午的信息主要分三种。一些是真相,一些是猜测的结果,还有一些就完全是虚构的了。"

"我也是这么想的,伯尼。不过现在事情结束了,我想知道纯粹而简单的真相。"

"王尔德说过,"我说,"真相很少是纯粹的,而且从来不简单。某些真相我们永远不会知道,因为唯一能告诉我们的人已经死了。但我当然可以把我知道的告诉你。你想从哪里开始?"

"从威廉·约翰逊,"她说,"那个外甥。说到你那些不可能的巧合。他其实没迷奸玛里索,对吧?"

"对,他当然没迷奸玛里索。他之前根本从没见过她。"

"可是她说他有。"

"她说的一定是实话吗?"

"她很有说服力,伯尼。我当时盯着她看,她眼角还含着泪呢。"

"当时每个人都在看她,"我说,"这位小姐台风很好。卡洛琳,她是个演员。她在表演。"

"呃,她唬住我了。我知道她说的不可能是真相,可是我无论如何还是相信了。一定是你教她怎么说的。"

"我去找她时,"我说,"她几乎要崩溃了。因为她所做的,不但辜负了情人的信任,还害死了四个人,包括瓦尔第·伯金斯,一个名副其实的拉脱维亚爱国志士。"

"也是一位积极思考的人。"

"没错。玛里索觉得很有负罪感,而当我建议她也许可以做一点事情来补救时,她就热切地表示想帮忙——尤其是我告诉她威廉是个什么样的人,又怎么侵犯了芭芭拉·克里利之后。我们编出一个故事,她又把梅普斯送她的那条红宝石项链给了我。"

"然后你把它放到了约翰逊的公寓里。"

"我把他丢在了巷子里,身上沾满西格丽德吐出来的东西,然后就去他公寓栽赃。"

"真不敢相信西格丽德会这么做。"

"她很机灵,"我说,"有那种一眼就看穿真相的天赋。"

"她还证实了玛里索那个迷奸的故事。她也非常有说服力,伯尼。"

"她也当过演员,即使她现在不去参加角色甄选了。我没教她,只是告诉她想要有什么效果,然后她就自己即兴发挥。不过她即兴表演得更好的那回,是把约翰逊弄出帕西法尔、丢到巷子里,好让我取得他的地址。"

"因为你得进他家里去。"

我点点头。"我在那里有两件事要做。第一,我得把玛里索的项链放在他接下来一两天不会发现的地方,但又不能藏得太隐秘,免得时机到来时,警察找不到。"

"结果时机很快就到来。雷在那些尸体冷掉之前就逮捕他了。"

"我不确定。在科尔比·里德尔的尸体冷掉之前,或许吧,但我有种感觉,乔基·布林斯基的身体早在梅普斯在客厅里对他开枪之时,温度就已经很低了。那个俄罗斯人是我这辈子见过最冷酷的。"

"不过他穿黑色挺好的。你在约翰逊的公寓里还做了什么?"

"我找到了芭芭拉·克里利的班尼特高中纪念戒指。"

"然后拿去还给她?"

"就在前两天晚上。我得说,她很感动。"

"我相信是。玛克辛?"她指指我们的杯子,玛克辛向她点头回应,"援军马上到来,伯尼。我还有其他问题。"

"尽管问。"

"科尔比·里德尔。你从什么时候开始觉得他跟这件事有关的?"

"这个嘛,我一直很纳闷,"我说,"他之前从不打电话来跟我订书。我很少遇到有人打电话来订一本只供阅读、而非收藏的书,而《秘密间谍》的平装本一直在再版发行,所以任何要找这本书的人都可以到附近的一般书店或上网在亚马逊订购。可是科尔比本来就是个怪人,而且我一心只注意到一连串的巧合,所以就没有对他多生猜疑。我始终没想到他跟这事有关,直到我去了梅普斯的办公室。"

"你去那里检查他的约诊登记簿,好挑个他有空的时间,安排最后那场摊牌大戏。"

"我去了以后,看了一下他的档案。我找的是库卡洛夫,也没期待真能找到什么,反正他是不会用这个姓登记的。结果当然是没找到。接下来我又查了其他几个人,唯一找到的就是科尔比。他去那里的原因就是我说过的。两年前他去切除了脸颊上的一个肿瘤。"

"那也可能只是巧合而已,不是吗?"

"是有可能,可是我觉得他应该牵涉其中。"

"是,我猜就算是巧合也没有这么长的手臂。嘿,谢谢,玛克辛。伯尼,我们总算不会渴死了。"

我喝了口酒,好确保这一点。

"伯尼,请把发生的事情归纳一下好吗?不是关于威廉·约翰逊的,那部分我都清楚了。而是其他的,有关那些照片和被杀害的人,还有一切。"

我想了想。"这个嘛,"我说,"有几个不同的版本。一个是我猜出来的,也是警察正式报告里写的内容。还有雷认为的真相。然后还有更真实的版本,是雷不知道的。最后当然有些事是我故意引导的。"

"嗯。"

"所以你想听哪个?"

她咧嘴笑了。"全部都要,伯尼。"

"莱尔夫妇取得照片的方式,差不多就是我在梅普斯家里讲的那样。玛里索告诉了她表哥卡力斯,他就假装要找梅普斯看病,趁没人注意时偷走了那本书。他把书交给他父亲,他父亲又拿给了阿诺德·莱尔。"

"好。"

"莱尔把这事告诉了一些不该知道的人,然后安排要把那本书卖给乔基·布林斯基。"

"你说的那本书,是指《有机化学原理》?"

"对,第二册。梅普斯把照片贴在里头。不过首先,莱尔把库卡洛夫的照片从那本书里取出来了,但他喜欢梅普斯的方式,所以就把照片贴在了另一本房东留下的书里,然后插在书架上。"

"那本书就是《七号皇家法庭》。"

"没错。之前我是说,谋杀发生后雷仔细搜查过那户公寓,找到了那本书,可是里头的照片已经不见了。"

"伯尼,即使白沙发上有一只黑猫,雷也找不到的。"

"这是官方说法,记得吧?雷找到了那本书,可是照片已经不见了。"

"谁拿走的?"

"好问题。不过首先,我们来谈那桩入室抢劫和谋杀。迈克尔·夸特罗内的手下要为入室行劫的部分负责,就像他多少承认的,虽然都是在假设的状态下。警方没法起诉他,也懒得尝试,不过他们知道是他的手下干的。而那个门卫的死则是意外。那是杀人,在犯罪行为中如果有人被杀害,就称之为杀人,即便没人愿意发生这样的事。"

"你这话一定让那个门卫觉得好过多了。"

"最后夸特罗内拿到了那本《有机化学原理第二册》,里头贴着梅普斯收藏的所有大头照,只有库卡洛夫的照片除外。夸特罗内的主要目的,是要毁掉他的良师益友'白仔莫伦'的那几张,我猜他把其他的也毁掉了,或者打算毁掉。那些照片用来勒索可以值点钱,不过他不干持照片勒索这种事,而且他反正也不认识照片里的那些人。"

"那他的手下离开莱尔的公寓之后呢?"

"接着布林斯基和他的同伴到了那里,可是晚了一步没拿到书,也拿不回他们预付给莱尔夫妇的两万元。所以他们就射杀了莱尔夫妇,他们可能本来就是这么计划的,不管书有没有拿到都一样会杀人灭口。我不认为乔基·布林斯基是什么好人。"

"这么一来,我就不会对他被杀感到太难过了。库卡洛夫的那些照片怎么了?"

"什么怎么了?"

"我知道它们贴在里昂·尤里斯的书里,等着你发现。我会知道是因为你告诉过我,而雷会知道是因为找到照片时他就在现场。可是警方是怎么认为的呢?"

"他们认为那些照片不见了。"

"就这样凭空消失了吗?"

"没有人会追究细节的。或许他们撕开莱尔嘴巴上的胶带时,他把照片的下落告诉了布林斯基。"

"然后布林斯基拿走了照片,又把书放回原来的地方了吗?"

"听起来不合理吗?那你看这个说法怎么样——莱尔把库卡洛夫的照片贴在《七号皇家法庭》里,然后想到了更好的办法,于是又把照片割下来。他把照片放在别处,后来给了布林斯基,希望能让那个黑衣人饶他一命。"

"这个说法好一点,不过——"

"卡洛琳,这件事根本没发生,所以'怎么发生的'又有什么差别?有人拿走了那些照片,而不管是谁拿的,现在都不在他手上了,所以警方还在乎什么?"

"我只是好奇,仅此而已。不过我懂你的意思。"

"接下来的问题是什么?我猜是科尔比·里德尔,还有瓦尔第·伯金斯。唔,你知道,故事是这样的,梅普斯打电话给科尔比,科尔比同意帮忙,或许是为了一笔优厚的酬劳。"

"也就是钱。"

"还有什么能更讨人喜欢呢?科尔比要我替他留着一本书,然后叫伯金斯去拿。同时,一辆载满俄罗斯人的车正等着伯金斯踏出我的店门。"

"他们怎么知道要守在那里等他?"

"他们从报纸上看到了关于我的消息,"我说,"或者他们知道伯金斯这个人,一路跟踪他到书店。我那天中午去你店里吃午餐时他就在人行道上等,这让杀手有时间占好位置。两个解释引向同样的结局,所以你挑哪个都行。"

"好吧。"

"伯金斯进来我店里,拿了那本书,付了太多或太少的钱,然后走出门去赴死神的约会。"

"碰上了子弹满天飞。"她说,"是俄罗斯人杀了他,对吧?"

"没错。"

"然后他们跳下车,把书拿走了。"

"对。"

"那书怎么会跑到梅普斯的书房里?"

"这个嘛,很难确定,"我说,"因为所有牵涉在内的人都死了。"

"梅普斯没死。"

"他拒绝回答问题。警方也无所谓,因为他在一整个房间的证人面前杀了两个人,证人中还包括三个警察和两名纽约律师。"

"外加一个律师助理,"她说,"还有一个纽约酒保,以及很多其他人。可是警方总有个解释吧。"

"那些俄罗斯人啊,"我说,"告诉你,他们现在比美苏冷战时期还要坏。他们杀了伯金斯,拿到了那本书,可是他们早就拿到那些照片了。他们把照片贴在《秘密间谍》里头,然后卖给梅普斯。"

"如果照片早就落到他们手里了,为什么还要射杀伯金斯呢?"

"这是个好问题。嗯——好,你看这样解释如何:科尔比和梅普斯不知道照片在那些俄罗斯人手上,所以布林斯基杀了伯金斯,抢走书,这样就可以解释为什么照片到了他手上。"

"我不确定这个说法很合理,伯尼。感谢上帝,不合理也没什么大碍。不过回到梅普斯。他为什么要把那本书拿出来?他一定知道照片在书里,可是他把书打开时,看起来似乎惊讶极了。"

"这确实是个问题,"我承认,"他可能计划过要把照片移到别处，不知道怎么的忘了自己还没移走，或者他是打算装傻装到底。别忘了，那些照片用胶带紧紧贴在书里。你可以很快翻一下书，不一定会让人看到照片。总之他想赌一赌。如果这招不灵，好吧，他身上还带着枪以防万一。"

"或者可能是科尔比把那些照片贴在书里头的，却没告诉他，伯尼。"

我点点头。"这个说法好多了。科尔比认为他是在帮梅普斯一个忙，而梅普斯却将此当成是背叛，这也就解释了为什么他第一个射杀的就是科尔比。这样很好，卡洛琳。如果警方问我，我就把这个说法讲给他们听。不过我想警方根本不会来问我。"

"所以故事就是这样，"她说，"那些俄罗斯人把书卖给梅普斯，为了保险柜里的那些钱。但他的钱丢了，于是开枪射杀每个人，因为他眼看着自己走投无路了。"

"他原本也会射杀玛里索，"我说，"还好沃利的膝盖出了问题，改去学武术。马拉松训练在近身肉搏战里可没什么大用。"

"沃利真是太厉害了，伯尼。"她拿起酒杯，喝了一大口，"你刚才跟我讲的那些也很厉害。现在告诉我真正发生的事情吧。"

* * *

"这个嘛,"我说,"首先,照片在我手上。"

"好的。"

"当然,我是在伯金斯死后才拿到的。伯金斯是星期五死的,雷在星期天下午让我进入了犯罪现场。"

"我都忘了这段了。"

"科尔比根本不认识伯金斯。我说他认识只是胡说八道。他认得梅普斯,后来梅普斯打电话给他,向他打听一个姓罗登巴尔的书商,科尔比想确定我那天有没有开店营业,于是打电话给我,而我接起电话时,他就已经知道答案了。接着,为了找借口稍后过来,他就跟我订了一本他知道我有的书。"

"因为他在常逛的那个区域看到过那本书。但如果科尔比不认识伯金斯的话,伯金斯怎么会知道那本书的事情,跑去跟你拿?"

"他没有。"

"没有什么?没有事先知情,还是没跟你要?"

"两者皆是。他知道我跟那起窃案有关——虽然我根本没有——而且他除了会积极思考之外,还有外交官员的审慎。他把身份证件和平常用的皮夹放在车上,只带着一万元和满满的自信来找我。'我相信你有一件我要的东西。'——他是这么说的。如果我回答说我不知道他在说什么,他就会透露更多细节。可是他不必多说,因为我够体贴,转身就拿了一本书递给他。"

"于是他就假设照片就在书里。"

"换了你不会这么假设吗?"

"我可能会翻一下确定,伯尼。"

"你本来打算要用一万三千美元买的东西,结果只花了十分之一的价钱,换作你会有什么反应?"

"你说得没错。"

"然后他被射杀,有人拿走了那本书。"

"结果书里没有照片。"

"当然没有。他们看到他走出我的店门,就以为他有那些照片,因为他去那里还能有什么目的?所以他们开枪杀了他,拿走了他带的书,结果那只是一本康拉德的小说,甚至不是初版书。"

"所以是俄罗斯人拿走了那本书。"

"或许吧。"

"或许?这是什么意思,或许?"

"我想开车的可能是个俄罗斯人,"我说,"开枪的也可能是俄罗斯人,但我觉得车上有第三个人,而且那个人就是科尔比·里德尔。"

"坐在一辆谋杀汽车里。"

"我是这么猜的。他看到那本书,立刻知道发生了什么事。他把书带回家,或带去办公室,翻阅后确定里面没有照片。然后他把书拿到梅普斯的办公室让梅普斯看,碰到这样的麻烦,他对梅普斯深表同情。'这个给你,'他告诉梅普斯，'你或许愿意留着这个该死的玩意儿，当成纪念品。'"

"然后梅普斯把书带回家了吗？"

"放在他书房的桌上，我是在清空他的保险柜那一夜发现那本书的。"

"于是你把书带回了家。"

"当时我觉得好像做错了，"我说，"可是我发现书在那里实在太震惊了。上一次我看到这本书，是有个人从一个死掉的胖子手上抢走，原因我完全无从猜起。结果现在书在这里，就在梅普斯的书桌上。"

"天哪，他竟然都没发现书不见了吗？"

"他怎么会发现呢？那只是一本旧书，根本没有价值。他一开始就该丢掉的。他留着书，但不表示他打算阅读。他把书随便扔在书桌上，除非刻意去找，否则根本不会注意到书不见了。"

"可是他有可能注意到，伯尼。"

"我知道，"我说，"我也很担心这点，不过只有一点点担心。因为上星期一——虽然当时已经是星期二凌晨了——我所做的最后一件事，就是开车到河谷区，再度进入他家。"

"从牛奶滑道进去。"

"别提醒我。这回比较顺利，也许我瘦了一两磅，也许是这回比较熟练了。我身上带着那本书，而且已经都安排好了,把照片贴了上去。我本可以就扔在他桌上,不过我不希望他没事拿起来翻,所以就在他的书架上找了个位置。那本书的书脊是黑色的,你不会立刻注意到,不过仔细找就能找着。如果他知道那本书不见了,唔,那可能就很棘手了,但他带着国税局官员看过空的保险柜下楼来之后,我就知道不必担心了。他的反应显示他之前根本不知道那些钱不见了。这表示他也不知道那本书不见了,因为如果他发现有东西遗失,应该首先去检查保险柜,看有没有丢东西。"

卡洛琳接受了这些说法,又多问了几个问题,我都尽力回答了。然后她指出雷早知道那些照片在我手上,所以他当发现照片贴在那本书上,书又到了梅普斯的书架上时,会怎么想?

"雷是个实际的人,"我说,"他不像你想得那么蠢。"

"那当然,伯尼,不然他就会因为忘了呼吸而翘辫子。"

"他只有在必要的时候才会思考,"我说,"他知道我有那些照片,如果他仔细想想,就会纳闷那些照片怎么会出现在那里?我又怎么会知道?以及其他很多问题。可是他期望我做的,就是从帽子里变出兔子来,我也办到了,所以他也不打算问我那只兔子的父亲是谁,或者我那顶帽子是多少钱买的。反之,他全神贯注于这个事实:他逮捕了一个被媒体封为'默里山迷奸大盗'的家伙,同时还破了一个重案组从他手里硬抢走的大案子。"

"所以他立功了。"

"一枝独秀。"

"我可以损他几句的,"她说,"可那只会显得我是个小气的人,所以我就放在心里吧,你猜怎么着?我很高兴雷立了功。我的意思是,我们两个干得不错,不是吗?"

"我的救命基金补足了。钱放在银行保险箱里,而且昨天我才跟一个木匠说好,他会帮我做一个暗层,跟夸特罗内的手下毁掉的那个一模一样。"

"而且你还交到了一个女朋友。"

"说来奇怪,还真交到了。我还不必担心如果她发现我是个小偷会怎么想,因为她已经知道了。"

"她不会觉得困扰吗?"

"早晚会的,而且这段关系早晚会结束。不过目前为止,她觉得可以接受。"

"我真为你高兴,伯尼。她人真的很好。"

"蕾西也是。"

"是啊,"她说,笑得很开心,"我们都做得很不错。我在银行有个保险箱,里面塞满了钱,外加一个很完美的女朋友,她觉得我也很完美。"

"我想你们眼下还不会有 LBD 的问题。"

她脸红了,她不太常脸红的。LBD 是 Lesbian Bed Death(女同性恋性生活死亡)的缩写,是一个新创出来的词,用来描述许多女同性恋的长期关系到了一种奇特的无性生活状态。我觉得异性恋伴侣似乎也有同样的问题,不过我们不会想出一个俏皮的名字去形容,就直接称之为婚姻。

"我还以为马丁和玛里索会复合,"她说,不露痕迹地改变话题,"不过我想他们之间已成往事了,对吧?"

"他们都已经准备好迈向新的人生。而且要找到新的方向并不难。玛里索这阵子经常跟沃利见面。"

"我想女人很难抗拒一个刚救了你性命的人。"

"男人也很难抗拒刚被自己救了性命的人,尤其是被救的人长得像玛里索那样。这让他忘记了对那个华人女服务员无可救药的迷恋,现在他不会成天泡在那个该死的茶艺馆里了。"

"很好。"

"而且他也在继续练习武术,这点也很好。不太妙的是,他开始学拉脱维亚语了。"

"为什么?玛里索的英文讲得很好啊。"

"我知道,"我说,"沃利也知道。只不过他就是这种人,前两天他还祝福我 Dauds laimis jaungada,意思是'新年快乐'。"

"真的?拉脱维亚的新年是哪天?"

"一月一日,奇怪吧,所以他早说了八个月。"

"或晚说了四个月。"

"哎呀,他很快乐。同时,马丁和西格丽德也快乐无比。他是那种她向往已久的已婚老男人,而她则是人人向往已久的金发美人儿。"

"我也向往,伯尼。但我现在已经忙不过来了。这是你邀请他们去河谷区的原因吗?因为你觉得他们是天生一对儿?"

"这个嘛,我得找西格丽德来证实玛里索的迷奸说法。另外我觉得马丁有资格去看看那个带屎的下场。不过没错,我心里是有点觉得他们两个可能会一拍即合。"

"真是完美的结局。"卡洛琳说,叹了口气,然后伸了个懒腰往后靠去,"伯尼,照片。那些照片怎么样了?"

"你看到了,就在《秘密间谍》那本书里。"

"没错。可是梅普斯和约翰逊被警方抓走之后呢?"

"哦,"我说,"这个嘛,算是被我拿走了吧。"

"算是?什么意思?"

"没人注意的时候,"我说,"我拿了那些照片。否则接下来它们就得在纽约警察局的证物室待上五十年。"

"你想留着当纪念品吗?"

我摇摇头。"我已经给别人了。"

"你给别人了。慢着,让我猜猜。你给了那个拉脱维亚大使馆的小个子男人。"

"格雷赛克先生。"

"所以他们最后会逮到'里加黑魔鬼'。"

"他们会去尝试。他的求生本能好像很强,不过他们动力十足。所以我们等着看吧。"

"哦,"她说,身体往后靠去,像猫似的伸了个懒腰,"天哪,看看几点了。我想我们不必再多喝一轮了,对吧?我们已经喝了两轮了。"

"三轮。"

"真的?真的是三轮?"

"恐怕是。"

"真好笑,竟然会算错。三轮,你知道这意味着什么吗?"

"不知道,但我想你大概会告诉我。"

"这意味着我们已经喝完了两杯,"她说,"然后又喝了第三杯。"

"那又怎样?"

"两杯酒,然后是一杯。"

"所以呢?"

"所以一杯酒好像不够,不是吗?因为你知道我说过的那个理论,没有人只喝一杯酒的。"她挥挥手,弯起一根手指,"玛克辛!"

The Burglar on the Prowl
Copyright © 2004 Lawrence Block
First Published in the United States by William Morrow, New York, New York. This edition is published in agreement with the author, c/o BAROR INTERNATIONAL, INC., Armonk, New York, U.S.A. through Chinese Connection Agency, a Division of the Yao Enterprises, LLC.
Simplified Chinese edition copyright © 2018 New Star Press
All rights reserved.

图书在版编目（CIP）数据

雅贼全集：精装典藏版：全11册／（美）劳伦斯·布洛克著；王凌霄等译. —— 北京：新星出版社，2018.10
ISBN 978-7-5133-3168-5
Ⅰ．①雅… Ⅱ．①劳… ②王… Ⅲ．①推理小说-小说集-美国-现代 Ⅳ．① I712.45
中国版本图书馆 CIP 数据核字（2018）第 155987 号

雅贼全集精装典藏版⑩

伺机下手的贼

（美）劳伦斯·布洛克 著；尤传莉 译

责任编辑：王　欢
特约编辑：郑　雁
责任校对：刘　义
责任印制：李珊珊
装帧设计：周伟伟

出版发行：新星出版社
出 版 人：马汝军
社　　址：北京市西城区车公庄大街丙3号楼　100044
网　　址：www.newstarpress.com
电　　话：010-88310888
传　　真：010-65270449
法律顾问：北京市岳成律师事务所

读者服务：010-88310800　　service@newstarpress.com
邮购地址：北京市西城区车公庄大街丙3号楼　100044

印　　刷：北京盛通印刷股份有限公司
开　　本：889mm×1092mm　　1/32
印　　张：12.375
字　　数：162千字
版　　次：2018年10月第一版　　2018年10月第一次印刷
书　　号：ISBN 978-7-5133-3168-5
定　　价：638.00元（全十一册）

版权专有，侵权必究；如有质量问题，请与印刷厂联系调换。